JN283808

見上げてごらん夜の星を

目次

見上げてごらん夜の星を

プロローグ～おばけ写真館～

入道雲の夏空に、踏切の警報音が響いている。

汽笛をならして蒸気機関車がやってくると、小さな駅前の踏切はごう音と煙に包まれた。踏切が開くのを待つ人や車の前を長々と貨車を引いて走り抜けてゆくのは、工業都市マンチェスター生まれの蒸気機関車、ベイヤピーコック。

労働者の町、墨田にふさわしいこの機関車も、来年の東京オリンピックあたりを最後に六十年を超えるその役目を終えると噂されている。電化が進んだのと輸送の主役がトラックに移ったというのがその理由なのだが、戦前から砂利を満載して墨田を走りまわってきた小柄で元気なこの機関車を惜しむ声も少なくはない。

最後の貨車が通り過ぎると、線路のわきに立って白旗を掲げていた踏切り警手は首の手拭いで汗を拭きながらトタン屋根の小さな警手小屋に戻り、ワイヤーの遮断機をまき上げ始めた。

机の上に置かれたラジオからは、流行歌が小さく流れている。歌っている人気歌手が主演のミュージカル映画も、秋には公開されるらしい。歌の名前は、見上げてごらん夜の星を、だ。

赤い旗を立てたアイスクリーム売りの自転車、白いブラウスを着て赤ん坊をしょった日傘の主婦、御用聞きの酒屋の小僧、買い物かごを提げた着物のおばあさん。貨車が通り過ぎるのを待っていた人たちは、遮断機が巻き上がるとハンカチや手拭いで汗を拭きながら、石炭の匂いと煙が漂う中、油臭いレールの上を渡り始めた。

ここは隅田川と荒川にはさまれた、墨田のとある小さな町。踏切から土手へと狭い道が続き、小さな店がずらりと軒を並べている。中華そば屋、八百屋、床屋に酒屋、駄菓子屋に洋品店。店の裏には長屋や町工場の屋根がどこまでも続いている。なにしろ舗装されていない乾いた土の道だ。行き交う人々や自動車や荷車がいつでも土ぼこりを舞い上げていて、夕立が降ると、あちこちに大きな水たまりができる。戦争が終わって十八年、墨田もオリンピックにむけて区画整理や再開発がだいぶ進み、川も埋め立てられた。この町の道路も、もう舗装されても不思議ではないのだが、小さな町工場が多く誰もが一日中働きずくめのせいでお上に不便を訴える人がいない。だからいつまでもこのままなのだった。

土ぼこりとかげろうの中を八百屋のオート三輪やダルマ型のコロナが警笛を鳴らしながら走ってゆく。警笛を鳴らされた金魚売りの親父がのんびりと引く大八車には、色とりどりの金魚の水槽が積まれ、涼しげな水には緑鮮やかな布袋葵《ほていあおい》。その大八車の後ろに、ちょこんと座って揺られている小柄な老人がいる。麻の上下に海老茶色の蝶ネクタイ、色あせた深緑のベレー帽、首からは小さなコンパクトカメラが革ひもでぶら下がっていた。ややハの字の眉毛と口髭は白く、薄い茶色の目は優しい色をしている。老人の名前は大場健《おおばけん》、七十八歳。この先の商店街のはずれにある『おおば写真館』の老店主である。

愛用のカメラはカロワイドという名で、仕事がない時はこれでスナップ写真を撮り歩いている。今日は隅田川の堤で高速道路の工事をしている出稼ぎの人を撮りに出かけたのだが、この暑さにすっかりまいってしまい、言問団子《こといだんご》の前の木陰で石に座って休んでいた。そこをたまたま顔見知りの金魚売りが通りかかり、乗っていきなよ、と声をかけてもらったというわけだ。

水をこぼして進む金魚売りの大八車の後ろを、麦わら帽子に釣り竿を持った子供たちが声をあげて追ってくる。老人は人差し指をたてて合図をすると、カメラを構えてシャッターを切った。子供たちは手を振って追い越してゆく。そう、写真館の老店主はこの町の人気者なのである。

「はい、ありがとさん」

老店主は橙色《だいだいいろ》の丸い郵便ポストのある酒屋の角で金魚売りの大八車を降りた。酒屋の店先では、屋根の影に黒い老犬が舌を出してぐったりと寝ている。犬は少し顔をあげて老店主を見たが、すぐに目を閉じた。そもそも客にも愛想のない犬なのだが、店主もあえて頭を撫でたり声をかけようとは思わない。お愛想程度にシャッターを切ると、ゆっくりと酒屋の角《かど》をまがった。お互い老いているということでは似たもの同士でもある。目が合うだけで互いの無事を確認するのが挨拶がわり、というわけであった。

少し歩いて洗濯物の花が咲く木賃《きちん》アパートの前を通りすぎると、神社があり、煉瓦《れんが》橋の手前までは木の緑が道に涼しい陰を落としている。老店主は、あたり一面蝉しぐれの中、手を後ろに組み、背中を丸めてゆっくりと歩いてゆく。神社の前の木の陰に、白い板壁の小さな写真館が見えてきた。看板には『おおば写真館』と黒いペンキで大きく書いてある。〝ば〟の濁点は一つが消えかけていて、そこに蝉がとまって鳴いていた。何度もペンキを塗りなおした板壁には、写真館の横にある二本の桜の緑が涼しい葉の影を落としている。

老店主は、緑色のドアの横にある古ぼけた木の長椅子に座った。この椅子に座って小さなからだを丸め、道行く人を日がな眺めているのが好きなのである。家族はいない。日露戦争の従軍カメラマンをしていたという噂もあるのだが、はたしてどうだろう。今の姿から戦場を駆け廻っていた姿を想像するのはなかなか難しい。

老店主は気に入った被写体が前を通ると、さっき子供たちにしたように、人差し指をたててウインクをする。それからぱちりとシャッターを押す。笑うと下に少しだけ残った歯が見えるのが愛嬌があった。子供を背負った買い物帰りの主婦、職人、虫売り、バタ屋、ボンネットバスの運転手。老店主にレンズを向けられると、誰もが笑顔で写るのだ。もちろんその写真は商売用ではない。写真はあとでくれることもあったが、くれないこともあった。良い写真はドアの横にあるガラス窓の中の額に入れてしばらく飾られることになる。

一番のお気に入りは、突風でバランスを崩して倒れた、自転車の郵便配達員を撮った一枚。その日は春一番が吹き、風に吹かれて舞う手紙を通りかかった人たちがあわてて拾い集めたのだった。店主がシャッターを押して撮った写真の右端には、偶然猫の親子が写っていた。親猫はしっぽをぴんとのばし、舞い上がる手紙を追ってあわてふためく人間達を尻目に悠々と歩いている。しかもその口にはどこかでくすねてきた魚をくわえていたのだ。店主はまるで漫画の一コマのような写真を、しばらくガラス窓の中に飾っていたのだが、世間体を気にした郵便局の課長さんがやってきて、なんとかそれを飾るのは勘弁してくれと頭を下げた。その写真はそれ以来誰も見たことはない。

この下町の住人は『おおば写真館』のことを、愛着をこめて『おばけ写真館』と呼んでいる。老店主の名前が大場健だからそれを洒落て〝おばけ〟ということもあったのだが、おばけというからにはもちろん別の理由がある。

いつだったか、とある女性が古希の祝いに撮った一枚の写真に、遠い南の島から帰ることのなかった二人の息子が肩越しに写っていたと、まことしやかな噂が広がったことがあったのだ。その時ばかりは、ずいぶんたくさんの女たちが写真を撮りに来た。やってきた女たちは皆、戦地に旅立った息子や夫とその後二度と会うことのなかった人ばかり。もちろんこんな噂を誰もが本気にしていたわけではない。だから陽気な下町の女たちは、もしかして写ったらどうしようかねえ、と冗談を言いながら、笑ってカメラの前に座った。だが、いざシャッターを切る時になるともしやという気持ちになり、誰もがみな、悲しい色をしていた。

この噂を、店主が商売のために流した嘘だと言う者は一人もいない。それというのも、この写真館自体が一種の奇跡として人々の記憶に刻まれていたからである。『おばけ写真館』は関東大震災と、東京大空襲と、二度とも焼けずに残ったのだった。特に空襲の時は、あの炎の海の中、たまたま変わった風の向きと、二本の桜の木によって燃えることもなく残ったのだった。

だから桜の幹の片側は今でも表面が黒く焦げ、ひび割れている。こういう奇跡は押上の神社の銀杏にもあったが、この前を通る人たちはそんな理由で畏敬の気持ちで看板を見上げるのだった。そもそも、出征してゆく若い兵士たちは誰もがこの写真館で最後の写真を撮り、墨田を旅立っていったのだ。だからおばけの一人や二人写っていたって何の不思議もないのである。

店の前で座っている店主の隣に子供たちが座り、ほんとにおばけが写るの？　とよく聞く。そんな時、店主は嘘とも言わずにただにこにこと笑っている。そしてポケットから小さな玉やハンカチを出して、簡単な手品を見せてくれるのだった。

写真館のドアの横には、土ぼこりで汚れたガラスの小窓があり、その中の薄いベージュの壁にはフレームに収まった何枚かの白黒写真が飾ってある。一見したところ何の変哲もない記念写真だが、よく見てみるとどれも風変わりだった。

見合い写真だろうか、フレームの中の一人の美しい女性は、古い外国映画の舞踏会からぬけだしてきたような服を着ている。その姿は下町の見合い写真には不釣り合いだ。動物園で撮った小学生の遠足の集合写真は、写った子供たちの目がカメラを見ていない。それぞれがどこかを見上げたり何かを探しているような表情をしている。普通はカメラを見ているのだから集合写真としては失敗だと思うのだが、店主は気に入っているようだ。例の首から下げたカメラで撮ったお気に入りも何枚かある。中でも落語の高座を撮った一枚が変わっている。写された落語家の顔は、一席終わって顔を上げた瞬間だろうか。泣いているようにも見えるのだ。

親子の作業員もいる。それは国立競技場の建設現場に出かけていってたまたま見かけた出稼ぎの親子を撮ったものだ。若い息子の顔はまだあどけなく、無邪気に笑っているのに、隣に写った父は唇を横に結んでじっと何かに耐えているような顔だ。女の先生をかこんで笑う小さなバレリーナたちの集合写真や若い二人の婚礼写真など他にも何枚かの写真があった。

それぞれの写真には、実はシャッターチャンスが違う、もう一枚の写真が存在するのだ。知っているのは店主だけで、本人たちはもちろん知らない。撮影の時に何枚か撮ったことなど人は皆、忘れている。渡されたものが一番のものだと信じている。だが、売り物にはならないが店主の一番のお気に入りは整理箱の奥にしまってあるのである。

誰も見たことのないその写真を、この写真館を閉める時がきたら本人たちに贈ってあげよう、そう、老いた店主は考えている。その時、その人たちが幸福なのか不幸なのかはもちろん知る由《よし》もない。

だが、封筒を開いてその写真を見た時、誰もが、自分たちが間違いなく幸福だった事を知ることになる。それを考えると、この老店主は少し嬉しくなるのだった。

ポケットからくしゃくしゃになったしんせいの箱を出すと、老店主は残った一本の煙草をくわえてマッチを擦った。

紫煙はゆっくりと流れ、ガラス窓の前を漂ってゆく。木漏れ陽が柔らかな光のビームとなってガラス窓の中の写真を一枚一枚照らすと、フレームの写真の家族が、女性の髪が、バレエの少女の顔が、きらきらと色づいて輝きだす。それはまるで写真に命が宿り、今にも語り出すようにも見えるのだった。

時間は、光の帯でできたフィルムのように止まることなく流れてゆく。そこに焼きつけられた一コマは、いつまでも色あせることのない永遠の幸福だ。写真の一枚一枚には、貧しいことが決して不幸ではなかった、豊かな時代の物語がある。

店主だけが知っている、対になったもう一枚の写真をいつか見た時、人はそこに写っているかつての自分に何かを問いたくなるはずだ。

そして、初めて気づく。あの日、自分が見つめていたのはカメラのレンズではなく、いつかどこかの未来で自分を待っている、自分自身だったのだということを。

母の裁縫箱

土手のでこぼこ道を、恵子は全力で走っていた。

濃紺のセーラー服のスカートが風になびき、お下げの髪が肩ではねる。遠くの鉄橋を渡る蒸気機関車に負けじとばかりに腕を振ると、小さな唇からはふいごのように息がもれ、頬は赤く染まった。

（早く帰らないと、雨が！）

秋の空は変わりやすいというけど、それは本当だ。朝、学校へ行く時には真っ青に晴れていたというのに、土手のむこうに広がる空の色ときたら……。行く手には、ずらりと並んだ工場の煙突の黒いけむりと鉛色の雲が溶け合って、嫌な色になって広がっている。川の方からひんやりとした風が吹いてくると、恵子の頭の中では、長屋の物干し場の洗濯物が竿を鳴らしていっせいにはためいた。

恵子は十四歳。中学二年生だというのに、洗濯はもちろん家事の全部を一人でこなしている。弟の体育着に父の作業服、自分のブラウス、シャツや靴下、手拭い、その他多数。学校に来る前に干した洗濯物は今日に限ってたくさんあるのだ。昨日の夜にライスカレーを作ったのだが、どうやらそのカレーがよぶんに余ったことが洗濯物が多くなった原因。つまり、今朝の朝食の準備の手間がはぶけたぶん、登校前の時間をいつもより長く洗濯に使えたということなのだ。でも、それがあだになるとは……。

今日最後の授業は道徳で、黒い丸眼鏡をかけた先生が来年の東京オリンピックにむけての生活の注意なるものを話していた。恵子にとっては昭和三十九年の国民の祭典より、今日の洗濯物が重要だ。窓から空を見上げ、早く授業が終わってくれと祈った。それなのに先生ときたら、外国からのお客様が大勢来るので道ばたでむやみに裸にならぬように、などと大真面目な顔でのんびりとしゃべっている。その言葉を聞くと、さすがに全員が笑った。もちろん恵子に笑う余裕はなかったが。

（濡らしてしまったら一大事！）

土手の上をのんきに釣り竿を持って歩く子供達を、恵子は右へ左へかわし、追い抜いてゆく。小石をはねあげる白のアップシューズ。手の指をまっすぐにそろえ、ひじの角度は九十度。顎を引いて胸を張り、膝で空中を蹴り上げると、走る姿はそのままグラウンドを走る陸上部員のように見える。すっすっはっはっ……すっすっはっはっ……。鼻で二回息を吸い、口で二回吐く。

（頭のてっぺんを糸ですっと垂直に吊っているイメージ、これが理想の走り方なんだ）

頭の中で、陸上部の柴田先輩の声がした。恵子は一年生の半年だけ陸上部にいた。女子部員あこがれの柴田先輩が教えてくれた走り方は、なるほど、思い出すと走りが安定する気がした。雨が近いことを知らせる湿った土の匂いが鼻に広がる。息はあがって苦しいけれど、墨田の陸上大会でいきなり千五百の新記録を出したあの時に比べれば、まだ平気だ。

（急げ！）

広いおでこに意志の強そうな眉。大きな黒い瞳がきらきらと光る。

この瞳のせいでついたあだ名は「メダマの恵《けい》ちゃん」。チャンバラ映画の大スターでぎょろ目で見栄を切る尾上松之助のあだな、「メダマの松っちゃん」をもじったものらしかったが、確かに大きな瞳の恵子にはぴったりだ。命名したのは同じ二年B組にいる幼馴染の吉田富男。恵子の住む長屋の表通りにある酒屋の息子で、授業中も漫画ばかり描いている。学校の男子生徒のあいだで恵子の人気はダントツだったが、気が強い恵子に気軽に話しかけたり、ましてやラブレターを渡そうなどという勇気のある男子生徒はいない。恵子と普通に会話をできる富男は例外で、富男をひそかにうらやむ声もしきりなのだが、なにせ姉弟同然に育ったものだからお互い恋愛感情などはいりこむ余地はない。

「あとで家に持ってきて！」

富男に鞄を投げつけて命令すると、返事も聞かず、終業の鐘が鳴り終わらないうちに木造校舎の戸を開けて教室を飛び出した。手ぶらでないと、とてもじゃないが速くは走れない。そのまま木の階段を段飛ばしで駆け降り、下駄箱で上履きを履きかえると一人校庭を走り抜け、恵子は土手の道を一気に駆けあがったのだった。恵子のおでこに、ぽつんと冷たい滴が落ちた。

（きた！）

洗濯の時、井戸端のおばちゃんたちも、今日は降らないだろうねとか言っていたのだ。その甘い期待はこの一滴を合図にみごとに裏切られることになった。走るうちに、おでこに落ちる滴は、どんどんその数を増やしてゆく。

（こうしちゃいられない！）

恵子が必死で腕を振って速度を上げると、健康的な腿がむき出しになった。前から段ボールを積んでリヤカーを引いてきた老人がよろけて振り返る。セーラー服で土手を全力疾走してくる娘などそうはいない。

「まったく、最近の若いおなごはよう。なんちゅう恰好で走ってやがるんだい」

口では悪態をつきながらも老人はしわだらけの顔をほころばせ、遠ざかる若いエネルギーのかたまりを温かい目で見送るのだった。

どこかで豆腐屋のラッパが鳴っている。土手の下に恵子の住む町が見えてきた。どこまでも広がる町工場や長屋の小さな屋根。トタンや瓦もあるが、多くはコールタールを塗った厚紙のようなもので、風で飛ばぬよう石をのせたものだ。だから土手の下に広がる町の色は、どす黒く沈んで見える。平屋の長屋は二軒続きや四軒続きの棟が並び、井戸がある。晴れた日は物干し竿に、おしめやらシャツやら洗濯物がそこいらじゅうで花をさかせるのだが、この空模様で洗濯物はどこもすでにとりこまれていた。

「あっ」

長屋へ降りる石段まであともう少しというところで、アップシューズの片方が脱げた。かろうじて立ち止まるとけんけんをして戻り、白のソックスについた汚れを手で払って靴を履くと再び走り出し、石段を駆け下りる。今や恵子の心臓は破れそうな音をたて、開けっ放しの口からは、犬みたいに息の音がもれた。長屋の細い路地に走りこむと、裏の町工場からプレス機械の音が響き、油の匂いが鼻をつく。狭い路地では天気など気にしない子供たちがそこいら中で遊んでいた。メンコや、ベーゴマ、ちゃんばらごっこ。女の子たちはおままごと。路地は大人がすれちがうのがやっとで、おまけに右に左に折れ曲がっている。そこを風呂敷を首に結んで鼻水を垂らした子供たちが走りまわっているのだから、邪魔な事このうえない。

恵子は坊主頭や坊ちゃん刈りを、容赦なく手で払いのけて走る。

「どいてどいてどいて！」

「何すんだ、痛えぞメダマ！」

子供たちの声を背中で聞きながして恵子は走る。どぶ板を踏みぬかないように左右に飛ぶと、ふくらはぎの筋がつりそうになった。もう少しのしんぼう。あと一回角を曲がれば、家だ。八つ手に万年青《おもと》、夏椿。緑の少ない下町はどの戸口にも植木鉢に植えられた植物が棚に積まれ、木製のごみ箱といっしょになってそれがいっそう路地を狭くしていた。

背中を丸めたおばあちゃんが、東京五輪音頭を口ずさみながら鉢植えの手入れをしている。

「お帰り、恵ちゃん」

「ただいま、ばあちゃん！」

カニみたいに横になり、笑顔のおばあちゃんをかわすと恵子は最後の角をまがった。

ふらふらになって家の前の路地に着くと井戸の前の物干し竿には、あるはずの洗濯物が一枚もない。そこにあるのは竿だけ。

（え？）

物干し竿は、おむかいに住む石出《いしで》のおばちゃんが長いみつまた棒で戻している。

「おや、ずいぶんと早いじゃないのさ」

白いかっぽう着姿のおばちゃんは、恵子に気づいて振り向いた。小柄で丸顔、いつでも早口でぽんぽんしゃべる。元気なことにかけては長屋一だ。恵子は膝に手をついてからだをふたつに折ると、息をついた。力がぬけてしまった。声は息できれぎれになる。

「あの、うちの……うちのお洗濯もの」

「とりこんだにきまってるだろ。雨が降りそうなんだからさ」

おばちゃんは当然のように言って腰をのばすと、屋根のすきまの狭い空を見上げた。

「こりゃあざっとくるよ」

「ごめんね、おばちゃん」

しゃがみこんで頭を下げると、おばちゃんは恵子の背中を叩いて笑った。

「ちっとは人様に甘えるくらいじゃないと若いったって身体がもたないよ。洗濯物は今ごろ進ちゃんがたたんでるさ。そう言っといてやったから」

それから恵子の頭をなでると額の汗を割烹着のそでで拭いてくれた。

「わざわざ走ってくることたないのにこの子は。大汗までかいて」

「ありがとう、助かった」

礼を言ったのを合図に音をたてて雨が強く降り出してきた。

「あら、間一髪！」

石出のおばちゃんは頭を押さえて家に飛び込んだ。恵子も急いで植木棚の横の戸をあける。

「ただいま」

戸を横に開けるとちりりんと小さな音で鈴が鳴った。中へ入ると、せまい土間には汚れたズックが脱ぎ散らかしてある。なんだか嫌な予感……。部屋の中を見ると、弟の進は、洗濯物をたたむどころか、なんとその上に座って友だちとプラモデルを作っているではないか。それを見て一瞬で恵子の顔色が変わった。

「進！」

「あっ、姉ちゃん！」

遊ぶのに夢中になっていて恵子に気づかなかった進とその友だちは、やべえ！　と叫んで洗濯物の山からころがり落ちた。

「あ、姉ちゃんじゃないでしょ。あんたたち、どこ座ってんのよ、汚い足で！」

畳を踏み鳴らして部屋にあがると弟の首ねっこをつかみ、丸刈りの頭を叩いた。

「今、たたもうと思ってたんだよ、痛えなあ！」

進はあわてて洗濯物をたたみはじめた。友だちも仕方なく手伝った。彼には災難である。進は八歳。いたずら盛りの小学二年生だ。

「ほんとにもう。何やってんだか！」

家は入るとすぐ左に小さな流しがあり、四畳半と六畳の二間だ。畳は黄色く焼けていてところどころ擦り切れている。家具は古ぼけた箪笥がひとつとちゃぶ台、それから母が使っていた鏡台くらいしかない。穴のあいた障子を開けて隣の部屋に入ると、恵子はセーラー服を脱いで着替えた。

「ねえ、進、お豆腐買った？」

着替えながら障子ごしに顔を出して聞くと、進は、いばって口をとがらせる。

「買ったよ。きまってんじゃないか。なんだよう、馬鹿にして」

「ちゃんとお豆腐屋さんに言って賽《さい》の目に切ってもらった？」

ブラウスのボタンをとめながら恵子は進の前に立つと、見下ろした。進は黙ってほっぺたをふくらましている。これは自分が負けたことを認めている証拠だ。

「……忘れました」

「馬鹿！　進の役立たず」

「ひでえ！　姉ちゃんのばか！」

進はあおむけになると、手足をばたばたさせて悔しがった。その姿を見ると、恵子は怖い顔をしてみたものの思わず吹き出してしまうのだった。恵子は人に甘えるということがない。そのせいか人にも甘くない。進にとっては姉であると同時に厳しい母のつもりでもある。

八年前に母を亡くした時、恵子は今の進より小さい六歳だった。

小学校に上がると、赤ん坊だった弟の進を背中にしょって掃除、洗濯、炊事と家の仕事を一生懸命やった。そんな恵子を石出のおばちゃんをはじめ、長屋の住人たちは温かく見守り、支えてきたのだ。今日だって雨が降れば洗濯物など黙っていても誰かが取り込んでくれるに決まっている。ところが、恵子は性格でどうしても人に甘えることはできなかった。それはきっと恵子の母がそうだったからだと長屋のみんなは思っている。この町でも評判の器量良しなのに、髪もほったらかし。まわりの女子はなにかと男子の目を気にして髪型にもあれこれ気を遣い始める年頃だったのだが恵子は違った。

「姉ちゃん、おいらまるよしに行ってくるぜ」

洗濯物をたたみ終わると、進は友達とそそくさとズックを履き始めた。進は夕方はいつも富男の家のまるよし酒店にテレビを見にゆく。最近、鉄腕アトムというまんががテレビで始まり、ここいらの子供はそれに夢中なのだ。

「あ、進、ちょっと待って」

「なんだよう、また用事かよ。せんたく物はたたんだぜ」

ひとたび立ち上がると、弟はいつでも姉に用事をいいつけられる。飛び出していこうとして呼び止められ、進は身構えた。

「あのね、トンビに会ったら、姉ちゃんの鞄もらってきて」

「トンビ」は小さい頃、恵子がつけた富男のあだ名だ。はじめトミと呼んでいたがトビになり、最後はトンビになった。いつもぼんやりしているからぴったりの名だ。

「富男兄ちゃんがなんで姉ちゃんの鞄持ってんだよ、へん、あやしいぜ」

「いいから言われた通りにしな！」

進は、うわあ、おっかねえ！　と叫びながら友達と雨の中を飛び出していった。これ以上逆らうと恵子が怒ることは学習ずみだ。近所でテレビがあるのはまるよし酒店だけだったが、実は去年の暮れ、駅前の福引所で恵子は一等賞のテレビを当てたことがある。年の瀬で気がせいていた恵子は、買い物を済ませて急いで帰ろうと思っていた。どうせ当たるわけもないし、と無造作に回した福引からは赤い玉がころんと出た。はっぴを着てのんきに座って煙草をふかしていた商店会の親父たちの顔といったら。今も思い出すと恵子はおかしくなる。

「おうっ」

赤い玉を見て、鐘を鳴らすのも忘れて親父たちはいっせいに腰を浮かした。こりゃ、一等賞だ、とまるで自分が当たったかのように親父たちは声を上げてよろこんだ。なにしろ一等賞の景品は商店会の目玉中の目玉、テレビだ。まわりで見ていたおかみさんたちもわっと歓声を上げた。ところが恵子はその時、べつだん驚く風もなく首を横に振ったのだった。

「おじさん、私、テレビ欲しくない」

「え、テレビいらないの？」

もりあがっていた福引所は一瞬でしんとなった。恵子は一息に言った。

「テレビってずいぶんと維持費がかかるって聞いたし壊れやすいんでしょ？　しかもこんなのあったら弟がますます勉強しなくなっちゃうもの。そうなったらおじさん責任とってくれる？」

「責任って言われてもねえ」

言われた親父は頭をかき、救いを求めるように仲間を見た。

「だからこれ、お金にかえてください」

貯金して生活費にあてよう、そういう考えだった。どうなることかと見ているおかみさんたちもこれには絶句した。

「ううん、お金に換えることはちょっと、それは無理だねえ。一度持って帰ったら？」

「駄目。だって弟に見つかっちゃうもの」

そう言うと、恵子は別のものを指差した。

「じゃあ、これちょうだい。一等は残しておいた方が福引のためにもいいでしょ」

それは東芝の電気炊飯器だった。そういうわけで恵子の家に電気炊飯器がやってきた。半年後に進はテレビのことをどこからか聞いてきて畳の上で手足をばたばたさせて泣いたが、もちろんあとの祭りだった。


今夜も進と二人の晩飯だ。

恵子の父、三郎は業平橋《なりひらばし》にある生コンクリート会社のトラックの配車係をしている。来年はじまる東京オリンピックの建設ラッシュで生コンを満載したトラックは昼夜を問わず都内を往復する。当然事故が起きることも多く、そんな時には上の代理で処理にあたることもあった。おかげでこのところ父は朝早く出て夜も遅いことが多かったのだ。

麦をまぜたご飯を炊いて、豆腐のお味噌汁にあさりの佃煮。あさりは千葉から行商でやってきたお婆ちゃんから買った新鮮なものを、砂抜きしてひと手間かけ、佃煮にしておいた。料理のコツは長屋の奥に住む萱谷の爺ちゃんに聞きにいけばだいたい何でも教えてくれる。萱谷の爺ちゃんは若い頃料理屋をやっていたので本当に心強いのだ。

「姉ちゃん、おかわり!」

進は、からの茶碗をつき出して叫んだ。

「食べたら、勉強だからね」

「ちぇっ、またかよう」

「またとは何よ、またとは。生意気言わないの」

毎日夕飯が終わると、恵子は弟の学校の勉強を見てやるのが日課だ。そのせいか、進は腕白坊主のわりに成績は悪くはないのである。恵子は立って箪笥の上の小さな仏壇の前に立つと、手をあわせて茶碗を下げた。着物を着た母の写真を見て恵子は微笑んだ。母ちゃんはここにいて、いつでも自分のしていることを見ていてくれる。だからがんばらなくては。進がきちんと育たなかったら、それは自分のせいだ。恵子はいつでもそう思うのだった。


日曜日は昨日の雨が嘘のように朝から気持ちのいい秋晴れだった。工場が休みで煙突の煙が止まると、空もいつもより青く感じる。長屋の路地を秋の風が吹きぬけると、どこからか金木犀《きんもくせい》が香ってくる。夕べ遅く帰ってきた恵子の父は、栗の実をどっさり麻袋に入れて持ってきた。なんでも会社の上司が、故郷から送ってきたものを事務所で配ったのだという。恵子は朝飯が終わると、栗を鍋で煮た。お向かいの石出のおばちゃんに昨日のお礼に少しあげよう、そう思って煮ていると、まるよし酒店の芳江が戸を開けた。芳江は富男の母親だ。

「三郎さんいる?」

「ううん、今、お風呂」

恵子の父は遅く帰ってきたからといってずっと寝ていることはない。今日もいつも通り起きだすと、鉢植えの菊の手入れをしたあと、朝風呂にでかけていた。

「もう帰る頃だと思うけど」

「ああ、そう。それじゃ、ちょっと待たせてもらおうかしら」

そう言って上がると、芳江は部屋の中をてきぱきとかたづけ始めた。

「進ちゃんは?」

「友だちと釣り。どうせまたボウズにきまってんだけど」

「こりないねえ」

芳江は亡くなった恵子の母と大の仲良しだった。だから姉弟にとっては母のような人で、幼い頃から何かと面倒を見てくれている。酒屋は芳江の笑顔で持っていると言われるくらい明るい人だ。

「聞いてよ、恵ちゃん。夕べは大変だったんだから」

なんでも昨夜、酔った父親と富男が大げんかをして取っ組み合いになる騒ぎがあり、富男は雨の中を飛び出したまま帰らなかったのだという。

「どうせまた神社の縁の下にでもいるんじゃない? あとで見てきてあげる」

「そうだといいんだけどねえ」

なんだかいつもと違ったのよ、と芳江は珍しく顔を曇らせた。

「ただいま」

首に手拭いを下げ、三郎が帰ってきた。

「おじゃましてますよ」

ちゃぶ台を拭きながら芳江が明るく言うと、下駄を脱ぎながら三郎はどうも、と頭を下げた。三郎は長屋の女房連中の間では『君の名は』の佐田啓二似だと言われている。二枚目のせいか四十四歳という歳より若く見えるのだった。

「早いですね」

「いい話は早くしないと。そう思って飛んできたの」

「へえ、いい話ですか。何だろう」

三郎は、洗面器を渡しながら、恵子と顔を見合わせた。芳江のいい話は、実はだいたい想像がつく。案の定、芳江は三郎がちゃぶ台の前に座るやいなや、エプロンのポケットから白い封筒を取り出し、両手でちゃぶ台に置いた。封筒の下には小さく、おば写真館の文字が見える。

「恵ちゃん、あんたもここへ来て一緒に聞いてくれる?」

三郎は苦笑いをして煙草をくわえると、マッチをすった。

「おばちゃん、あたし、お茶入れるね」

恵子はお茶を入れようと流しに立った。これから始まるであろう話は恵子にとっていい話とは言い切れない。それでなるべく離れていようと思ったが、無駄だった。

「お茶なんていいから、ほら、恵ちゃんも早く座って」

手招きされて、恵子は仕方なしに三郎の隣に座った。

「お写真、見てちょうだい」

芳江が言うと、三郎はううん、とため息とも何ともつかない声を出して煙草の煙を吐いた。

「南方でね、ご主人が戦死されてからずっと一人なの。町屋の工場で働いてるんだけど、とっても気さくないい人なのよ」

しぶしぶ三郎は写真を封筒から出した。ここからの芳江のせりふはいつも同じだ。恵子は心の中で思った。(初枝さんが亡くなってもうすぐ八年でしょ。恵子ちゃんだって進ちゃんだってこれからいろいろあるんだから) 三郎が写真を開くと、すかさず芳江は言った。

「初枝さんが亡くなってもうすぐ八年でしょ。恵子ちゃんだって進ちゃんだってこれからいろいろあるんだから」

恵子は写真には興味はない。じっと父の横顔を見つめていた。三郎は感情を表に出すことのない物静かな男だ。写真を見ている父の顔には何の変化もない。恵子はそれを見てちょっとほっとした。

「どう？　三郎さん。きれいな人でびっくりしたでしょう。進ちゃんだってこれから母親が必要になる歳だし、恵子ちゃんだって来年は三年生だからね。すぐに高校受験なんだからいつまでも家のことをまかせっきりってわけにはいかないとあたしは思うの」

芳江の言葉が、この家の三人のことをいつでも考えてくれている上でのことなのは、三郎も恵子も痛いほどよくわかっている。だから恵子はきちんと足をそろえて座りなおすと、芳江に頭を下げた。

「私、おばちゃんには本当に感謝しています。おばちゃんや長屋の人たちのおかげで私はお母ちゃんがいなくてもちゃんと育ちました」

芳江は、ほらまた始まった、という顔で身構え、顔の前で手を振った。

「違うの、恵ちゃん」

ここは言いたいことをきちんと言わねば。恵子はいつもと同じことを、いつもより少しだけ強く言った。

「でもね、おばちゃん。進には私がいるから。進は私が責任を持って育てます。それと自分のことなら、卒業したら働くから平気」

働く、と聞いて芳江は大げさに目を丸くした。

「何言ってるの、働くだなんて！　こんなに成績もいいのに。恵ちゃんはうちの富男とは違うんですからね」

富男は勉強が嫌いで漫画ばかり描いている。まるよし酒店では、勉強しろと口うるさくいう父親との間でそれがいつも喧嘩の原因なのだ。救いを求めるように芳江は三郎の方を向いた。

「ねえ、三郎さん、そうでしょ？」

三郎は、黙って写真を閉じるともとの封筒に戻した。何度か繰り返されてきたこの会話に、恵子もそろそろ決着をつけたいと思っている。そこで父に聞いてみた。

「お父ちゃんはどう思っているの？」

「え？　うん」

三郎は封筒を置いて煙草を吸うと、ふうっと長く吐き出した。父がどう思っているのかその顔からは読み取れない。

「今はちょっと、仕事が忙しくてね。もう少し落ち着いてきたら」

三郎の言葉を途中でさえぎって芳江は横から封筒を取り上げた。

「ほんとにもう！　三郎さんの落ち着くの待ってたらおじいちゃんになっちゃうじゃないの」

芳江は箪笥の前に立つと、仏壇の前に封筒を置いてりんを鳴らした。

「写真は初枝さんにも見てもらいますから」

そして短く手を合わせると、恵子と三郎に向き直った。

「私はね、初枝さんと大の仲良しだったから、草葉の陰であの人が何を一番心配しているのかよくわかるの。進ちゃんだってお母さんの顔も知らないなんて、可哀想じゃないの」

最後にこれを言われるといつも三郎は黙ってしまうのだった。


その晩、恵子は進の半ズボンの破れを縫った。

釣りに出かけた進は日が落ちるまでねばったあげく最後にかかった大物に糸を切られて転んだのだという。それでズボンの尻を破いた。

「それがよう、おいら、がんばって竿をためてたんだ。それを一郎と雄太の奴が横から助太刀でござるとか言って、無理やりひっぱるもんだから、それでプツンさ」

「わかったから、ちょっとここにおいで」

後ろに倒れて両肘をすりむいた進に、恵子はマーキュロを塗ってやり、ふうふうと口でふいた。進は体中どこも赤チンだらけで、赤い色は消える間がない。

「あの引きはぜったいフッコだよ、セイゴじゃないって」

進はずっと惜しがっている。恵子は、あんな汚れた川で針にかかるのは、どうせ古タイヤとかだろうと思ったが、へえ、そりゃ惜しかったね、と笑いをこらえて聞いていた。進はちゃぶ台の前に座ると少年サンデーを読み始めた。三郎は横になってラジオで浪曲を聞いてる。今日の写真のことは、芳江が帰ったあとは何も話さなかった。

「お父ちゃん」

恵子が声をかけると、ん？　と肩ごしに振り返った。

「何か、繕いものがあったら出して」

「ああ、大丈夫だ。ないない」

そしてまた顔を戻すと、しばらくしてありがとう、と言った。

恵子は糸切り歯で糸を切ると、針山に針を刺した。木製の裁縫箱の中はきちんと整理されている。それらは生前母が使っていたそのままだった。常に糸だけが新しい。裁縫箱のふたを閉めると、使い込まれた木目に裸電球の灯りがにぶく反射した。特別なんのへんてつもない安っぽい裁縫箱であったが、幼い恵子の記憶に残る母は、この裁縫箱とともにある。炬燵に入ってラジオを聞きながら、母はいつでもなにかしら繕いものをしていた。

ラジオから流れているのは決まって落語だ。母は落語が好きで、繕いものの手を休めては手の甲で口を覆いくすくすと笑っていた。恵子は炬燵でぬり絵をしながらそんな母を見るのが好きだった。裁縫箱の表面をそっと撫でてみる。滑らかな木の表面は、まるで何かの命が宿っているようにほのかに温かい。

（もし、新しいお母さんなんかが来たら）

この裁縫箱を見るたびに恵子はいつもそう思う。きっと裁縫箱だって自分が使っていたものを持ってくるはずだ。そうなったらこの裁縫箱はいつか使われなくなってしまうに違いない。母の記憶は薄れてゆき、やがてこのぬくもりは永遠に消えてしまうのだ。恵子はそれが何より怖かった。裁縫箱をしまおうと箪笥の前に立つと、仏壇の前の影の中に白い封筒があった。

（お母ちゃんはこの写真を見てなんて思っているのだろうか）

恵子にとって母は一人だ。自分一人が頑張ればいい。芳江おばちゃんだってそのうちきっとわかってくれるはずだ。自分はこの写真を見ることは決してないだろう、恵子はそう思うのだった。


授業が終わると担任の横山が恵子に職員室に来るように言った。斜め前の席は空席だ。どうせトンビの事だろう、恵子はそう思った。なにしろ二日も学校を休んだままなのだ。トンビの奴はまだ家に帰っていないらしい。教科書を鞄に入れながら恵子は隣の君江に言った。

「君ちゃん、少し待ってて。一緒に帰ろう」

「うん、いいよ。わかった」

君江は同じ長屋に住む仲良しだ。君江も卒業したら曳舟にある工場に就職するのだという。彼女の家もまた貧しく、父はトビをしている職人だった。


二階の職員室に行くと、横山は、まあそこへ座れ、と言った。横山はエラのはったごつい顔でいつも坊主刈りだった。恵子が一年生の時に半年だけいた陸上部の顧問でもある。

「どうだ、あいかわらず頑張ってるか」

横山はそう言って笑顔になった。

「はい、おかげさまで」

「そうか。あまり無理せんようにな」

先生は、恵子が家庭の事情で陸上部を辞めると言った時もずいぶんとひきとめてくれた。実はな、と言って横山は机の木の引き出しから書類を出した。どうも話は、トンビの事ではなさそうだ。

「来年の十月に東京オリンピックがある。墨田からもフェンシングとヨットで四人の代表が出場するわけだが」

何を言い出すのだろう。恵子はいぶかしげに、はい、と言った。

「開会式の前に、聖火リレーというのがある。ギリシャをスタートして十二ヶ国、世界中の若者が聖火をリレーして代々木の聖火台まで走るわけだ」

そう言って横山は冷えた茶をすすった。

「墨田も聖火ランナーが通過することになっている。それで聖火の後ろを墨田の中高生五十人に併走してほしいと体協から連絡があった。そこでな、うちの学校からはお前にも走ってもらいたいんだ」

横山は手にしたガリ版刷りの冊子を恵子に渡した。わら半紙の表紙には、東京オリンピック聖火リレー併走についてのお願い、とある。夢のようだった。恵子は先生、と言ったきり言葉が見つからない。

「お前は半年しか部にいなかったが、千五百メートルで墨田の新記録も出した。学業も優秀だし、適役だと先生は思う。どうだ、やってくれるな」

職員室のほかの先生も、おめでとう、よかったなと言って拍手をしてくれた。書類を胸に抱いたまま恵子は嬉しくてどうしてよいかわからなかった。

「すごいね、恵ちゃん、おめでとう」

土手の上を並んで歩きながら君江は自分のことのように喜んだ。

「まだ決まったわけじゃないんだけどね」

「何言ってんの。ぜったい走るんだよ」

君江はガリ版刷りの冊子を恵子の手からうばうと、頁をめくった。

「へえ、清澄通りを走って、みろく寺橋まで二キロ。そこで江東区に聖火引き継ぎ。ねえ、恵ちゃん、これテレビに映るよ、ぜったい」

スタアだね恵ちゃん、と君江に抱きつかれて恵子は笑った。

「いやだな、はずかしいってば、そんなの」

そして君江は、すごいなあと言いながらある頁に目をとめた。

「こんなに練習もするんだね。ふうん」

その言葉を聞いて、恵子の顔が曇った。

(練習?)

「君ちゃん、練習のことなんてどこに書いてあるの?」

さっき受け取ったばかりで冊子はまだ全部読んだわけではない。

「ええと、ここんとこ」

君江から冊子を奪うようにして読むと、確かに合同練習の予定が書かれており、特に本番直前はずいぶんと拘束されることになっている。大事な行事だからそれは当然だ。でも、その時期は恵子にとってちょうど就職先を探したり、なにより家の事が手一杯でそんなことをしている余裕はとてもない。恵子は冊子を手にしたまま足を止めた。

「恵ちゃん、どうしたの」

急に笑顔のなくなった恵子の顔を、君江は心配そうに見つめた。

「君ちゃんごめん。先に帰って。忘れもの」

無理に笑顔を作ると、恵子は土手の道を引き返した。

(いくら考えてみても無理だ。先生にあやまって断わらなくては)

土手の下では子供たちが無邪気に歓声をあげて野球をしていた。前からおそろいのユニフォームを着たバレーボール部の女生徒たちが走ってくる。どの顔も屈託のない笑顔だ。楽しそうに笑いながら次々に恵子とすれ違ってゆく。

恵子は冊子を胸に抱いて下を向いていたが、笑い声を聞くとあごを上げ、顔をまっすぐ前に向けた。

(やめよう。くよくよするのは)

自分の置かれた境遇をうらむのは自分にとって何の意味もない。恵子はどんな場合でもそう思う強さを母からゆずりうけていた。

どこかで花火が鳴っている。今日は進の小学校の秋の運動会だ。

暗いうちから起き出して、恵子は進のためにごちそうを作った。それをお弁当箱につめたり新聞紙にくるんでいると、進は行ってきまあす！　と大きな声をあげて体操服で家を飛び出そうとした。

「進！」

靴を履こうとする進に恵子はあわてて声をかけた。

「今日はズックじゃないよ、足袋でしょ、足袋」

「あっそうか。いけね」

どたどたと走って部屋に戻ると進は白い足袋をはいた。運動会の時は裏が茶色いゴムになっている使い捨ての足袋を履く。去年、恵子は進の小学校に行って、使い捨て足袋は無駄だしもったいないと担任に言いにいった。恥ずかしいから、もう来ないでと進に泣かれたので今年は我慢して買ってきたのだった。

「行ってきまあす！」

もう一度叫ぶと進は元気に飛び出していった。

「車に気をつけるんだよ！」

恵子が叫ぶと、進の返事は路地裏を走ってゆくほかの子供たちの歓声でかき消された。

真っ青な秋の空に花火の煙が連続して花を咲かせ、少し遅れて音がした。色とりどりの万国旗がそよ風にはためく下、石灰で描かれたコースをかこんで張られたロープの見物席では、敷物の上に陣取った満員の父兄が声援を送っている。三郎は恵子より少し早く出て、新聞紙の四隅に石をのせて席取りをしておいてくれた。恵子は人の間から手を振る三郎を見つけ、はだしになってロープをまたぐと、すいません通して下さいと言いながらなんとかたどりつき、三郎の隣に座った。

「魔法瓶、忘れちゃって」

「そうか。間に合ってよかったな」

恵子はしっかり者のくせに案外そそっかしく、忘れ物や早とちりが多いのだった。

恵子が座るのを待っていたかのようにスピーカーからクシコスポストの郵便馬車が流れ、入場門から進たち二年生が走って入場してきた。

「進！」

前を通る時に大声で恵子が両手を振ると、進はこっちを見て恥ずかしそうに笑った。

「ずいぶん背が伸びたね」

「ああ。いつも一緒だと案外わからないもんだな」

三郎は伸びあがるようにして息子の姿を追い、目を細めた。二年生の大玉ころがしが始まると、土ぼこりがあがり、紅白の帽子だけしか見えなくなった。

「お父ちゃん、ほら、進はあそこ！」

「ほこりっぽくてわからんな」

「いま白い大玉にぶつかって倒れた子！」

恵子が指を差すと、ああ、ほんとだ。いたいた、と三郎は笑った。父の楽しそうな顔を見るのは久しぶりだ。恵子は元気に弟が走っている姿を父に見せられて、どこか誇らしい気分になるのだった。


お昼になると、どこも家族の笑い声でいっぱいになる。

恵子は腕によりをかけて作ったお弁当を新聞紙の上に広げた。海苔巻に卵焼き、タコのかたちのウインナー、それから三郎がもらってきた栗を炊きこんだおこわもある。リンゴをうさぎの形に切った横にはバナナを輪切りにして入れてみた。みかんだってまだ緑色だがちゃんと持ってきた。

「すげえ！　バナナだ。バナナが入ってる！」

恵子のごちそうを見て進は歓声をあげた。

「がんばったからね。ごほうび」

「おいらが本気を出せばあんなもんさ」

「それはお前、一等賞の子が言うことでしょ」

恵子が言うと、三郎はおだやかに笑った。

「いや、よく走っていたよ。おどろいた」

「ほらみろ！　姉ちゃんのバカ」

魔法瓶からふたにお茶を注ぎながら、恵子はさあ、早くお食べと笑った。進は下を向いてがつがつと食べ始めた。

「ほんとにもう。お行儀悪い。ちゃんとお背中を伸ばすんだよ」

恵子が背中を叩くと、進は痛てえ！　と大げさに声をあげた。

三郎は弁当箱に詰めたおこわに箸をつけ、うまいなと、声をあげた。実はおこわは菅谷の爺ちゃんちで手伝ってもらって作ったのだが、それは黙っていた。でもおこわにふりかけるゴマ塩は恵子がちゃんと自分でゴマを炒って塩をまぜたのだ。

「進、食べたら遊ぼうぜ！」

すぐ後ろの席の友達が声をかけてきた。

「うん、わかった」

進は後ろを見もせずに、海苔巻をほおばりながら答えた。

「進、だめだよ。ちゃんとお友達の方を見て返事するんだよ」

恵子が叱ると、進はうんうん、とうなずくだけで背を丸めて振り返ろうとはしない。

恵子は相手の母親と目が合い、すいませんと頭を下げた。友達のお母さんはにっこりべさせてもらっている。進の友達はああん、と口をあけて母親から箸で何か食べさせてもらっている。

　恵子は何気なくまわりを見た。

　どの席にも当たり前のように父がいて母がいた。そして皆楽しそうに母の手料理を食べ、笑っている。

（そうか）

　進はずっと下を向いて恵子の手料理を食べている。行儀が悪いのではない。きっと見たくないのだ。一年生の時の授業参観も、今年の授業参観も三郎は行ってやることはできなかった。その日のことを進から聞いたことは一度もなかったが、だが、きっとこうして下を向いていたのではなかったのか。汗と土に汚れた白い体操着。前かがみになった弟の細い首は、食べ物をのみ込むたびに小さく揺れている。それを見ているうちに恵子は胸がいっぱいになった。自分は姉であり、母ではない。弟にしてやれることはここまでなのだろうか。やっぱり進には母親が……。

「どうした、お前は食べないのか」

　父が不思議そうに恵子を見た。恵子はあわてて顔をあげた。

「なんだか作ってるだけでおなかがいっぱいになっちゃって」

　三郎は笑った。

「なんだ、変な奴だな」

「そうだね。変だよね」

恵子は大きな声で笑ってみた。

「なんだよ、姉ちゃん」

笑い声にびっくりして進が顔をあげた。恵子はその頭を帽子ごとつかむと、乱暴に撫でた。

「なんでもない！」

「痛えよ、やめてよ！　姉ちゃん変だぜ！」

父と進は顔を見合わせて笑った。恵子も笑った。笑って進の細い身体を力いっぱい抱きしめた。

「やめてくれ！　苦しいってば！」

悲しい気分の時にはね、とりあえず大きな声で笑うといいんだよ、芳江おばちゃんがそう教えてくれたのは、あれは母を亡くして最初のお盆の夜だったたか。


その晩遅く、進が寝たあとに隣に住む若い夫婦が大喧嘩を始めた。

長屋の壁は隣の声や音が筒抜けだ。いつものことなのだが、今日は物が飛び交い、すごい勢いなのが壁ごしに伝わってくる。赤ん坊も火がついたように泣いている。

「父ちゃん、大丈夫かな、お隣さん」

学校の予習をしていた恵子は、ノートの上に鉛筆を置いた。

「うん、ちょっと様子を見てくるか」

心配そうに言うと、三郎も煙草を消した。なんといっても赤ん坊がいる。飛んできたものでもあたったら、とりかえしがつかない。二人で外へ出てみると長屋の狭い路地は隣をのぞき込む住人でいっぱいだった。三郎の顔を見て石出のおばちゃんがほっとしたように言った。

「ああ、三郎さん、いいとこに来たわ。そろそろ呼びに行こうと思ってたとこさ」

「たいそう派手にやってるようですね」

「またシゲさんがこれでさ」

石出のおばちゃんは手で酒を飲む真似をしてみせた。シゲさんとは隣に住む左官屋の亭主だ。温厚な男だが飲むと人が変わったように荒れる。三郎は仕方なく、中に入った。恵子も背中ごしに中をのぞいた。

「どうしたんだ、シゲさん。奥さんも落ち着きなさい」

三郎が声をかけると、つかみあったまま二人はこっちを向いた。シゲの顔の真ん中にはみごとに女房の爪のあとが残り、血がにじんでいた。

「ああ、こりゃ三郎さん、お騒がせしてすいません」

シゲは女房を突き飛ばすと、ろれつの回らぬ舌でいきまいた。

「いえね、この野郎が亭主に向かって稼ぎが少ねえとか生な口を聞きやがったんすよ」

女房は泣きやまない赤ん坊を抱き上げると、あやしながらシゲをにらんだ。

「何言ってんだよ、いつもいつも雀の涙をもらったその日に飲んじまって！　それを怒ってるのがどうしてわからないんだよ、あんたって人は」

「雀の涙たぁなんだ！　俺が汗水垂らして稼いだ金だ。それをどう使おうと俺の勝手だろう」

一度は収まりかけた勢いに再び火がついた。赤ん坊に何かあったら大変だ。恵子は、おばちゃんと言って赤ん坊を受け取るとしっかりと胸に抱いた。だが、両手が空いたのを幸いに女房は米櫃のブリキのふたをはずすとそれをたてに大声を出した。

「ああ、そうですか。それじゃあ、わたしは出ていきますからね！」

「上等だ！　てめえなんてな、どっか行ってのたれ死んじまえ」

赤い顔をしたシゲは口から唾をとばして目を剥いた。

「ふん、そっちこそ大川で土左衛門になりゃあいいんだ！」

「なんだと、この野郎！」

再びつかみかかろうとするそのあいだに三郎が割って入った。

「死ぬとかどうとか、二人とも軽々しく言うのはやめなさい」

三郎のからだごしに二人は罵り合う。

「三郎さん離して下さい!」

「今日こそてめえにわからせてやらあ!」

三郎は、二人を交互に見ながら言った。

「喧嘩ができるってことはお互い元気ってことだ」

静かに言われるとかえって勢いがなくなるものだ。三郎は言葉を継いだ。

「喧嘩をしたくたって、世間にはその相手がいない人間だっているんだから」

夫婦は口をつぐみ、酔っているとはいえ、シゲははっとして目を伏せた。妻を亡くした三郎の言葉には、静かだが重みがあった。

「いいかい。そうやって夫婦が元気なうちはね、お互いを大事にしないと駄目だ」

恵子は赤ん坊を胸に抱いたまま、父の姿を戸口から見ていた。揺れる裸電球のあかりの下で父の横顔は暗く、生気がなかった。

(喧嘩をしたくたって、その相手がいない)

その言葉は恵子の胸に刺さった。恵子がどんなにがんばってみても、父のその心の空洞だけはどうやっても埋められないのだ。

恵子の母・初枝は静岡県の三島市で生まれた。

日赤の養成所を出てすぐに戦争が始まり、二十二歳の時に初枝は看護婦として召集令状を受け取った。その後南方を転戦して終戦の年には上海の病院に勤務していた。

初枝は来る日も来る日も最前線から送られてくる兵士たちを看護し、そこで恵子の父、三郎と出会ったのだった。三郎は群馬の桐生出身。貧しい農家の三男で、兄弟は十人いた。中国戦線の輸送部隊で三郎はトラックを運転しており、とある渡河作戦で工兵の渡した橋が崩れ、冬の川に投げ出された。川は浅かったが、衝撃で脛を骨折した。後送されて病院に来たがろくな治療もしてもらえない。痛みに呻《うめ》き、何度も看護婦を呼んだ。

ようやくやってきた一人の看護婦が、三郎を大声で怒鳴りつけた。

「足が折れたぐらいで、男が騒ぐんじゃありません！」

それが初枝だった。初枝の大きな黒い瞳は瀕死の兵の世話で殺気だち、顔や首筋は汗で濡れ光っていた。

髪の毛は額にへばりつき、血と汗で汚れた白衣は白衣ではなくなっていた。胸を撃たれた兵士、学徒として出陣して首を撃たれた若い兵士、そんな彼らの血を拭いてやることぐらいしか初枝たちはできなかった。もう、薬品も何もかも足りなかったのだ。だから三郎の足の骨折など、初枝から見たらかすり傷くらいにしか見えなかったのだろう。

終戦後、杖をついて復員した三郎は、舞鶴港の人ごみの中で初枝と再会した。

「ごめんなさい、どなたか思い出せません」

声をかけると初枝はそう言った。初枝は三郎の顔など覚えてはいなかったのだった。

二度目の再会はそれから何年かあとの業平橋の生コン工場でだった。三郎は指にさした小さなとげで指先を化膿させてしまい、医務室に行った。

「そんな傷、焼酎を吹いておけばなおります」

医者より先に一人の看護婦が吐き捨てるようにそう言った。その口調に顔をあげた三郎は、相手を見て初枝だと知ったのだった。


父が寝たあと、恵子は仏壇に置かれた母の写真を見た。写真の母は着物を着て、勝気そうな黒い瞳でじっとこちらを見つめている。その前には白い封筒がまだ置かれたままになっていた。恵子はそっと封筒に手を伸ばし、触れた。

（いったい、どんな人だろう）

見るだけなら……。一瞬そう思ったのだが、いざ封筒を前にすると、その中を見る勇気は恵子にはまだなかった。恵子は吊り下げ電灯のソケットのスイッチをひねり、灯りを消した。

十二月二十一日は父の誕生日だ。恵子は進と二人、井戸水で野菜を洗いながら、ひと月後のプレゼントを何にしようか相談していた。

「プレゼントのことはぜったい内緒にするんだよ、わかったね」

「もちろんさ。おいら、何にしようかな」

進はそう言いながら、大根を洗っていた手に息を吹きかけた。

「冷てえよ、姉ちゃん。おいらもう手がかじかんじゃった」

(これだ!)

自分は父ちゃんに手ぶくろを編んであげよう、恵子はそう思った。父は寒がりで、仕事から戻るとしばらく火鉢に手をかざしてじっとしているのだった。冬までまだ間があるというのに、このところなぜか冷え込んでいる。父のプレゼントは手編みの手袋に決まった。

恵子は家に戻ると押入れから自分の茶色いセーターを出し、毛糸をほぐした。そして火鉢の上の薬缶の口に毛糸ふかしの筒を挿して横穴に毛糸を通すと、湯気をあてながらていねいに伸ばして毛糸玉を作った。Tのかたちをした煙突のような毛玉ふかしも母が残してくれたものだ。そして学校の授業中も机にたてた教科書のかげで、せっせと編み棒を動かして手袋を編むのであった。男ものらしき手袋に男子生徒は皆、あれこれうわさをして騒いだが、恵子は平気だった。

あれから封筒は、父がどこかにしまったらしく仏壇の前からなくなっている。ひとまず危機は去った。父の誕生日は三人で楽しく過ごそう、そう恵子は思うのだった。


恵子が倒れたのは、ある寒い晩のことだった。

なんか寒気がする、と言って炬燵に入ったのだが、そのまま起きられなくなった。

「お姉ちゃん、大丈夫?」

心配そうに顔をのぞきこむ進に、恵子は小さな声で言った。

「あのね、お姉ちゃん風邪みたいだから、まるよしのおばちゃんのところで晩を食べといで」

おそるおそる姉の額に手を置いた進は、声をあげた。

「お姉ちゃん、すごく熱いぜ!」

恵子が覚えているのはそこまでだ。進がまるよしに走って芳江を呼んでくると、芳江はその熱に驚いて医者を呼び、騒ぎになったのだったが、それを知らずに恵子はずっと眠り続けた。三郎は会社で残業をしていたが、芳江の電話で急いで帰ってきた。医者が帰ったあとだったが、芳江が言うには医者の見立てでは流行性感冒だろうとのことだ。

「ご迷惑おかけしました」

「それより、進ちゃんにもうつるといけないから、今晩はうちに連れて帰るよ」

そう言って芳江は進にランドセルと着替えを持たせ、まるよしに連れて帰っていった。三郎は服も着がえぬまま恵子の枕元に座り、手拭いを水で冷やしては絞って額に載せた。

薄暗い電灯の下の恵子の寝顔を見ていると、三郎は不吉な気持ちになってくる。芳江から電話をもらった時に胸騒ぎがした。全てがあの晩に似ているのだ。じっと恵子の顔を見ていると、うっすら目が開いた。

「大丈夫か」

三郎が声をかけると、恵子はぼんやりした目で三郎を見た。

「ごめんね、父ちゃん、ごはんまだでしょう」

恵子はそう言って謝った。その言葉を聞いて三郎はぞっとした。あの晩、初枝も同じことを言って三郎の手を握ったのだ。ただの風邪だと思っていたのに肺炎を起こし、それが妻の最後の言葉となった。

どこかで犬が鳴いている。

枕元に座ってうつらうつらしていた三郎は、はっと気づいて目を覚ました。恵子を見ると、すやすやと落ち着いた寝息を立てている。火鉢の中の炭を箸で掘り起して吹いてやると炭は赤々と燃え始めた。額の手拭いをかえてやりながらふと部屋の隅に目をやると、紙が山積みになっておかれていた。長屋の女房連中はだいたいが内職をしている。本の頁を折る仕事で、毎週リヤカーが長屋の出口に来てその紙を集荷してゆく。最近恵子は前に住む石出のおかみさんに少し紙をわけてもらい、自分も折るのを手伝ってはわずかな駄賃をもらっていたのだ。

三郎は立ち上がり、その紙の山を見下ろした。恵子が折りかけた紙が山の一番上に置いてある。手にとってみると、文章は何かの紀行文の一部だった。恵子をどこかに遊びに連れていってやった記憶は、三郎にはない。自分の娘は物心ついたときからどこにも遊びに連れて行ってもらうこともなく、ただ自分を犠牲にして三郎と進のために洗濯をし、食事を作り、茶碗を洗い、繕いものをし、勉強をしてきたのだ。

三郎は恵子を振り返った。薄暗い電灯の下で見ると恵子は亡き妻によく似ている。まるで初枝がそこに寝ているように見えるのだった。三郎の手の中で紙がぼやけ、心の中で恵子にわびた。自分が新しい妻をもらうことは恵子が可哀想だと思っていた。恵子が一生懸命働く理由はただひとつだ。それはよくわかっている。だがこうして倒れてしまった姿を見ると、むしろその恵子にとって本当に必要なものが何かを、自分は今こそ考えざるを得ない。そして、それとは別に三郎には、娘が幸福になることを心のどこかで素直に喜べないある秘密を持っている。それを知っているのは亡き初枝だけだ。

三郎は紙を山の上に戻すと、箪笥の上の仏壇の前に立って長いこと妻の写真を見つめた。妻の写真は暗い影の中に沈んでいる。箪笥の一番上の引き出しを開けると、その奥には白い封筒がしまってあった。三郎が封筒に手をのばしてそれに触れると、柱時計が十二時を打って日付が変わった。妻の命日だった。


十二月二十一日。父親の誕生日は土曜日だった。

進は父へのプレゼントは自作の肩たたき券にした。恵子は苦労して編んだ手袋を、捨てずにとっておいたきれいな紙袋に入れてリボンをかけた。そして誕生日を誕生日らしくするには、どうしてもなければいけないものがある。それは、ケーキだ。石出のおばちゃんのアルバイトで儲けたお金を持って恵子は浅草の雷門近くの商店街にある洋菓子屋に行った。ショーウインドウの中の大きなケーキなどはもちろん買えない。

「ええと、その右にあるチョコレートの……いや、やっぱりいちごの載ったやつかな」

ほかの客を待たせてあれこれ悩んだあげく、恵子は一番小さな、いちごの載った丸いケーキをひとつ買い、箱に入れて包装してもらった。もちろんハッピーバースデーの文字のあるチョコレート板もさしてもらった。恵子は満員のチンチン電車でその箱を大事に抱えて家に帰るのだった。

恵子が戸を開けると、進は炬燵に入って色紙で飾りつけ用の輪っかを作っていた。

「おかえり、姉ちゃん」

「感心感心。よく出来てるじゃない。上出来よ」

出がけにいくつかやってみせて教えた通り、進ははさみで細長く切った色紙を米粒で貼り、輪っかをつなげて上手に鎖を作ってある。案外器用なところを見ると、だてにプラモばかり作っているのではないらしい。二人は協力して家の中を色とりどりの輪で飾った。高いところは紙で作った大きな花を恵子が画鋲でとめる。踏み台を押さえていた進が笑った。

「姉ちゃんったら、靴下に大きな穴があいてるぜ」

「ほんとう?」

降りて見てみると、確かに両方の靴下のかかとのところに大きな穴が開いている。いつも家族の繕いものばかりで恵子は自分のことなど構うことはなかったけど、たしかにこれはひどい。

「かっこ悪いや」

笑う進を、ぶつ真似をして恵子はにらんだ。

「早くこたつの上を拭いてちょうだい」

「がってんしょうちだい！」

一番大事なケーキは仏壇の写真の前にかくした。小さいけどきっと喜んでくれるはず。そして今回の恵子の力作は五目ずしだ。干瓢、干し椎茸、蓮根に人参、千切りの薄焼き卵、いんげん。米に混ぜる前に、椎茸と干瓢を椎茸のつけ汁に入れて火にかけるのだが、干瓢はその前に水洗いして塩で揉み、水から茹でる。そこらへんを何度も菅谷の爺ちゃんに聞いて無事に作ることができた。五目ずしを飯台にふきんをかぶせて大事に置く。

「もう、帰ってくる頃だね、姉ちゃん」

「うん」

柱時計が五時を打った。二人で三角ぼうしをかぶってあごにひもをかけると、路地の砂利を踏む靴の音が聞こえた。

「あ、帰ってきた！」

恵子と進は急いで破れ障子を閉め、父が家に上がってくるのを隣の部屋で息をつめて待った。

ちりりん。

鈴の音がして戸が開いた。恵子と進は「せえの」と声を合わせ、「お誕生日おめでとう！」と障子を開けた。そこにいるのは、父一人ではなかった。父の斜め後ろに、上等な白いコートを着た美しい女性が立っていた。髪はやわらかく波うち、肩にかかっている。肌は雪のように白い。きれいな口もとからは息が白く流れていた。まるで映画の中で外車から降りてきた女優さんみたい、恵子はそう思った。進はぽかんと口を開けたまま黙っている。

「篠田悦子さんだ」

三郎にそう紹介されると恵子と進は、はっと我に返り三角ぼうしをかぶったまま、ぎこちなく頭を下げた。

「姉の恵子と弟の進です」

父は、恵子と進を悦子に紹介した。悦子はわずかに会釈をすると、三郎に続いて汚い畳の上に足音もたてずにあがってきた。コートを脱ぐと、その下からまるで貴婦人のような白い服が現れた。悦子は背筋を伸ばして綿のはみ出た座布団に座ると、黙って部屋を見回すのだった。いったいどこの上流階級の女性なのか。すっと伸びた背やきれいなかたちの鼻はここいらのおかみさん連中とは根本的に造りが違う。薄汚い部屋は色紙の輪がぶら下がり、安っぽい紙の花が咲いている。その中にこんなにきれいな人が座っている光景はどう見ても不自然だった。というよりこんな人を長屋に連れてくるなんて、いったい父は何を考えているのだろう。恵子は何から何まで、自分たちとは違う世界からやってきた人なのだと思った。

あの写真に写っていた人はこの人だったのだ。

写真を見た時、三郎は表情一つ変えなかった。だけどそれはあんまりきれいなのでびっくりしてしまったのに違いない。そういえば父は最近日曜日になると外へ出ることが多かった。きっと外でこの人と会っていたのだ。そう思うと、なんとなく恵子は嫌な気分になってくる。父の着替えを手伝おうとすると、父が真新しい皮の手袋を持っているのに恵子は気づいた。聞くまでもなく悦子からの誕生日プレゼントだ。

「これは篠田さんからだ」

言われてみて、初めて恵子は父がリボンのかかった大きな包装の箱を持っていることに気がついた。それは自分が買ってきた箱とはくらべものにならない大きさだった。

恵子が目で進を呼ぶと、進はおそるおそる箱を捧げ持つようにして慎重にちゃぶ台に載せた。悦子という女性の方を恵子は見ないようにしている。だが、きっと冷笑を浮かべてこの安っぽい飾りつけや炬燵の上の飯台を見ているのに違いなかった。

三郎は着替え終わると座布団に座り、進に開けてみるように言った。

進が紙をむしるようにして箱を開けると、中には大きなケーキが入っていた。恵子はこの瞬間、自分のちっぽけなケーキを出す機会が永久になくなったことを悟った。

「うわあ！　すげえや！」

「進！」

姉が買ったケーキのことも忘れて思わず飛び上がった進を、恵子は叱った。

こうして静かな、会話もない誕生日会が始まった。

悦子は大きなケーキの隣においてある五目ずしにもほとんど手をつけなかった。そして息を詰めるようにしてじっと黙っていた。口元にわずかな微笑みを浮かべて。

恵子はだんだん、腹が立ってきた。

自分が編んだ手袋も、進が作った肩たたき券もみじめでつまらないものに思えてきた。いったい何故、父はこんな女の人を今日ここに連れてきたのだろう。恵子は怒りをかみころして三角ぼうしをぬぐと、畳の上に乱暴に置いた。

「じゃあん！　父ちゃんにプレゼントがあります！」

箪笥の引き出しに入れてあったプレゼントを後ろにかくして進が走ってきた。

「ほんとうか。それはうれしいな」

進が紙に包んだプレゼントを渡すと、父はうれしそうにうけとった。

「ねえ、早くあけてみてくれよう！」

「どれどれ」

紙包を開くと中からボール紙にへたくそな字で「肩たたき券」と書かれた券が出て

きた。その時恵子は、悦子がこらえきれない、といった様子で小さく吹き出すのを見た。

笑ったのだ。悦子は進のプレゼントを見て笑ったのだ。それを見た瞬間、恵子は怒りで手が震えた。

「姉ちゃん、なんでプレゼント渡さないいんだよう」

進は恵子のスカートを何度もひっぱった。

「姉ちゃん、プレゼント！　ねえ、プレゼント」

「うるさい！」

そう叫んで、恵子は進の頬を手で打った。

「何すんだよう！」

後ろに転がって大声で泣きだした進を無視して、恵子は畳を鳴らして箪笥の所まで行き、仏壇に置いたケーキの箱をつかむと流しまで走って箱を思いきり投げつけた。

そして父に渡すはずの手袋の入った紙袋を屑籠に投げ込むと、部屋の中にぶら下がった飾りつけを手当たり次第にひきちぎった。

「やめて！　姉ちゃん！」

進は泣きながら恵子にすがったが、恵子は乱暴に弟のからだをはらいのけた。

もうたくさんだ。こんな会は早く終わりにしたい。

「お父ちゃん、その人に帰ってもらって！」

恵子はそう叫ぶと、怒りに燃えた目で悦子の背を見下ろした。

「恵子、お前」

恵子の剣幕を見て、とりなそうと三郎が立ち上がりかけた。

その時だった。

恵子は座っている悦子の両方の足の裏のストッキングに大きな穴が開いているのを発見した。それは自分の靴下の穴に負けないほど、いや、それ以上に大きな穴だった。

（え？　なんで……こんな上品な人のストッキングにどうしてこんな大きな穴が？）

悦子は振り返ろうとして、突然、派手に横に倒れた。そしてなまりのある言葉で言ったのだ。

「あいたたた、足が痺れちまったあ！」

後ろに手をついて足を投げ出すと、ああ、もうだめだべ、と恵子を見上げて笑った。

「やっぱり借り物の洋服は駄目だな。もうおなかんところがきつくてきつくて」

そう言って悦子はスカートの留め金のところを恵子に見せた。そこは大きく開いていた。

恵子は進と顔を見合わせた。進も恵子に叩かれた頬を手で押さえたまま、きつねにつままれたような顔をしている。二人にはいったい何が起きたのか、まだわからない。

すると……。

悦子はよっこらしょと言いながら、なんとか正座すると恵子に頭を下げた。

「ごめんなあ。初めてご家族に会うのに服もなくってさ。知り合いがダンスをしてたことがあってね、無理に洋服、借りたはいいんだけんど」

そう言って、悦子はおなかのところをぽんぽんと叩いた。

「サイズがあわなくてさ。ずっと息をとめてたんだけんど、この留め金んとこがさっきばあんて弾けちまったらもう、可笑しくて可笑しくて、自分で思わず吹き出しちまったんだあ」

ごめんなあ、ともう一度悦子は頭を下げた。恵子は言葉を失ってぺたんと座り込んでしまった。悦子が吹き出したのは、進の肩たたき券を見たからではなく、スカートのことだったのか。それなのに自分は……。

「そもそもこれダンスの衣装だって。やっぱ変だよな」

そう言って、口を押さえて笑うのだった。

「しゃべるとなまるから、おめえはなるったけ黙ってろって、工場のみんなに言われたんだけどな。ああ、やっぱ駄目だったあ」

悦子は三郎を見て、舌を出した。父は苦笑いをして煙草をくわえると、マッチを擦った。

「まあ、そういうわけだ」

そういうわけ、と言われても恵子はどうしてよいかわからない。

「あの、おばさん……私」

それだけ言うと、恵子は正座をして、小さな声でごめんなさいと頭を下げた。悦子はあわてて
かぶりを振るともう一度座りなおし、恵子を見てにっこり笑った。

「あやまんのはこっちのほうだよう、恵子ちゃん」

それは、とても素敵な笑顔だった。

「ごめんな、おばちゃんこんなケーキなんか買ってきちゃって。工場でもみんなにおめえは気がきかねえっていつも言われてるんだわ。ごめんな」

悦子はそう言って流しに立ち、恵子のケーキの箱を持ってくるとつぶれた箱を開けた。そしてくずれたケーキのクリームを箸で、ていねいに自分のケーキの上に盛り始めたのだ。

（何が始まるんだろう）

息をつめて恵子は悦子の手先を目で追った。進も身を乗り出してじっと見ている。真剣な横顔はやっぱり美人だった。ところが突然、ああ、と大きなため息をついたのだった。悦子が持ってきた立派なケーキは、崩れたケーキのクリームが盛られて台無しになった。

「駄目だ。変な格好だあ」
悦子がそう言って乱暴に箸を投げ出すと、恵子も進も三郎もたまらず吹き出した。みんなでもう笑いすぎて涙が出た。三郎も声を上げて笑った。進も汚い畳の上をのたうちまわってげらげら笑った。悦子が体を折って笑うときれいな鼻の頭にクリームがついた。それを見て恵子もおなかを抱えて笑った。悦子は美人なのにおかしな人だ。そしてこの家がこんなに笑いに包まれたのは本当にひさしぶりだった。

借り物の服が汚れるし、そもそもサイズもあわない。それじゃあ悦子に着替えてもらおうということになった。だが着替えるといっても悦子が着るとなると、この家にあるのは初枝の着物だけだ。三郎がそれを言うと悦子は、そんな大事なものだめだべと言って遠慮したのだが、最後は恵子が押入れにあった行李からそれを出して渡すと、すまないねえとしきりに恐縮しながら着物をおしいただいて障子の向こうに隠れたのだった。

恵子はあのストッキングの大きな穴を見た時に、悦子がそんなことを気にする間もなく毎日一生懸命生きている人なのだと悟った。なぜならば自分もそうだからだ。そもそも三郎が恵子が気に入らない人を連れてくるはずなんてない。そっと三郎の顔を見ると、三郎は黙って煙草をふかしている。

「ほんとにすまないねえ」

障子が開いて着物を着た悦子が恥ずかしそうに姿を現すと、思わず三郎も恵子も言葉を失った。母の着物は悦子によく似合っていた。母親を見たことのない進でさえ、目をぱちくりさせて悦子の姿を見つめている。

「さあ、食うべ」

そう言って明るく笑うと、悦子はごちそうの前に座り、恵子の五目ちらしをすごい勢いでばくばく食べた。きれいな顔に似合わぬ豪快な食べっぷりだ。

「うまいねえ！　これ、恵子ちゃんが一人で作ったのかい？」

「はい」

恵子がうなずくと、悦子はまた笑った。

「おばちゃんな、もう食べるの我慢すんのつらかったんだわ」

「あっ！　おばちゃん、お米！」

進が指をさすと、悦子の口のはしに米がひとつぶついている。それを見てまたみんなでおなかを抱えて笑うのだった。


その晩は遅くまでわいわい騒いで笑った。

田舎の家で山羊が逃げてしまって、それを探すうち山で遭難したこととか、日曜日なのに知らずに弁当を持って出社しただの、悦子の話は面白く、何を聞いても恵子は笑ってしまう。しかも進にはさみをもってこさせると、悦子は三郎にあげた皮の手袋の指先を残らず全部切ってしまったのだ。

「これはおもての園芸用。恵子ちゃんの編んだのは通勤用だ」

ねえ、三郎さん、と悦子が父のほうを見ると、三郎は、

「うん、そうだな。一度に手袋がふたつも増えたな」

そう言って笑うのだった。こうしてみると二人は似合いの夫婦になるのかもしれなかった。

崩れたケーキをわけて食べ終わると、進は悦子の膝まくらで耳をかいてもらううちに寝てしまった。その進の身体を抱いてふとんに入れてやると、悦子は恵子に振り向いた。

「恵子ちゃん、こっちさおいで」

鏡台の前で悦子は恵子に座るように言い、後ろから恵子の髪を櫛で優しくすいてくれた。

「おばちゃん町屋のマネキン工場で働いているからさ、髪をとかすのは誰にも負けないんだ」

「そうなんですか」

恵子が驚くと、銀座の美容室だって働けるさ、と言いながらなれた手つきで丁寧に髪を編んでゆく。

「恵子ちゃんは偉いな。ぜんぶ一人で頑張ってるんだって？」

恵子の事は全て三郎が悦子に話して聞かせたに違いない。そっと目を上げると鏡の中の悦子の目が少し潤んでいた。今日は取り乱してしまったし、いろいろありすぎてなんだか疲れてしまったようだ。優しい言葉をかけられると、いつもは気丈な恵子も胸がいっぱいになった。

「偉いだなんて……そんなことありません。あたりまえのことですから」

ようやくそれだけ言うと目を伏せた。今まで一人でがんばってきたのだ。そんな言葉を誰かにかけてもらおうなどと思ったことはない。悦子は恵子の肩をぽんとたたいて、明るい声を出した。

「さあ、これでどうだい？　見てごらん」

鏡の中の自分の顔を見て恵子は驚いた。いつも自分がぞんざいに編むのとは違ってきれいに形が整っている。どうこう言っても年頃の女の子である。恵子は笑顔になった。

「おばさん、ありがとう！」

「いえいえ、どういたしまして」

さあこれでよし、と言いながら悦子はあたりを見回した。

「恵子ちゃん、裁縫箱、あるかな？」

悦子はさっきはじけてしまったスカートの留め金を直すのだという。不意に言われて恵子は言葉につまった。悦子は、鏡の中の恵子を怪訝そうに見た。たった今、笑ったはずの恵子が再び硬い表情で下を向いている。

「恵子ちゃん？」

もう一度、名前を呼ばれたが、恵子はそれには答えず、黙って立ち上がるのだった。


炬燵に入ると、悦子は膝の上に服を広げた。

「ほんとにもう、こんなことになっちまうとはねえ」

そう言って悦子は三郎を見て笑った。

恵子は裁縫箱を持ってきた。

「おばさん、これ」

「はい、ありがとさん」

母の裁縫箱が悦子の横にそっと置かれた。恵子は見ていられずに、進のところへゆくと、弟が足で蹴ったふとんを直すふりをして悦子に背を向けた。

「さて、と」

悦子は乱暴に母の裁縫箱をひき寄せた。

恵子は、肩越しにそっと悦子を見る。

無造作に箱をあけようとして、悦子の手が、途中で動きを止めるのが見えた。美しい横顔から笑みが消え、長い睫の下の瞳が、何かを確かめるように、ほんの小さく左右に揺れている。

外は風が出てきたのか、流しの窓ガラスが音をたてた。

悦子はつやのある木の箱にゆっくりと手をのばすと、その感触を確かめるように指さきでそっと触れ、そうして優しく微笑みを浮かべたまま、ずいぶん長いこと黙っていた。

恵子は息をつめて悦子の横顔を見た。

この裁縫箱がどういうものなのか、そしてどれほど大切なものなのか。その持ち主がいなくなったあと、どれほど長い間、娘を守り、見つめてきたものなのか。

そういうことをひとつひとつ、この人は短い時間のあいだに、きっと感じとってくれたのに違いない。

悦子は恵子を見た。その目は、箱を開けていいか、と聞いている。涙をこらえて微笑むと、恵子は小さくうなずいた。

悦子は箱に目をもどした。

茶色の木製の蓋が、優しい指先でそっと開けられる。

ゆっくりと蓋が開くと、吊り下げ電灯の淡い光の中に、花のかたちの飾りのついた色とりどりの待ち針が姿を現した。それはまるで箱の中でひっそりと咲いていた、小さな花のようだった。

黒く光った握り鋏、セルロイドの角へら、朱色の座布団の針刺し。そのひとつひとつ、どれもが恵子の母が使っていたものに違いない。それを娘は今日まで大事に、それだけを心のよりどころとして、母と同じように夜なべをして、あるときは嬉しかったことを、またあるときは辛かったことを言葉にせずに語りかけながら、大事に大事に使ってきたのに違いないのだ。悦子はそのいじらしさを思い、手の甲に涙を落とした。そして、大事に使ってきたんだね、と小さな声で恵子に言った。

「おばちゃん、使わせてもらっていいかい？」

「はい」

恵子は、はっきりと答えた。三郎は立って、箪笥の上のラジオをつけた。

落語をやっていた。

裸電球の下、母の着物を着て繕いものをはじめた悦子の姿は、恵子が、いつか遠い日に見たことのある姿だ。

それは、まぎれもなく幼い頃に見た、母そのものであった。

家族写真

秋の空に、紅白の模様の丸いアドバルーンがぽかりと浮いている。

隅田川を見下ろす浅草のデパートの屋上遊園地は、おだやかな陽気もあって大勢の家族連れでにぎわっていた。豆汽車や豆自動車、カプセルを吊り下げて回す飛行塔など、人気の遊具の前はどこも、よそ行きの子供服を着た坊ちゃん刈りやおかっぱ頭の長い列ができている。にぎやかな音楽と子供の歓声の中、栄吉はベンチに座り、森永ミルクキャラメルと書かれた背もたれに両ひじをついて不機嫌な顔で煙草をふかしていた。

もともとの顔の造作が不機嫌にできていることもあったのだが、子供二人を大食堂のウエイトレスに「可愛いお孫さんですね」と言われたことが、栄吉をしてその顔をいつも以上に不機嫌に見せていることの理由である。

歳は五十半ばだが、日焼けした顔と痩せてやや猫背なおかげで、年齢は実際よりだいぶ上に見られることが多い。髪も薄くギョロ目で下唇が厚い。そこにいつでもちびた煙草がくっついていた。ふだんは酒屋の前掛けに薄汚れた上着姿で配達をしている。だからいっちょうらのグレーの上着に着なれぬシャツで連れてこられたデパートなど、ここを楽しみにやってくる他の親子と違って、栄吉にはただ落ち着かない場所なのだ。そもそも日曜日だというのに人ごみに出かけること自体がおっくうだった。

そんな栄吉と一緒にいると、反対に妻の芳江は愛嬌のある目と血色のよい顔色のおかげもあり、四十をいくつかすぎているというのに歳よりだいぶ若く見られることが多い。連れている子供が、七つになる娘と一つ年下の弟だから、栄吉が娘親子と祖父に見られるのは無理もないことだった。

その芳江はよそ行きの洋服に帽子をかぶって展望台で何やら子供たちと望遠鏡を奪い合って真剣に騒いでいる。子供と望遠鏡を奪い合う親などいない。まわりの客が指をさして笑っている。

待ちくたびれてさらに不機嫌な顔になった栄吉は煙草の火を指先で揉むようにして下に落とすと短い残りを大事そうに、いこいの黄色い箱に戻した。

栄吉が見上げると、展望台の横には大きな地球儀があって、電球が埋まった金色の輪が土星のようにまわりを囲んでいる。三年前の昭和三十五年まではスカイクルーザーという名の人気遊具だったが、今は老朽化で「動く展望通路」になっていた。

芳江と二人の子供たちはまだ望遠鏡を奪い合って騒いでいる。

「おい、帰るぞ！」

上に向かって栄吉が怒鳴ると、風船をねじって手品をしていたピエロが驚いて手を離してしまい、色とりどりの風船が上に飛んでいった。

そもそも墨田の下町に住むこの酒屋の一家がデパートに来た理由は、栄吉のネクタイを一本買うためだった。十一月は長女良子《よしこ》の七五三と、家で留守番をしている父栄蔵の米寿、そして今日ここにいない長男富男の十四歳の誕生日、おまけに夫婦の銀婚式と、めでたいことが重なる。それを記念して、家族で写真を撮ろうと芳江が言い出したことが、わざわざデパートにネクタイを買いにくることになった理由である。

夫である栄吉は上にドがつくぐらいのケチで、ネクタイなんざ買う必要なんてねえと、いきまいたのだが、いつもは夫に逆らうことのない芳江がこの時ばかりは聞かなかった。焼け出され、戦後身を粉にして働きずくめだった夫婦にとって記念写真と呼べるものもたいしてない。ここらで一枚くらいはきちんとした思い出を、と芳江は思った。そのための「ちゃんとしたネクタイ」なのである。珍しくゆずらない芳江の勢いに栄吉もしぶしぶついてきた、というわけだ。

「わざわざデパートなんかに来なくてもな、駅前の洋品店でよかったんだ」

大食堂で子供たちがお子様ランチを食べている前で、音をたててもりそばをすりながら栄吉は言った。こんなところにこなければお孫さんとか言われずにすんだのに、と言いたげな顔だった。

「一家の主なんですからね。ひとつくらいはちゃんとしたものを持たないと」

箸で海老フライを食べながら、芳江はそう言ってすました顔をしていた。


「お父さん、大変！」

芳江と子供たちが展望台の外階段を駆け降りてきた。

「なんだ、さっきからわあわあと。まわりが笑ってるじゃねえか」

「違うの！　富男がいたのよ」

「いた？　ここは屋上だぞ」

長男の富男は三日前の晩に栄吉と大げんかをして家を飛び出したまま帰っていない。芳江が言うにはその富男が、でたらめに望遠鏡を動かしていた信吉が偶然見たのだと言う。あっ、お兄ちゃんだと叫んだ声に芳江が信吉の望遠鏡を横から奪うと、カチャンという音がしてお金が切れ、視界が真っ黒になった。あわてて財布からお金をだして頑丈な料金箱に落して探したがもう見つからなかったのだそうだ。

「信吉もお母ちゃんもずるいよ！　あたし、全然見てないのに」

「違わい！　姉ちゃんの方がずっと長く見てたんだい！」

「もう信吉ったらトサカにくる子ね！」

良子は、最近のはやり言葉で叫ぶと、泣きべそをかいた。

「よしよし、泣くな。おもちゃ売り場でも行こう。ただし見るだけだ」

栄吉は良子と信吉の手を引いて立ち上がった。栄吉は歳をとってからの授かり物の二人にはなにかと甘い。

「まったく、あの子ったら。どこ行ってんだか」

芳江は未練がましく展望台を振り返りながら言った。

「十七日のお写真の時までに帰ってこなかったら大変」

「腹が減ったら戻ってくるに決まってら。一人で生きていけるほど根性のある奴じゃねえよ」

栄吉はふんと鼻で笑った。栄吉はなぜか長男の富男には厳しいのである。


おもちゃ売り場にはさらに大勢の子供がいた。胸のふたが開いて銃が出るブリキのロボット、リモコンのコードのついた動くぬいぐるみ、戦車のプラモデルに着せ替え人形。ぴかぴかのおもちゃが数えきれぬほど陳列台に並んでいる。信吉と良子は芳江の手を引いてあちこち飛び回って大騒ぎだ。

ふと見ると、山積みのぬいぐるみの中に、黒くて鼻のまわりだけ白い犬がいた。

それを見て、栄吉はもうひとつの小さなやっかいごとを思い出した。家に住みついている老犬のダンが、富男の家出のあと、行方知れずになったのだ。「住みついている」と、いうのには理由がある。子供の頃に野犬に足を噛まれて以来栄吉は大の犬嫌いで、幼い富男が近所に住む恵子と一緒に土手からこの黒い犬を拾ってきた時にも、捨ててこいと怒り、決して飼うことを許さなかった。だからダンは今でも勝手に「住みついている」ことになっている。とはいえ、縁の下には小さな犬小屋もあるので、つないでいないだけで実質飼っているのだが、栄吉はいまだにそうは思っていない。

信吉と良子はダンが大好きだ。今も栄吉の見ているぬいぐるみの犬を見つけると、

「あっ、ダンだ！」

「父ちゃん、ダンはどこにいるの？」

ズボンをひっぱり、お父ちゃん、お父ちゃんとうるさくまとわりつき始めた。まったくもう、と栄吉はため息をつく。中元と歳暮の間のこの時期は酒屋にとって唯一の息抜きができる季節だ。それなのにあの馬鹿息子と馬鹿犬め。何してやがるんだまったく、と栄吉は心の中で毒づくのだった。

都電が音をたてて目の前を通り過ぎると、歩道の乾いた土埃が舞い上がり、富男は焼き芋を片手に大きなくしゃみをした。

「ほれみろ、誰かうわさしてるんじゃないのか？」

半分ずつにした焼き芋をほおばりながら、橋の欄干に座った次郎は笑った。次郎は富男の二つ年上の十六歳。同じ中学出身の先輩だ。

「違いますよ、次郎先輩。ゴミが鼻に入ったんですよ」

「お母ちゃんがお前を探してんのさ」

「そんなわけないですって」

　富男は欄干にもたれてあぐらをかいたまま焼き芋についた土埃を息で吹くと、大口をあけて芋にかぶりついた。中学二年生にしては珍しく坊主頭ではない。襟足と耳の上は刈り上げていたが、髪はやや長め。気取り屋なのだ。服は家を出た時のままの着たきりすずめで、とっくりの薄汚れた白いセーターに水色のジャンパー、綿のズボンに灰色のズック。目は切れ長で、幸いにも父のギョロ目には似ておらず、どちらかといえば母親似の愛嬌のある顔だちだ。耳ばかりが大きく、真剣なつもりでも笑ったような顔に見える。警戒心を抱かせない顔のぶん友達も多く、家出をしても泊まる先には困らない。だいいち初めてではないので相手の方も慣れている。

　先輩の次郎は高校へは行かず、父親の仕事をまかされて、隅田川にかかる吾妻橋の上で自転車修理の店を出していた。もっとも、店と言ってもバケツと簡単な修理道具の箱があるだけで、歩道の橋の欄干には「自転車修理」という看板と「盗難予防ノ為、自転車、自動車に名前書きます」という二枚の看板がたてかけてあるだけだ。

富男が芋をほおばりながら遠くを見ると、浅草のデパートの上にはアドバルーンが浮いている。今頃屋上じゃ仲良し親子が楽しく遊んでるんだろうなあ、そんなことを考えている富男だった。

デパートの手前の隅田川沿いには、ごちゃごちゃと木造の小さな旅館が並んでいる。今は引き潮なのだろう、物干し台の柱や乱杭《らんぐい》が烏貝《からすがい》をぎっしりつけてむき出しになっていた。潮くさい匂いが風に乗ってここまでやってくる。今日も朝からさっぱり客がこない。焼き芋を食べ終わって富男が大あくびをすると、黄色い大型トラックが猛スピードで走り抜け、看板を一枚舞い上げた。

「あ、看板」

二人が慌てて下を見ると、看板はひらひらと隅田川に落ちて流されていった。看板を目で追ってゆくと、富男は川岸を歩く一匹の犬に気がついた。それは黒くて顔だけ白い、よぼよぼの老犬だ。

「あれ？　ダンがいる」

「ほんとだ。お前んとこの犬だ」

ダンはいつでもまるよし酒店の店先のひなたで丸まっている「看板犬」で誰でも知っている。遠くから見ても見間違えることのないのには理由があった。それは背中に月の輪熊の模様のような白い毛が生えているのだ。若い頃は弾丸みたいに早く走るのでダンという名前をつけたのだが、今は見る影もない。富男が呼んでも気づかずにとぼとぼと地面の匂いを嗅いで歩いている。

「おおい！　ダン！」

富男はあわてて下へ降りようとしたが、墨堤《ぼくてい》は高速道路の橋脚工事をしていて降りるのに手間取り、富男はダンの姿を見失ってしまった。

（あれは確かにダンだ。ダンがなんでこんなところにいるんだろう）

富男は首をかしげ、いつまでも川端に立ち尽くすのだった。


秋晴れの一日が終わり、土手の向こうに並ぶ工場の煙突が茜色に染まった。

大八車やオート三輪、買い物のおかみさんたちや子供の影が舗装されていない土の道に長く伸びている。浅草から電車で十五分ほど、小さな木造の駅舎を出て踏切を渡り、土手へと続く曲がりくねった商店街を行くと、その中に栄吉一家のまるよし酒店がある。

まるよし酒店は間口の狭い木造二階建ての小さな店で、入口の上には大黒ブドー酒やトモエ焼酎、みそ、酢、塩などのホーロー看板がぎっしりと貼られている。店の入り口を入って右には立って一杯やれる樽があり、酒の並んだ店の奥はそのまま一段上がって茶の間である。芳江は着替えるとすぐに前掛けをし、店番をしていた栄吉の母にかわって近所のおばあさんと醤油の量り売りの途中で世間話をしている。商売よりもおしゃべりの時間の方が長い芳江は、客たちの人気者だ。

茶の間では信吉が祖父母を前に昼間見た富男のことを夢中で話していた。

「ほんとうだよ、おじいちゃん！　富男兄ちゃんだったんだよ」

信吉が口をとがらせているのは、姉の良子が、ほんとうに見たのかどうかあやしいのよ、とからかったからだ。良子は自分だけ望遠鏡を見せてもらえなかったのをいまだに根に持っているらしい。

肌着とステテコ姿の栄吉は黙って足の爪を切っていたが、姉弟の喧嘩が激しくなると、手をのばしてテレビのスイッチをつけてみせた。

「始まるんだろ？　なんとか28号が」

これで二人の喧嘩は終わりだった。人気漫画鉄人28号の放送が始まるのだ。

「こんちわ」

「おじゃましまあす」

鉄人28号の始まる時間になると近所の子供たちがわっとやってきて茶の間にあがった。この近所でテレビがある家は少ない。子供にとって見逃せない番組のある日はこの部屋はぐっと手狭になるのだった。

子供のあとから向かいの雑貨屋の裏の長屋に住む恵子がやってきた。恵子は目の大きな器量良しで、母がいないかわりに一人でがんばって父や弟の面倒を見ながら家事をこなしていた。

「おばちゃん、トンビ、まだ帰ってきてないでしょ？」

「そうなの。それでね、ちょっと聞いてくれる？」

芳江は、おばあさんに醤油の瓶を渡しながら恵子に望遠鏡の話をした。

富男は幼馴染の恵子からはトンビと呼ばれていた。初めはトミと呼んでいたのがいつの間にかトンビになった。芳江は恵子の亡くなった母と大の仲良しだったので二人を兄弟同然に育てた。そのせいで富男が家出をするたびに芳江は恵子に頼んで捜しにいってもらう。恵子と富男は中学も同じ組だった。

「トンビのやつ、あっちこっち泊まり歩いてるらしいのはわかったんだけど、一日ごとに居場所が変わるんでどこにいるのかわかんないの。もぐらみたい」

恵子はそう言って困った顔をした。いつもは家出をしても近くの神社の縁の下にいたりするので簡単に見つかるのだが、今回はちょっと長い。

「恵ちゃん、あんな奴ほっといていいよ。迷惑かけてごめんよ」

栄吉はそう言うと、、楊枝の先に吸いさしの短い煙草をさしてマッチをすった。

「お父さん、やめてくださいよ。恵ちゃんの前で貧乏くさい」

「あんな親不孝者の話はもうやめだ。恵ちゃんも忙しいだろうし、もうお帰り」

栄吉は茶碗の焼酎をぐいと飲んだ。テレビの前では子供たちが鉄人28号のテーマ曲を大声で歌い始めた。栄吉は漫画など大嫌いだった。だがタバコ型の冷却剤を吸って元気になるエイトマンだけはヘビースモーカーの栄吉にも共感できる。番組のスポンサーはシガレット型ココアだった。

浅草楽天地の裏通りにはどこかの居酒屋のラジオから、今流行っている『見上げてごらん夜の星を』が流れていた。破れた板塀には映画やボクシングのポスターが何度も貼られた跡がある。

電信柱の電灯の下で、次郎の父は改造した大八車の上に雑貨を並べて店を開いていた。屋台の上には「なんでも三十円の店」と大きく書いた看板。どこからか拾ってきたのだろうか、台の上には鍋やおたま、飯盒、わっぱ、信玄袋や炭の火おこしなどの中古のがらくたが並び、看板からもフライ返しや箒やはたきがぎっしりとぶら下がっている。

次郎と富男は橋の上の店をたたむと、ここにやってきて店を手伝っていた。もっとも手伝うと言ってもなんにもやることはない。富男は次郎父子と一緒に板塀の前に置いてある木箱に腰掛けて並んで座っている。目の前ではやはり暇そうなバナナ売りの老人が広げた店の脇に座って落花生の殻をむき、猿のように食べていた。

「そうかい、そりゃあ富ちゃんが怒るのも無理はないよね」

頭にねじり鉢巻きをした次郎の父はそう言って煙草の煙をふうっと吐いた。次郎の父は頑丈な身体のわりに、おとなしくて優しい。人なつっこい小さな目をしていた。

「そうでしょ？　おじさん。だっておいら、三ヶ月もかけて描いたんすよ」

うんうんとうなずくと、確かになあと次郎の父は気の毒そうに言った。

富男は勉強も運動も両方できなかったが、唯一漫画を描くのが好きで、暇さえあれば漫画を描いていた。今回の家出騒動は栄吉が富男の漫画を破り捨てたことが原因だった。高校に行かずに漫画家になると富男が言ったのが喧嘩の発端だ。

「漫画家になんてなれるわけねえだろ馬鹿野郎！　なっても金を稼げるかわからん。そんなことをさせるつもりは俺はねえんだ。黙って勉強しろ！」

そう言って、栄吉は向かってくる富男を茶の間から店の土間へ投げ飛ばしたのだった。力も弱い富男が父につかみかかったのは初めてだった。それくらい漫画を破り捨てられたことが、富男は惜しかった。だから今回の家出は本気だ。

「見てくださいよ、おじさん。ここんとこ」

そう言って富男は自分で後頭部の髪の毛をわけてみせ、ほらこんなにでかいこぶになってるんですと訴えた。

「げんこつで思いきりなぐられたんだってさ。三発も」

おかしそうに言うと次郎は我慢できずに笑った。

「次郎先輩、笑いごとじゃないすよ。めちゃくちゃ痛かったんだから」

「うん、暴力は確かによくないねえ」

この辺のチンピラをたばにして殴り倒したことがある次郎の父はそう言ってまたうんうんとうなずくのだった。

「父ちゃん、おれ腹へったよ」

「そうだなあ。もう店を閉めるか」

次郎の父はよっこらしょと言って立ち上がると黙って店を片付け始めた。富男と次郎も手伝った。次郎と父は仲がよく、いつも富男はうらやましく思うのだった。


水のよどんだ運河には木造の船や砂の運搬船が並んで雨にうたれている。あんなに夕陽がさしていたのにどうしたわけか夜になると雨になった。川岸と船の間に渡してある廃材が雨に濡れて電灯の灯りを反射させていた。つい数年前までこの川は舟運でにぎわっていたのだが、今ではトラック輸送のおかげでドックもなくなり寂れている。そして繋がれたままになっている小さな廃船の一つを次郎親子は家と決めて勝手に住んでいた。

富男は真っ暗な揺れる船の中で眠れなかったが、次郎の父は戦争中は空母信濃に乗っていたのだそうで、ふとんにくるまった瞬間にはもう寝息をたてていた。次郎もひとしきりおしゃべりがすむと、カーバイトの灯を消して眠ってしまった。

楽天地の裏通りの店を閉めたあと、次郎の父は富男と次郎を行きつけの居酒屋に連れて行き、二人に煮込みを食べさせてくれた。自分はというと漬物を食べながら焼酎を飲んでそれでおしまいだった。それでいてふたりとも若いから腹が減るだろうと、かつ丼まで食べさせてくれたのだった。かつ丼は一杯八十円するのだ。たいしてもうけのない仕事に見えるのに、出されたものを出されただけ食べる次郎と富男に、次郎の父は嫌な顔一つしない。

(まったく、おいらのどケチな父ちゃんとは大違いだ)

栄吉の口癖は、俺は損なことはいっさいやらねえ、だった。客の前ではぺこぺこして愛想笑いをするのに酒を飲むと家族の前で偉そうにする。富男の顔を見ると、勉強しろしか言わない。そのくせ弟と妹には甘い。煙草は楊枝にさして最後まで吸う。しかも一本の煙草をわざわざ二つに割って、それを二回に分けて吸うのだ。そうするとひと箱で四十本だから月に買う煙草が半分ですむんだといつか自慢した。

そんなケチな父が富男は嫌いだった。

富男にとって家出は一度や二度ではない。家を飛び出すのはだいたいは通信簿をもらったあとの喧嘩と決まっていた。父は自分だって学がないくせに富男をつかまえては勉強しろ勉強しろとうるさい。

富男は家を出ると、いつもは神社や近くの長屋に住む紙芝居屋のところに転がり込んでいたのだが、最近では紙芝居屋は別の仕事を始めたのか、いないことが多かった。これからの時代は雑誌やテレビの漫画だと言い、富男に漫画を描くことを薦めたのもその紙芝居屋だった。

ふと気づくと、どこかで犬の遠吠えがする。

（そうだ、ダンはどうしているんだろう）

家を飛び出した翌朝、神社の縁の下で寝ていた富男は、ダンに鼻の頭をなめられて目を覚ました。ダンは鼻のまわりと手足の先の毛だけが白い犬で、目は歳をとったせいでうっすらと白く濁っている。黒くて短い毛なので柴犬と何かの雑種じゃないかと店に来る人たちは言う。「看板犬」のくせに家族以外誰にもなつかなかった。富男は目の前で小首をかしげているダンの喉を撫でてやると、ぐるぐると喉を鳴らしてダンは目を細めた。どうやら匂いをたどって富男を追ってきたらしい。

ダンはもともと小柄なので、十年近く前に富男と恵子が拾ってきた時には子犬だと思っていたが、実はすでに成犬だったのかもしれない。だからいったい何歳なのかよくわからないのだ。他の犬に噛まれて耳と後ろ脚から血を流していたのを恵子と二人で箱に入れて看病した。そのせいかダンは恵子には家族同様よくなついているのである。

最近では老いて目も足も弱かった。店先で人が声をかけると、何を思ったのか小さな前歯をむきだして精いっぱい威嚇の表情を作ってみせたり、急に触ったり呼んだりすると、驚いて富男や家族にさえも吠えかかることがあった。目もちゃんと見えているのか最近では怪しいものだった。

「ほら、家にお帰り。ごはんの時間だよ」

まるよし酒店と書いてあるごつい自転車にまたがると、富男はダンの頭を撫でた。自転車のペダルをこぎながら富男が振り返ると、ダンはうっすら白く濁った眼で富男のいる方向にじっと顔をむけて、いつまでもそこに座っていた。次に会ったのがさっきの吾妻橋の下だ。自分と一緒にダンまでも家出をしてしまったというのだろうか。船がぎしぎしと大きく揺れた。近くを別の船が通ったのだ。エンジン音が遠ざかると、船体を打つ雨の音が聞こえた。カーバイトの残り香のする狭い船内で、富男はうとうとしはじめていた。

雨の吾妻橋の歩道をとぼとぼと歩く小さな黒い影は、鼻を歩道にこすりつけるようにして歩いているダンだ。富男が座っていたところに来ると老犬は顔を上げた。そしてクウンと鳴いてあたりを見回したが誰の姿もない。飼い主の匂いをたどるように橋を横切ると、大きなクラクションを鳴らしてパッカードが水しぶきをあげた。ヘッドライトが通りすぎると橋の上はまた暗くなった。危ういところで難を逃れた犬は全身をぶるぶると震わせて水を切ると、再び匂いを嗅ぎながらとぼとぼと歩きだすのだった。

まるよし酒店はちょうど商店街の真ん中の四つ角にある。

店に向かって右は八百屋、文房具屋、靴屋と続き、向かいは雑貨屋でその隣は煎餅屋、中華そば屋、薬屋とほぼ同じように間口の狭い店がお互いもたれるように軒を並べて建っていた。四つ角の道をはさんで隣には煙草屋、パン屋、駄菓子屋と続く。駄菓子屋の店先は学校から帰った子供でいつでもいっぱいだ。

信吉は一日の小遣いが十円だったので学校から帰るとランドセルを茶の間に放り込んで十円玉を握りしめ、ここへ直行する。あれこれ計算しながら駄菓子やおもちゃを買うのが日課だった。酢イカにビー玉、くじ、梅ジャム、三角アメ。狭い店の中はわくわくするような菓子やおもちゃがこれでもかというくらいあって毎日通っても飽きることはない。信吉は今日は指さきでこねると煙が出る忍者セットにするかくじを引くか、いつまでも迷っていた。

「信吉！」

振り返ると、半泣きの顔でランドセルをしょった良子が立っている。

「どうしたの？　姉ちゃん」

「たいへんなの、来て！」

良子は信吉の手をひっぱって走り出した。まるよしの角をまがって少し行くと神社があり、向かいは写真館だ。その神社の前に灰色のトラックが停まっていた。トラックは丸いボンネットで、カーキ色の幌で覆われた荷台があった。栄吉が運転しているオート三輪とは違う、それは子供の目にもどこか不吉な匂いのする雰囲気のトラックだった。近くには大勢の子供や買い物の主婦が集まっていて、神社の方を見ている。

良子は指をさした。

「ほら、あそこ！」

「なに、あれ？」

思わず小声で信吉が聞くと、良子は信吉の後ろに隠れるようにして声をひそめた。

「野犬狩りだって」

やがて犬がきゃんきゃんと吠える声がすると、紺色の作業服を着た男たちが野良犬を引っ張って神社の木の陰から姿を現した。木の棒の先には引っぱると縮まって首を絞める輪がついている。口から泡を噴いた茶色い犬が激しく抵抗しながら落ち葉を巻き上げて引きずられていく。途中で網をかけると、作業員の男たちは荷台の後ろの鉄格子のドアをあけて、そこに犬を無造作に放りこむのだった。がしゃんと鉄格子が閉められ、鍵がかけられると、中で狂ったように犬たちの吠える声があがった。作業員たちは手拭いで汗を拭くと無言でトラックに乗りこみ、重いエンジン音を響かせて走り去った。


「だからね、お父ちゃん、早くダンを探して！」

「このままじゃ、殺されちゃうよう！」

良子と信吉は店の中で栄吉の前かけを握って振り回した。年子のせいか何かお願いごとがあるといつでも二人がかりになることが多い。

「それでね、あのおじさんたち、あたしの方を見てにやっと笑ったの」

「そうなんだよう！　次はお前の犬の番だって、そんな顔で見たんだ！」

そんなことはないだろうと栄吉は思ったが、しゃくりあげて泣く良子と信吉を前にすると、わかったわかったと言うよりほかはない。

墨田では東京オリンピックを来年に控え、野犬を町からなくそうと、ちょうど今年から飼い犬の登録と予防注射を義務づけたところだった。だから保健所の庭の銀杏の木の横にある仮設テントにみんな犬を連れて行っていることは配達途中に何度か見て知ってはいた。だがダンは栄吉の中では飼い犬ではない。首輪もしていない。ついこの前も、勝手に住みついて飯まで食わせてやっているのに登録なんて知るか、そう言って栄吉は保健所からのチラシを丸めたばかりなのだ。それがこういう形で裏目に出るとは。ダンが天寿を全うするより先に野犬狩りにあう可能性は栄吉にも否定できないのだった。

「探してくる」

尻のポケットから帽子を出してかぶると、栄吉はオート三輪に乗った。本当は配達なのだが、とりあえずこう言っておけば、この場はしのげるという栄吉の計算だった。エンジンのキーをまわしながら栄吉はぎょろ目を剥いた。

「老いぼれ犬め！」

怒りにまかせてクラッチをぞんざいにつないだおかげで、車はいきなりブスンと音をさせてエンストした。


写真館の先の掘割の橋を渡った左に中川社長の小さな町工場がある。そこはおかみさんが従業員のまかないを作ることもあったので、まるよしのお得意さんだ。醤油やソースは一升瓶でしょっちゅう届けにいく。

「毎度！」

工場の裏手の勝手口の横に車を止め、瓶の入った木箱を抱えて明るく栄吉が声をかけると、太ったおかみさんが空の一升瓶を持って顔を出した。

「あら、まるよしの旦那。早いのね、ご苦労さん」

「いやあ、大事なお得意さんですからねえ」

栄吉はお客の前ではいつでも人のよさそうな笑顔を作る。家族の前とは別人だ。

「社長さんは？」

「うん。互助会の集まりだって。まあ、どうせこれでしょ」

社長のおかみさんは飲む手つきをして、笑った。

中川社長は日が落ちると、まるよしの店先に一杯ひっかけにやってくる。そうなると、相手はお得意さんだ、それにかこつけて栄吉も一杯となる。

それじゃあどうもと、一升瓶を抱えて帰ろうとするとおかみさんは、

「そうそう、おたくのさ、ダンちゃん。うちの人が見かけたって」

と、言った。

「え？　ほんとうですかい？」

栄吉はぎょろ目をむいて、それはどこで、と聞いた。

「ほら、せっけん工場の近くの空き地、あるでしょ」

「ああ、輪が三つの」

「そうそう、あの通りにある空き地んとこをさ、てくてく歩いてたって。家からはず

いぶん離れているからね、呆けちゃったんじゃないかって心配してたのよ」

栄吉は帽子を脱いで薄い頭をおかみさんに下げた。

「ありがとうございます。ほんとにあの野郎、手間をとらせやがって」

「ほら、野犬狩りがさ、今日も来てたみたいだからね、気をつけてあげてね」

そうなのだ。そのせいで明日でもよかった配達を今日しているのだ。


ダンを見たという大きな工場の裏の空き地に行ってみると、鉄条網のむこうにはコンクリートの下水管が積んでおいてある。栄吉は網の破れから中に入ると、下水管の中を一本一本見て歩いた。

「どこにもいやしねえ」

栄吉は煙草を出すと厚い下唇にのせるようにくわえて、マッチを擦った。煙を吐いて、鉄条網の向こうの自分の車を見ると、買い物かごを持った割烹着の主婦が自分の車の中をのぞいている。栄吉と目が合うと、主婦はていねいに頭を下げた。煙草の火を落として残りを箱に入れると、栄吉はあわてて車に戻った。

「ええと、どちら様で？」

「あ、ごめんなさい。車にまるよし酒店って書いてあったものですから」

そう言って主婦はもう一度頭を下げた。

「富男君のクラスの山本さとるの母です。空地の前の家に住んでいるのですが、おといの晩でしたか、富男君をお泊めさせていただいたんです」

栄吉は慌てて帽子を脱ぐと何度も頭を下げた。

「えっ、そうでしたか。こりゃ申し訳ありません!」

「いいえ、いいんですよそんなこと。ただね、お家の方にはお知らせしておかないとと思っていたところなんです」

「いや、お知らせなんて。そうだ、あとでお宅の方にあらためてお礼の酒でも持っていきますので」

そして栄吉は腹を立てた勢いで、余計なことを言った。

「でもね、富男の野郎は酒一升の価値はとてもねえんです。五合がいいとこでしょうかね」

「まあ!」

栄吉の言葉を聞くと、さとるの母はあきれた顔で眉をくもらせるのだった。しばらく世間話をしてそそくさと空き地を後にすると、栄吉はハンドルを握りながらますます腹の虫が収まらない気分になってくるのだった。あの馬鹿息子のおかげで余計な仕事がまた一つ増えたのだ。しかも今度は儲けはない。

家を出て十日が過ぎた。

富男は駄菓子屋で買った麩菓子をかじりながら、土手に寝転んで空を見ていた。日曜日の空はいつもより青い。それは工場の煙突から黒い煙が出ないからだった。墨田は工場の町だ。幼い頃からずっと生まれ育った町だが、自転車で走り回ってあらためて富男はそれを感じた。

せっけんからビールに洋服、靴や歯ブラシ、時計、機械の部品、日本中の暮らしに必要なものは大小の工場で作業服を着た人たちが毎日汗まみれで作り続けている。富男が泊まり歩いている友達の家の多くも、金属プレスやゴム金型の小さな町工場だった。薄暗くて狭い工場の中で一日中油にまみれて働いている親たちはみな無口で無愛想だったが、夕食の場にはどこも笑いがあった。友達はみんな親から大事にされているんだなと富男は思う。それだけに家出をして日が経てば経つほど、自分の栄吉に対する怒りは収まるどころか逆にふくれあがるのだ。何といっても苦労して描いた漫画を破り捨てたのだ。あの栄吉がみんなの親のように自分を大切に思っているとは到底思えない。

(今日は誰かの家に泊めてもらうのはやめて貨車の中で寝るかな)

家出をしたつもりが、毎日わざわざ他人の幸福を見てまわっているような気分がして富男は複雑な気分だった。麩菓子を食べ終えて起き上がると、河川敷では野球の試合をやっていた。ファウルボールを拾いに来たのは同じクラスで野球部の小林真一だ。富男と目があうと、真一はにっこり笑って手をあげた。

「おう、トンビ！」


真一は両親と弟の四人暮らしで、真一の父が勤める時計会社の社宅に住んでいる。土手の下には同じ形をした家がずらりと並んで建っていた。富男の周りの大人たちが文化住宅と呼んでいる小さな庭のついた木造平屋建てだ。

野球が終わって夕方に真一と一緒に家に行くと、真一の母は玄関先の七輪でばたばたと団扇であおぎながらサンマを焼いていた。

「あら、富男君、そろそろ来るかなって今朝も真一が話してたのよ」

「すいません、今晩やっかいになります」

そう言って頭をかく富男だった。


「家出か、俺もよくやったよ」

真一の父の豊はそう言って豪快に笑った。母親が箸を置いて富男に聞いた。

「おかわりは？」

「そんなこと聞かずにどんどんよそってやれよ！ けちけちすんな」

母親の言葉の途中で真一の父はそう言うと、自分もおかわり！　と茶碗を出すのだった。真一の弟のつよしも、おかわり！　と真似をして茶碗を出した。そんな家族を横目で見て、真一はちょっと恥ずかしそうに富男を見た。

「ごめんな、うるさくて。うちはいつもこうなんだよ」

「勉強よりやっぱり運動だよ。富男君、スポーツは？」

いきなり真一の父に聞かれて富男は頭をかいた。

「いや、おいらは、いえ自分は運動のほうはあんまり」

「富男兄ちゃんはね、漫画を描くのがすごくうまいんだぜ」

横から弟のつよしが助け舟を出してくれた。つよしは小三で、ほとんど毎日のようにまるよしの近くの長屋の子供と遊んでいる。まるよしにテレビを見にくることもしょっちゅうだ。だから富男の描く漫画を知っていてそのファンなのだ。

「漫画？　そりゃいいね。これからは大人気だと思うよ。あとで描いてもらおう」

真一の父は高校生の時に岐阜の代表で甲子園まで行ったことがあるそうで、見た目も若い感じの健康的なスポーツマンだった。栄吉とは何から何まで逆のタイプで、真一の父を見ていると、富男は小学校三年生の時だったか、栄吉が授業参観に配達の途中で寄ったことを思い出してしまう。友達の父親や母親がよそ行きの服をきて並んでいる中、栄吉だけが薄汚れた酒屋の上着と前掛けをして入ってきたのだ。その時の恥ずかしさは忘れられない。腰を折って、みんなにぺこぺこと愛想笑いをする姿に、子供たちの間からくすくす笑い声が聞こえた。しかも、一人だけずいぶん年上に見えて、それがまた恥ずかしかったのだった。

春の運動会で栄吉が父兄リレーにかりだされたこともあった。その時、トップを走っていた真一の父からバトンを受け取ると、栄吉は全員に抜かれ、しかも途中で倒れたおかげで栄吉の組は一周抜かれてびりになったのだ。富男はあとで友達からさんざん馬鹿にされた。顎を出してのろのろと走る父親の不格好な姿といったら……。富男が思い出したくない小学校の思い出のナンバーワンだ。その日以来、「トンビんちは爺ちゃんが二人いる」とからかわれることになったのだった。

「俺さ、もしかすると東京の西のほうの団地に引っ越すかもしれないんだ」

寝る前に真一は隣の布団の中で、富男に打ち明けた。なんでも父親が「本社の試験」というものに受かったので、職場が今より西になるかもしれないという話だった。団地といったら抽選に当たるのは宝くじ並みの倍率で、しかも最新式の設備なのだとよく大人が話している。

「すげえな真ちゃん、団地族か。でも、寂しくなるよなあ」

「まあね。でも、あっちの中学は野球もレベルが高いんだって」

真一は声を弾ませた。富男が感じている別れの寂しさと、まだ見ぬ将来の明るい希望に胸をふくらませる真一とでは気持ちの上で大きな隔たりがあるようだ。富男はそんな友がいっそううらやましく思えてくるのだった。

栄吉は電球をひとつ持って家の狭い階段を上がった。夕方、ほうきを持って良子とちゃんばらをしていた信吉が、飛び上がってほうきをふった拍子に吊り下げ電灯の笠を叩いて電球を駄目にしたのだった。二人は夕飯が終わると、下の茶の間でおとなしく宿題をしている。

「まったくよけいなことしやがって」

下唇に火の消えた煙草をへばりつかせたまま、暗い部屋で電球を取りかえると栄吉は黒いソケットの横のスイッチをひねった。

六畳の部屋は淡い橙色の光に包まれた。

障子の片側に置かれたシールだらけの四色引き出しのベビーダンスは、そのまま子供用の整理ダンスとして今も使われている。おもちゃや漫画で散らかった信吉と良子の木の机が窓に向けて置いてあり、その左側の壁の前には富男の机があった。壁には華厳の滝や富士山の三角ペナントが貼られている。はじっこに鉛筆削りがねじでとめてある机の上には、栄吉が破り捨てた富男の漫画が置いてあった。おそらく裏から糊のついた紙をあてて芳江が一枚一枚ていねいに貼りあわせたに違いなかった。表紙にはロケットやロボットが色つきで描かれており、その前に銀色のオオカミのようなロボットが牙をむいている。袋文字で『冒険宇宙漫画・名犬ダニー』とある。

それを見て栄吉は苦々しげに舌打ちをした。

富男の勉強嫌いは今始まったことではない。栄吉が授業参観に行くと落ち着きもなくきょろきょろしてばかりで一度も手をあげもしなかった。せめて運動でもと思った希望も小学校三年生の運動会を見て栄吉は捨てた。そうかといって喧嘩が強いかというとからきし意気地もなく、富男は栄吉から見れば、グレもせずひ弱に育った息子だったのだ。

富男は小さい頃からいつでも鼻水をすすりながら漫画ばかり描いていた。いくら勉強をしろと言っても馬の耳に念仏で、そうこうしているうちに、近所の紙芝居屋の長屋に入りびたり、高校には行かずに漫画家になるとか言い出す始末だ。深いため息をついて電灯を消そうとして、栄吉は、ふと富男の友人の母の言葉を思い出した。友人の母とは、せっけん工場の近くで出会った山本という級友の母のことだ。栄吉はあの次の日、酒を持って家に行った。そして玄関に出てきた母親に礼を言って頭を下げると、

「いえいえ、お礼を言うのはこちらの方なんですよ」

母親はそう言って逆に頭を下げたのだった。母親の後ろから、恥ずかしそうに小さ

な女の子が顔をのぞかせた。

「おたくの富男君はね、この子に漫画を描いて下さって、たいそう喜ばせて下さったんですよ」

「え？　そりゃどういうことです」

「昨日、お話ししようと思ったらお帰りになってしまって」

母親が言うには、富男の友人の妹は重い喘息で、ほとんど家の外に出られない。その妹に富男はクレヨンで漫画を描いて紙芝居をしてみせたのだと言う。

「それがねえ、楽しみの少ない子なものですから、本当に久々に笑って」

ほら、おじちゃんにもお礼を言いなさい、そう言って母子で頭を下げるのだった。

その子の手には画用紙に描かれた漫画が握られていた。

(本当に久しぶりに笑って)

いったいあいつはどんなもんを描いてやがるんだ。そう思って栄吉は机の上の漫画に手を伸ばしかけたが、途中で舌打ちをしてやめた。誰が喜ぼうが笑おうが、栄吉にとっては漫画を描くなんて夢みたいなことを言っていること自体どうしても理解できなかった。

「ふん、くだらねえ」

小さな声でつぶやくと電気を消し、階段を踏み鳴らして降りていく栄吉だった。

運河には朝もやがたちこめていて、長い杭や船が黒いシルエットになって川面に並んでいる。次郎は商売道具のバケツや修理道具の入った木箱を手に廃船から顔を出し、あくびをしながら岸へ渡した板を踏んだ。

少し離れた所で黒い犬が地面の匂いをかいでいる。次郎は立ち止まった。犬の背には白い模様がある。次郎は鋭く口笛を吹いた。不意をつかれて、犬はびくっとして飛び退くと、ううううと低くうなりながらあとじさった。

「ダン、おいで」

大きな声を出して次郎は犬を呼んだ。ダンは声の主を確かめるようにじっとしていたが、急に歯をむくと吠え始めた。次郎は〝敵〟として認識されたようだ。そのあたりの船の中から次々に人が顔を出した。

「うるせえぞ」

誰かが空き缶をダンに投げつけた。それを合図に、尻尾を巻いてダンはよぼよぼと逃げだすのだった。

業平橋《なりひらばし》の貨物駅の広い構内の引き込み線はいつでも貨車で埋まっている。

ホッパーの引き込み線をバックしてきた貨車からは大音量とともに大量の砂利が下

へ落ちてゆく。ほとんどは電化されたが、まだ蒸気機関車も走っていた。構内は埃っぽく汽車の煤や油の匂いでいっぱいだ。

空の貨車の荷台で富男は寝転んでいた。勢いで家出したもののそろそろ服の匂いも気になりだし、家を出る時にくすねてきた店のお金も底をつき始めてきた。といって栄吉に頭を下げて帰るのもしゃくだ。

「さてと、どうすっかなあ」

空を見上げてうとうとしていると、がっしゃんと大きな音がして貨車が揺れた。

「え?」

起き上がると、ゆっくりとまわりの景色が流れている。

富男は慌てた。貨車のへりにつかまったが映画のように一気に飛び降りるには案外高い。そうこうしているうちに貨車はどんどん進んでゆく。このままでは知らない土地へ行ってしまう。家出といっても富男にそこまでの意気地はなかった。迫ってきた砂利の山を狙ってまず自転車を投げると、続いて思いきって飛び降りた。たいして速度が出ていないように見えたのに、予想をはるかに上まわる衝撃で、砂利を飛ばしてぐるぐると回転した。止まった頃にはズボンの両膝が破けてしまった。

「うわ、痛え」

服の汚れをはたいていると、遠くでこらあと声がした。富男は自転車を探した。十メートルほど離れた場所に転がっているのが見える。富男は走って自転車の所まで行くと、あわててまたがり、ペダルをこいだ。その時初めて片方の靴がないのに気がついたが、もう戻れない。妙な音がして前輪がべこべこしている。どうやらこれはパンクだ。でもそんなことは言ってられない。富男は後ろも見ずに尻をあげたまま全力でペダルをこぐのだった。

しばらく行くと運河の横に工場が見えた。ここは日本で初めての生コン工場なのだと社会の授業で教えてもらった。後ろに回転ドラムのある黄色いトラックが土煙を上げて何台も出入りしているのが見える。東京オリンピックの建設ラッシュのおかげで全然休む間もないのだと確か先生が言っていた。

自転車を止めて運河に向かって立ち小便をしていると、後ろから富男君、と呼ぶ声がした。そのまま振り返ると、恵子の父親の三郎が安全第一と大きく描かれた事務所の窓から手を上げている。その顔を見て、富男は恵子の父がここの事務員で、トラックの配車係をしていたことを思い出した。佐田啓二似だと長屋の女房の間では評判の二枚目で、富男は幼い頃から父のように慕っていた。実の父より、ぜんぜん信頼をしているのだが、よりにもよってこんな姿を見つかるとは。富男はそのままの姿勢で愛想笑いをしながら頭を下げるのだった。

「もうそんなにたつのかい」

運河のわきの丸太に腰をかけると、三郎は穏やかに言ってマッチをすった。三郎はワイシャツにネクタイで作業着を着ている。そんな姿を見るのは富男は初めてで、いつもの長屋にいる時の肌着姿とは違う新鮮な印象がした。

煙草の煙を吐きながら、三郎は笑った。

「そろそろいいんじゃないかな。帰ってあげても」

「冗談じゃないすよ。父ちゃんが頭を下げるなら話は別だけど、こっちから頭を下げることなんてぜったいないです」

富男は足元にあった石ころを拾うと、思いきり水に投げた。石は一度だけ弾んで沈んだ。幼い頃から何度やっても弾まず、友達のようにうまくはできなかった。

「そうかい、そういうものかな」

「そういうもんですって、おじさん」

富男はこれまでのいきさつを始めから終わりまで全部話した。特に漫画を破り捨てられたことと、ケチくさい父親にはもう耐えられないことを長々と訴えた。

恵子の母、つまり三郎の妻が早くに亡くなってからというもの、富男の母は何かと幼い恵子の面倒を見てきた。だから富男は恵子とは幼馴染で、いつでも家に出入りしていた三郎には何でも言いたいことが言えるのだった。そうか、とだけ言って目を細めると、三郎は煙草をうまそうに吸った。目の前を小さな船が砂利船を曳いて過ぎていく。のどかで心地良いそのエンジンの音を聞きながら、二人は黙って船を見ていた。

富男はふと三郎の煙草に目をやった。

「おじさんは煙草を半分にはしないんですか？」

「半分？」

三郎はああ、と言って笑った。富男が栄吉の煙草のことを言っているのだとすぐにわかったのだ。

「ずいぶん前の話だけどね、早く一本まるごと吸いてえもんだと言ってたよ」

「え？　誰がですか？」

予想していなかった三郎の言葉に富男は思わず聞き返した。

「栄吉さんさ」

「父ちゃんが？」

「うん。息子を学校にやるまでの辛抱だって」

富男は混乱して聞き返した。

「おじさん、その息子ってのは」

「もちろん富男君、君のことさ」

それじゃ、父ちゃんが煙草を半分にしているのは……。

三郎は富男に考える時間を与えるように、立ち上がって腰を片手で揉んだ。運河の向こう岸にはバラックの集落が建ち並び、屋根の上には石がのせてある。その暗い入口の前ではぼろを着た小さな子供たちが遊んでいた。

「戦争が終わって間もない頃、アマカラ横丁というのがあってね」

その名前なら富男も聞いたことがある。確か錦糸町の駅前にあった闇市のはずだ。でも、三郎おじさんは何を言おうとしているのだろう。

「富男君のご両親はそこで、酒と飯を出す店をやっていたことがあったんだ」

「そんなの初耳ですよ。一度も聞かされたことないんですけど」

「まあ、楽しい話ではないからね。そこで栄吉さんはずいぶん多くの人に安くてうまいものを出してたんだよ。おでん一皿二円だったかな。それも払えない親子連れには黙って食べさせてやってたんだ。小さな子の手を引いて何度も来る人もいたのにひと言も責めたりはしなかった」

誰のことを話しているのか、富男にはさっぱりわからない。あのどケチな父がそんなこと……。

三郎はまた煙草を吸った。

「戦争でだんなさんに生き別れた人、親兄弟に会えない子供。店の前には、いつの頃からか、訪ね人の紙がたくさん貼られるようになった。誰かが貼らせてもらったのが噂になったんだろうね。だから栄吉さんに世話になった人はたくさんいるはずさ」

そして三郎は富男を見てにっこりと笑った。

「おじさんもその一人なんだよ」

「でも」

富男は不満そうに下を向いた。

「そんなの、おいらは見てないからわかんないよ」

「いや、見てたさ」

「え?」

「だって君はいつでも栄吉さんの背中におんぶされていたんだから。覚えてないだけで見ていたんだよ、背中の上から栄吉さんのしてきたことを」

向かいのバラックでは昼飯のようだ。川端の廃材の山に座って貧しい服を着た親子が何かを食べ始めた。貧しくてもみな笑顔だった。それじゃあ父ちゃんは……。顔を上げた富男をまっすぐ見て三郎が言った。

「栄吉さんは一円玉の重さを、誰よりも知っている人だと思うよ」

工場から長いサイレンが鳴った。

土手の下の空き地には掘立小屋のような黒いバラックの屋根がぽつりぽつりと並んでいて、昼の煮炊きをする煙があちこちでたち昇っていた。遠くの工場からは昼を告げるサイレンが一斉に鳴っている。

板塀のわきのどぶ川伝いにとぼとぼと歩いているのはダンだ。富男の匂いを失ったのか、じっと立ち止まって上を向き、鼻を鳴らしている。

後ろから重いエンジンの音が近づいてくるのに気づいてダンは振り返った。見上げるとそこには灰色のトラックがいた。トラックのエンジンの音が止み、ドアが開くと、重い安全靴を履いた作業服の男たちが降りてきた。その手には網や金属の輪のついた棒が握られている。

どぶ川のわきに生えている枯れた雑草がいっせいに風にざわついた。ダンは歯をむいて吠えたが、男たちは歩く速度をゆるめることもなくどんどん近づいてくる。ダンはよぼよぼと走り出した。走っているつもりだが、老犬の足の動きは鈍重で遅い。しかも板塀の前には樽や廃材が乱雑に積まれていて走りにくい。ダンは舌を出して喘ぎながらおぼつかない足取りで逃げてゆく。後ろから聞こえてくる砂利を踏む重い靴の音は、乱れることもなく確実にダンとの距離をつめてくるのだった。口の端から白い泡を噴きながら、板塀の間の路地をダンはまがった。その板塀には血糊が垂れたような赤いペンキ文字で、『抜けられません』と書いてあった。

パンクを直してもらおうと吾妻橋の次郎の店へ富男が行くと、顔を見るなり次郎は、お前んとこのダンを見たぜと言った。

「今朝、俺んちから出たらさ、道端にいたんだよ。呼んだら逃げちまった」

「え、先輩のところですか?」

神社の前で富男のことをじっと見ていたダンの顔を思い出した。そしてその次はこの橋の下、今日は次郎のところ……。

「もしかしたら、お前の後を追ってるんじゃないのかな」

次郎の言葉に、富男もうなずいた。

「でも……なんだっておいらの後を」

「それより最近多いからな、野犬狩り。捕まっちまったら最後だぜ」

ダンは老犬だ。きっとおかしくなってしまったのだ。富男は心配になった。そして三郎の話も忘れて再び腹がたってきた。

(父ちゃんさえ、おいらに家出をさせなけりゃダンだってこんなことには)

富男は再び栄吉に対する怒りがむくむくと頭をもたげた。

「先輩、自転車借りていいすか?」

「ああ。お前のは直しといてやるから乗ってけよ」

次郎の言葉が終わらないうちに、富男は自転車にまたがるとペダルをこいだ。

ダンの行く手は板塀で、薄暗い袋小路になっていた。どこにも逃げ場はない。廃材やペンキの缶、段ボールが山のようになっている。ダンはそこをぐるぐる回り、塀に飛びつこうとしたが、もちろん無駄だった。

野犬狩りの男たちは三人だった。路地いっぱいに広がって逃げ場をなくすと、威嚇するように棒の先の鉄の輪をがちゃがちゃ鳴らしながら近づいてくる。前歯をむき出して唸ると、ダンは口から泡を飛ばして激しく吠えた。路地いっぱいに網が広げられ、顔のすぐ前に鉄の輪が迫ってきた。ダンが家族に再会できる確率は限りなくゼロになった。

その時、段ボールの中から汚れた二本の腕が出て、ダンをつかんだ。

野犬狩りの男たちの前に、段ボールの中から一人の浮浪者が立ち上がった。犬も全く予想していなかったからか、委縮して静かになってしまった。

男は顔中髭だらけで、ぼろぼろの服というより布を重ねて着ていた。身長は六尺はあるかという大きな身体で、日に焼けて真っ黒の顔からは表情も歳も読みとれない。髪の毛はもじゃもじゃに伸びていて浮浪者ながら、堂々としている。男はそのままダンを抱くと、黙って喉の下を撫で始めた。

「なんだ、総理の犬か」

男の一人が言うと、他の二人は広げられていた網をしまいだすのだった。総理とはいつの頃からいるのか誰も知らないが、墨田に昔から住み着いている浮浪者の名だ。堂々としている風貌から総理と呼ばれて一目置かれている。

「首輪くらいつけとけよ。持ってっちまうぞ」

男の一人がそう言うと、仲間も笑い、路地を引き返していくのだった。ダンは白く濁った目で総理を見上げた。総理は無言でダンを見下ろしているだけだったが、ダンは飼い主にそうするように小首をかしげてきゅうんと鳴き、尻尾を振るのだった。


運河の横の道を富男はきょろきょろしながら自転車で走っていた。自分が最後にいた場所から逆にたどっていくことで、どこかでダンに会えるかもしれない。富男はそう考えたのだった。都電の車庫があるあたりまで来ると道は広くなり、真ん中に都電の二車線をはさんで両側が車道だ。車も急に増え、水色やグレーの車、黄色いコンクリートミキサー車が排気ガスをまきちらして走り、その間を都電が何台も走っている。富男が走っているのは柳の木が並ぶ川ぞいの歩道の上だった。運河をはさんで反対側の道を一台のオート三輪が走っている。反対側の道でオート三輪を走らせているのは配達途中の栄吉だ。ハンドルを握ったまま右を向けば、窓から運河の向こうを自転車で走る家出した長男の姿が見られたはずだ。だが、栄吉がそうする前に、前からダンを連れた総理がやってきた。

栄吉はダンを見て急ブレーキを踏んだ。このタイプの車はよく横転する。キキキとブレーキを音を残して、倒れはしなかったが、側溝に後輪を落として止まった。どうしたどうしたと通行人が走ってくる。傾いた窓から後ろを見ると、ダンは総理のあとを何事もなかったかのようについてゆくのだった。


富男は土手の上へと続く斜めの道を自転車で駆け上がった。上がりきったところでちょうど出くわしたのは、紺のセーラー服を着た学校帰りの女子中学生たち。

「あっ！　トンビ！」

「メダマ！」

よりにもよって恵子とその親友の君江だった。富男は幼い頃から恵子のことを「メダマの恵子」と呼んでいる。恵子は黒目が大きくてこの目が富男は苦手だった。逃げようとする富男の襟をつかむと恵子は大きな目をさらに大きくむいて怒った。

「どこほっつき歩いてたのよ、馬鹿！」

「痛えな、離せよ！」

恵子は、くさい！　と言って手を離すとその手を地面で拭いた。

「ねえ、何日洗濯してないの？」

逃げられないと観念したのか、富男は虚勢を張って胸をそらしてみせた。

「男には男の生き様ってもんがあるんだ。洗濯なんて関係あるか！」

ぷっと君江が吹きだしたが、恵子は笑わなかった。芳江の心配を近くにいて一番知っているだけに腹を立てているのに違いなかった。幼馴染なだけに富男は相手が本気で怒っているのかどうかはすぐにわかる。

「すぐに家に戻りなさいよ、このおたんこなす」

「帰れないんだよ！」

「どうして？」

だって、と富男は下を向いた。急に声が小さくなった。

「ダンを探してるんだよ」

「あんたがいなくなったからダンもいなくなったんじゃない！」

恵子はそう言ったあと、富男の顔に指を突きつけ、声を低くして脅した。

「ダンにもしものことがあったらトンビの責任だからね。わかった？」

「ダンならあたし見たよ」

君江が言った。君江は恵子と同じ長屋だ。まるよしの看板犬のことは、もちろんよく知っている。

「見たの？」

富男と恵子は声を揃えて言った。

「うん。さっき教室の窓から見えたの。総理と歩いてた」

もう一度声が揃った。

「どのへん？」

「六角沼の方に向かって歩いて行ったけど」

そう言って君江はその方向を指さした。六角沼とは貨物の引き込み線と鉄道の線路が交差するあたりにある場所のことで、バラックが少しあるだけの寂しい湿地帯だ。

富男は何も言わず、自転車から立ち上がるようにしてペダルをこいだ。

「ねえ、ぜったい帰ってくるんだよ！」

恵子は口を手でかこって大声で叫んだが、富男は返事もせず全力でペダルをこいでいく。土手から見える工場群の向こうで、陽はすでに傾き始めている。

踏切の遮断機が上がると、栄吉は踏切の向こうから渡ってくる恵子たちに気づいた。警笛を鳴らすと、栄吉に気づいた恵子は走ってきて助手席の窓に顔を入れた。

「おじさん、見つけたよ！」

「見つけた？」

後ろからトラックが大きな音で警笛を鳴らした。恵子はドアを開けて飛び乗ると、君江に手を振った。

「見つけたって、恵ちゃん、富男かい？」

車を発車させ、ギアを変えながら栄吉はぎょろ目を剥いた。

「たぶん両方」

そう言って恵子はにっこり笑うと、

「おじさん、六角沼！」

と叫んだ。

鉄条網の張られた野原の泥道を富男は自転車で走っていた。

すぐ横を線路が走り、前の方で貨物の引き込み線の陸橋が上を横切っていた。ここはいくつかの線路が交差する場所で、引き込み線の向こうには大きな沼があり、そこをみんな「六角沼」と呼んでいた。

「おおい、ダン！」

自転車を止め、富男は呼んだ。君江の言葉が正しければ、このあたりにいるはずなのだ。六角沼に向かう道はこの湿地帯で終わっているからだ。

夕陽に染まった野原を富男は見渡した。すぐわきを茶色い客車を引いた電車が轟音をあげて通りすぎていく。その電車を何気なく見送るうち、富男は陸橋の土手の真ん中あたりに小さく動く黒いものを見つけた。自転車をこいで近づいてゆくと、ダンであることがわかった。ダンはとぼとぼと土手を線路に向かって登ってゆく。名前を呼ぼうとして富男はそれを我慢した。ダンは老犬だ。下手に呼ぶと、びっくりして逃げてしまうことも考えられる。自転車を道端に倒すと、富男は枯草の繁る土手をゆっくりとダンの後を追って登っていった。線路のある土手の向こうにダンの小さな体が隠れた。

富男は土手をなるべく音をたてないように急いで上に登ってみると、ダンは枕木の真ん中に立ってじっとしている。富男は小さく口笛を吹いた。ダンの耳がぴくりと動く。それから富男が静かに手を叩くと、くるりと振り返った。そこで初めて富男は、ダン、と名を呼んだ。ダンは少し白く濁った目で富男を見た。自分を呼んだのが誰なのか考えているのか、小首をかしげるようにしている。ダンを拾って来たとき、富男はダンのくりっとした透き通った目が大好きだった。犬の目は黒いのかと思ったが、目を動かすと白目があることもその時知った。父ちゃんの軍手を丸めて振り回すと、いつまでも飽きずにじゃれていたっけ。

きっと自分だとわかっているのに、ダンは何故動かないのだろう。今、老いて富男のことすらよくわからなくなっているダンを見ると、不意に富男は悲しくなった。

それでも自分のことを慕って追いかけてきたのだ。だが、ダンは前歯を見せると低い声で唸り声をあげた。

「ダン？」

富男を威嚇するように唸りながら、ダンは後ずさりを始めた。その先はあと十五メートルほどで陸橋だ。線路と枕木だけしかないから、落ちてしまう。富男が名前を呼ぶと、ダンは立ち止まり、激しく吠えた。あんなに自分のことが好きで、こんなになってまであとを追ってきたのに、何故吠えるのだろう？　老犬の混濁した頭の中では、現実と非現実とがきっとごちゃまぜになっているのに違いなかった。

その時汽笛が聞こえた。

振り返ると、線路がカーブして消えている倉庫の向こうに黒い煙が見えてきた。引き込み線だと思って安心していたが、どうやら貨物列車がやってきたらしい。

「ダン！　おいで！　早く！」

近づくとそのぶんだけ犬は逃げる。富男は焦った。

「おじさん、あそこ！」

恵子が指さした先の泥道に自転車が倒れている。栄吉は近くで車を止めると外へ飛び出した。見上げると土手の上には背中を丸めるようにしてうずくまる富男の姿があった。

「大変、汽車が！」

恵子の声にあわてて右を見ると機関車の煙が迫っている。

「あの馬鹿、何を早まったことを」

栄吉は恵子に、危ねえからここにいろ、と言い捨てると走り出した。栄吉にとってこんなに走ることはあとにも先にもなかった。雑草が枯れた斜面に足をすべらせ、走れば走るほど、心臓はそこにあることをはっきり栄吉に知らせるかのように音をたてて動いた。電池が切れる、というのはこういうことなのか。若い時とは違って栄吉は頑張って走っているつもりでも、ほんの少し走っただけなのに足が鉛のように重くなってゆくことに絶望的な気分になってゆくのだった。汽車はもうすぐそこまできていた。


レールが激しく振動し、興奮したダンは狂ったように吠えている。

「ダン、早くこい！」

あともう少しで落ちるというところで富男はダンを捕まえた。

「富男！」

栄吉が叫ぶのと汽笛が鳴るのとは一緒だった。富男が振り返ると汽車はすぐそこまで来ていて、栄吉が走ってくるのが見えた。なぜ、父ちゃんが？　そう思った瞬間に栄吉の身体が富男に体当たりをした。轟音と風圧の中、風景がさかさまになり、富男はダンを抱いたまま斜面を転がり落ちた。

貨物列車が音をたてて通りすぎてゆくとあたりには再び静寂が訪れた。

斜面の途中で止まった富男はあたりを見回した。腕の中にはダンもいないし、栄吉の姿も見当たらなかった。

「父ちゃん、ダン！」

呼んでみたが、返事もないしダンの鳴き声もしない。

すると……離れた斜面の下に積まれた古い枕木の陰に、ぼろきれのようになった人間の姿が見えた。栄吉は、あんな遠くまで跳ね飛ばされてしまったのだ。栄吉は自分を助けるために、貨車にはねられたのだった。腰が抜けてしまい、富男は転がり落ちるようにして栄吉の方へ急いだ。茫然として栄吉のもとへたどり着き、枕木につかまってぼろぼろになった姿を恐る恐る見てみると、ぼろぼろに見えたのは、ぼろをまとって段ボールの上で昼寝をしている総理だった。

その時、ダンの吠える声がした。

声の方を見ると、材木や古タイヤが沈んだ泥の沼の中から栄吉が泥人形のようになってよろよろと立ち上がるのが見えた。ダンはその近くで、富男の方を見て吠えている。

「父ちゃん！」

富男は這いつくばるようにして栄吉のもとへ走った。

自分でもわけのわからない言葉を叫びながら沼に飛び込んだ富男は栄吉に抱きつく前に泥に足をとられて倒れ、泥をはねあげて派手に転んだ。栄吉は、この馬鹿野郎と言いながらとっくりのセーターの首をつかんで富男を引きずり起こした。

富男が見た泥まみれの栄吉は、目だけがぎょろりと白い。顔をあげた富男の顔もまた髪までまっ茶色でやはり目だけが白かった。

「ひでえ顔だな、お前」

「父ちゃんだってひでえ顔だ」

二人はしばらくの間お互いの顔を見ていたが、同時に吹き出し、大笑いをした。子供じゃあるまいしこの歳になって泥だらけになっている親子などいない。しかも久々に再会した顔がこのざまだ。父子で笑った記憶など富男にはなかったが、腹をかかえて二人は長いこと笑った。栄吉は、痛え！　と叫んでズボンのポケットから何かをつかみだした。それは大きな赤いアメリカザリガニだった。栄吉はそれを富男に投げつけた。ザリガニは富男の髪につかまった。

「痛えよう！　やめろって」

富男はザリガニを投げ捨てた。そして再び二人で腹を抱えて笑うと、

「この野郎、心配ばかりかけやがって」

栄吉はそう言って富男の髪をつかんでヘッドロックをし、何度も頭を拳固で殴るのだった。せっかく小さくなったこぶがまたさらに大きくなることになるが、富男は黙って殴られていた。この痛さは一生忘れないはずだ。

ダンが子犬のような声できゃんきゃんと吠えた。見るとダンは前足を揃えて何度もひょこひょこと上にあげている。それは嬉しくてたまらない時にだけするダンのしぐさだ。老いてからはやらなくなっていたのに、ダンのこの姿を見るのは久々だった。

二人はよろけながら沼から上がり、富男がうっかりダンの頭を撫でると頭に泥がついた。これでみんな同じになった。栄吉はダンを見下ろして、この老いぼれが、と言って笑った。

「まったく、あちこち歩き回りやがって」

ダンは小首をかしげ、鼻を鳴らして交互に二人を見た。

「お前は親に心配かけただけじゃねえ。犬にも心配かけたんだぞ」

そう言うと、栄吉は顔をゆがめてふくらはぎを押さえた。久々に走ったので、栄吉は知らないうちに肉離れをおこしたらしい。

「大丈夫か、父ちゃん」

「ああ」

ぶっきらぼうに栄吉は言うと、歩きかけてもとの不機嫌な顔で振り返った。

「勘違いするなよ、富男。俺は犬を探しに来たんだからな」

何も言わず、息子は父に肩を貸した。

やってみると痩せているようでいて人間の身体は本当に重い。富男はよろけながらも歯をくいしばって支えた。映画でよく見る場面のようにはいかない。いつのまにか背ものびた息子に支えられ、栄吉は照れくさそうにそっぽを向いて足をひきずった。

「ねえ、だいじょうぶ?」

土手の上で恵子が叫んでいる。富男は片手をあげて手を振った。燃えるような夕陽の色に包まれた野の道に、よろけて歩く父子と老犬の影が長く長く伸びている。

「二人ともひどい顔」

そう言って笑うと恵子はハンカチを出して、二人の顔を拭いた。

「びっくりしちゃった。もうはねられたのかと思った」

「そう簡単には死なねえよ」

栄吉は車にもたれると、胸のポケットから泥に汚れたいこいの箱を出して、汚れの少ない一本を選んで口にくわえた。そしてマッチを出したが、箱の中は泥水に浸かっている。それを見て富男はジャンパーの内ポケットから油紙でくるんだものを出した。中から出てきたのはパイプの絵が描いてあるマッチ箱だ。

「なんだ、それ」

「家出の常備品」

そう言ってマッチを擦ると、富男は手で覆って栄吉の煙草に火をつけた。マッチの炎に浮かんだのは、いちだんと短い煙草だった。


恵子を家の近くで降ろすと、栄吉は富男とダンを乗せたまま、家とは違う方向に車を走らせた。泥水で汚れた服は冷たかったが、栄吉には富男を乗せて連れてゆきたい場所があるようだ。膝にはダンが丸くなって寝ている。

（父ちゃんはどこへ行くつもりなんだろう）

両国橋も渡って墨田から出て、それを栄吉に聞こうと思った時、栄吉は街を見下ろす高台の上で車を止めた。

「あれを見てみろ」

車から降りて栄吉が指さす方を見ると、灯りのついた街のそこだけ死んだように暗くなっている場所があった。

「酒屋に、八百屋、雑貨屋、魚屋。全部つぶれて店を閉めた商店街だ」

「え？　どうしてみんな……」

「そっちを見てみな」

少し離れた場所には広い間口の大きな店舗があり、明りで輝く店の中は大勢の客でにぎわっている。富男は初めて見るもので、それは対照的な眺めだった。

「外国ではやりのスーパーマーケットって言ってな、ひとつの店でいろんな物を売っているんだ。買い物はここ一ヶ所で済む。あれで皆つぶれちまった」

栄吉は、だがなと言った。

「別にスーパーマーケットが悪いわけじゃねえ」

富男は父の顔を見た。やっぱり何かを自分に伝えようとして、ここに連れてきたのだが、その言いたいことはなんだろう。

「これからは世の中が大きく変わる。その時、何をやるにも勉強をしてねえとそれに太刀打ちができねえんだ。気がついた時には遅せえ。勉強した奴だけが色んなことをどんどんできるんだ。漫画を描くのだって同じことだぞ、富男」

富男は栄吉の言いたいことがおぼろげながらわかった気がした。やみくもに勉強しろと言っていたのには栄吉なりの理由があったのだ。そして最後に言い残して栄吉は車のドアを開けた。

「俺も母さんも、もう若くはねえ。いつかはお前だって一人で生きていくんだ」

運河ぞいの道を車を走らせながら、栄吉は唐突に言った。

「で、続きはどうなるんだ」

続きって何の続きのことだろう。今回の家出のことだろうか。富男が答えにつまって黙っていると、栄吉は舌打ちして面倒くさそうに言葉を継いだ。

「漫画だよ、漫画。あの悪の帝王は俺だろ？　顔が似てら。ギョロ目でよ。すぐわかったわ」

不機嫌そうに栄吉は言ってふんと鼻を鳴らした。

父ちゃんはあの漫画を読んだらしい。

いつの間に目を覚ましたのか、ダンは何か言いたそうに富男の顔を見上げていた。富男はその耳の下を撫でた。やや濁ったその目が富男をじっと見つめている。

ダンは拾われてきてからというもの、なぜか犬嫌いの栄吉のあとをちょこちょことついてまわり、足蹴にされようが、追い払われようが、どんなにじゃけんにされても配達の車に乗り込むのが好きだった。はじめは怒っていた栄吉も最後は根負けしたのか、犬の好きなようにさせておくようになった。だからダンは配達の時はいつでも助手席にちょこんと座っていた。

足も弱って車に乗り込めなくなってからは、栄吉が配達に行くのを陽だまりの中でダンは丸くなって見上げていた。そんな老犬を見て、一度は車に乗ってもわざわざ降りてきて、全く面倒くせえ犬だなと悪態をつきながら栄吉は手で抱いて車に乗せてやるのだった。

（なんでダンは父ちゃんのことが好きなんだろう）

富男はずっとそれが不思議だった。

でも、こんな簡単なことにどうして今まで気づかなかったのだろうか。

ダンは家族以外にはなつかない。ダンが父ちゃんを好きなのは、父ちゃんが富男の父ちゃんだからにきまっているじゃないか。

「父ちゃん」

「なんだ」

前を走るタクシーのテールランプが少しにじんだ。

「ごめんなさい」

声が鼻声になった。

栄吉は前を見たままぶっきらぼうに言った。

「ああ。気にすんな」

ダンは富男の膝の上で、安心したのか身じろぎをすると、丸まって再び目を閉じるのだった。

十一月十七日の日曜日は秋晴れだった。

富男とまるよし酒店の家族は神社に良子の七五三のお参りにいったあと、道の向かいにある『おおば写真館』に家族写真を撮るために集まった。

良子は晴れ着に千歳飴を持っていつもよりおしとやかにしている。富男は今日が十四歳の誕生日なので詰襟の学生服だ。久々に着る学生服はなんだかちょっと気恥ずかしい気がする。

写真館の前は、これから写真を撮ろうという千歳飴を持った晴れ着の女の子やよそ行きの男の子でいっぱいだ。今日はこの写真館が年に一度子供で賑わう日なのだった。

『おば写真館』はいつか戦死した息子が母親の後ろに写っていたという噂がひろがり『おばけ写真館』と呼ばれている。だから信吉は興奮している。

「かあちゃん、おばけ写るかな」

信吉はそんなことを大声で言って、祖父に、静かにせんかと叱られている。良子を真ん中にわいわいと並びかけた一家だったが、直前に栄吉が忘れ物に気づいて店に戻ったので、みんな待ちくたびれてきた。他の家族も外で待たせている。芳江はどうしたのかしらねえとやきもきしながら、外で待つ家族に謝ったりしていた。

「どうしよう、やっぱりあとの人に先にやってもらおうかしら」

さっきもそう言って外に出たのだが、皆のん気なもので、待ってるからいいよ芳江さん、と言ってくれたのだった。みんな写真館の前でわいわい世間話をしているからそれはそれで楽しいのに違いない。

芳江は栄吉がこないことを一人ぶつぶつ言いながらも、とにかく今日、全員そろったのが嬉しいようで、富男の襟のカラーなどをいそいそと直している。老店主はすることがないので、椅子に座ってにこにこと笑っていた。

信吉は良子からもらった千歳飴を口にほおばったまま出さずに騒ぎになっている。だから栄吉が遅れているのはむしろ好都合だったのかもしれない。

「飴を出しなさい。ほっぺが出っ張っておかしいよ」

「いやだい！　まだなめてるんだもん」

祖母のハルが叱るが、強情な信吉は口から出さないでがんばっている。

「もう、しょうがないねえ。強情なところは誰に似たんだかねえ」

外で車が止まる音がした。

「あ、父ちゃん帰ってきたよ」

芳江は、それじゃお願いします、と言った。

栄吉が新品のネクタイを締めながらドアを開けた。老店主はうなずくと立ち上がって、しゃがれた声で言った。

「じゃ、撮りましょうか。お嬢ちゃん、坊ちゃん、少し体を斜めに。おじいちゃんとおばあちゃんはもう少しお母さんの近くに。お兄ちゃんはね、はい、そこで結構です。じゃ、ご主人、右の端へお願いします」

そう言ってから、店主は栄吉を探した。

富男が振り返ると、栄吉はまだドアの所に立ったままだ。

「もう一人忘れてやしねえか」

父ちゃんは何を言ってるんだろう。富男は家族と顔を見合わせた。

「おばけ？」

信吉と良子はそう言って悲鳴をあげた。

「一人じゃねえ。一匹か」

栄吉の足のむこうから、ダンがよぼよぼ入ってきた。

「ダン！」

信吉と良子は飛び上がってこっちこっちと騒いだ。

ダンはよぼよぼとやってくると、何も言われてないのにみんなの前に来て、一番真ん中にちょこんと座った。ダンは昨日から茶色い首輪をしている。保健所への登録もすませ、狂犬病の予防注射も打った。首輪をすると飼い犬らしく見える。

富男は斜め後ろから父の背中を見た。

毎日酒瓶の重い木枠を担ぎ下ろすからか、肩はほんの少し右に傾いている。ワイシャツのえりからは、首に貼った膏薬がほんのわずかに見えていた。前からだとわからなかった。でも、ここから見る父の姿が本当の姿なのかもしれない、富男はそう思うのだった。そしてそれを教えてくれたのは……。

「では撮ります」

店主が言うと、ダンが小さく吠えて、みんな笑った。

独り言のように栄吉がつぶやくのが聞こえた。

「そうさ、こいつを忘れちゃいけねえよ。家族の写真なんだからな」

みかんの花咲く丘

昭和三十七年度　神奈川県　川崎市立　小杉第一小学校――。表紙にそう印刷された青い通信簿を眺めながら、明美の母、静江は厨房のカウンターにもたれて肘をついていた。指先の煙草からはひとすじの煙がゆれている。

盆にのったトンカツ定食が木のカウンターの上に乱暴に置かれ、味噌汁がこぼれた。

「三番さん、定食あがり」

「はいよ」

静江はしゃがれ声で厨房の店主に肩ごしに答えたが、眉の間にしわを寄せ、まだ同じ姿勢のままだ。三番さん、のテーブルに座る日雇い労働者風の男は何か言いたげに口をもごもごさせて静江とカウンターの上の定食を見くらべたが、遠慮がちにせきばらいをして静江が気づいてくれるのを待つのだった。機嫌が悪そうな静江に何か言ってもどうせ怒鳴られるのは客たちの方ではよくわかっている。そして機嫌の良い日はあまりない。

薄汚れたかっぽう着姿で頭は三角巾だが、化粧っ気のない顔は鼻筋が通り、よくよく見ればガード下の定食屋のおばちゃんにしてはどこかバタ臭い。店にそぐわない風貌は常連客の間でひそかに人気だった。

静江の手の通信簿には『四年六組　疋田明美《ひきたあけみ》』と、ゴム印が押してある。当の本人である疋田明美は、あごひもがのびた丸帽子に赤いランドセルを背負い、母親の前で下を向いていた。荒れた赤いほっぺに、どこか生気のない目。ぎゅっと結んだ唇は何かを我慢しているようにも見える。そして、手足はひょろ長く、肘のところが薄くなった黄色いカーディガンは毛玉だらけだった。鼻水をすすりながら、明美は丸帽子のつばごしに母の顔をうかがっている。明美が下を向いている原因は通信簿で、母がずっと黙っている理由もたぶん同じだった。

なぜか。一目見て多くの科目が「ややおとる」か「おとる」に丸印だ。体育と音楽だけが「普通」に、かろうじてかすれた丸印が押してある。『行動の記録』の欄には「明るさに欠け、積極性が少ない」とだけ担任の小さな字で書きこんであった。つまるところ教師の結論は、「疋田明美は、何の取り柄もなく、暗い子のまま、四年生を終えました」ということのようだった。

静江は煙草を吸うと、しゃがれ声で娘の名を呼んだ。

「明美」

名前を呼ばれ、明美は目をぱちぱちさせて、母を見上げた。

「はい、お母ちゃん」

「この字、何て読むのさ」

叱られるかと思ったら、母は全然違うことを聞いた。静江が通信簿のその場所を指で押さえると、明美は小さな声で「積極性」と答えた。

「積極性か。ああ、そういうこと」

母は成績の悪さを見て黙っていたのではなく、漢字の読みを考えていたらしい。明美はほっとした。通信簿の中身には無関心な母がいつになく長く見ていたものだから明美は心配になったのだった。

煙草の先の灰が、カウンターに置かれた定食のすぐわきに落ちた。静江は急に興味を失ったように、煙草の灰を通信簿でさっと掃くと、ちょっと待ってなと言って通信簿を明美に渡して厨房に入っていった。三番さん、の男は、そのタイミングで盆を自分のテーブルに持ちかえるのだった。

店には、雑音まじりの歌がラジオから小さく流れている。

――可愛いベイビー、ハイハイ！　可愛いベイビー……

明美は、ランドセルに役目を終えた通信簿をのろのろとしまいながら、流れているその歌が似合わない汚れた店の中を見回した。狭い店の中は丼物を食べる客にまじって、まだ昼間だというのに雨で仕事にあぶれたニコヨンや、一人ぼっちで行き場のない痩せた老人が背中を丸めて酒を飲んでいる。揚げ物や煮物、焼き魚の匂いにまじって昼間から酒の匂いがぷんぷんしていた。

「お嬢ちゃん、静ちゃんに似てずいぶんと器量良しだねえ」

目が合った髭づらの作業員が笑った。明美はランドセルのベルトを両手でつかんで下を向いた。これだからこの店は苦手なのだ。ほかにすることのない男たちは、明美が母を待つ間、いつでもじろじろと見る。戻ってきた静江は、作業服の男の背を思い切り叩いた。

「痛っ」

「くだらないこと言ってないで、さっさと食って出ていきな」

そして新聞紙で包んだものを明美に渡した。新聞紙は手で持つと、ほのかに温かい。

母は煙草をふかすと、少し笑った。

「コロッケだよ」

「うん、わかった」

明美は鼻水をすすってうなずいた。

母がこの定食屋からそのまま別の仕事に行く日は、学校の帰りにこの店に寄って父と食べる晩のおかずを受け取るのが明美の役目だった。そして出来立てのそうざいを安く手に入れることができるのが、静江がこの店で働く唯一の理由だった。

明美がたてつけの悪いガラス戸を開けてのれんをくぐると、外はまだ春の雨が降っていた。道の向こう側はパチンコ屋で、軍艦マーチに乗って、かっぽう着を着た主婦やサラリーマンが、台の前に立ち、夢中で玉を弾いている。

骨が一本折れた黄色い傘を開くと、走ってきたタクシーが泥水をはねあげた。素足にはいた赤い長靴で、明美は水たまりのできた道を下を向いて歩いてゆく。ガードの上を電車が音を立てて通り過ぎた。この道は巨人軍の柴田選手が法政二高時代、春夏連続で甲子園で優勝してパレードをした道だ。明美はにぎやかなパレードを映画館の前で母と一緒に見た。

「あっ、ひきがえるだ！」

明美を見つけた下校途中の男の子たちが、道の反対側を歩きながら「ひきがえる、雨が降ったらあまがえる」とふしをつけて歌い、笑ってついてくる。明美は「疋田」という名前のおかげで学校ではひきがえるというあだ名をつけられていた。あまり表情に変化がないのも「かえる」であることの由来だ。帽子のつばごしに明美は彼らをにらみつけたが、みんないっせいに鼻をつまんで手であおぐしぐさをしてみせた。明美は顔を伏せ、黙って水たまりの道を歩いた。

渋谷駅から青虫に似た緑色の電車に乗って多摩川を越えると、国鉄南武線と交差して東横線の武蔵小杉駅がある。そのガード下を通る中原街道から少し商店街を入ったあたりに、同じ形をした黒っぽい木造二階建ての古い集合住宅が二十棟たっている。駅向こうの広大な敷地にある小杉電機工業の社宅だ。明美の家は一番手前の角にある社宅だった。

雨は少し小降りになり、どこかで沈丁花《ちんちょうげ》が香っている。明美はこの匂いが好きだ。どの棟も玄関のまわりには盆栽だの植木鉢が置かれていたが、明美の家の玄関だけは殺風景で何もない。家の前の路地のドブは泥をさらってないせいで水があふれていた。

「ただいま」

狭い玄関で長靴を脱ぎながら明美は薄暗い家の中に向かって声をかけたが返事はない。冷たい床板を踏んでかび臭い家にあがると、炬燵の中で父の裕治《ゆうじ》が寝ていた。

部屋の畳は所々擦れており、色は焼けて黄色かった。家具と言えるものは古い整理ダンスがひとつ。火鉢の中の炭は消えていて、部屋の中は寒々しい。ぼさぼさの髪にどてらを着て腕まくらをした父の顔は、頬骨が出てとげとげしかった。路地に面したすりガラスごしの白い光の中で、眉の間には深く陰ができ、寝ているというのに、父の顔はどこか苦しそうな顔に見えた。

部屋は六畳と四畳半の二間だ。明美は裕治を起こさないようにそっと破れた襖を開けて隣の部屋に行き、重ねた布団の横にランドセルを置いた。

それから便所の戸を開けて中に入ると、便器の中から「あっちゃん？」と声が響いた。二階と一階は太い土管でつながっている。上に住む文恵は下で明美が入る気配がすると、よくふざけて上から声をかけるのだった。

「なあに」

明美が便器の中に向かって叫ぶと、また文恵の声がした。

「お昼が終わったら上においでよ。おやつ一緒に食べよう」

「うん、行くね」

文恵は明美のただ一人の友達だ。文恵は馬鹿にしたり、くさいとか言っていじめたりはしない。上の部屋で二人の弟と両親、そして祖母と六人でにぎやかに暮らしていた。しかも窓の外の屋根の上で犬を飼っており、犬は隣の部屋とつながった屋根の上を歩いて暮らしていた。

文恵の家の狭い玄関を入ると、明美は急な木の階段をきしませて二階にあがった。

部屋の中では二人の弟が、お菓子のおまけのワッペンを取り合って走り回っている。同じ間取りだと言うのに下の明美の家と違って、ここには人が住む温かさがあった。

「こら！　下のお部屋に響くから走るのはおやめ！」

エプロンで手を拭きながら台所から出てきた文恵の母は、明美を見ると笑顔になった。

「あっちゃん、どうだった？　お通信簿」

明美が下を向いて恥ずかしそうにもじもじしていると、

「五年生になったら頑張ろうね」

そう言って頭を撫でてくれた。通信簿をもらうといつもこうだ。二年生になったらが三年生になったら、に変わり、そして四年生の最後の通信簿の今日、五年生になったらに変わった。文恵の母は優しい人で、明美は大好きだった。

明美は文恵と一緒に炬燵で、きいちのぬりえをした。鼻水をすすりながらクレヨンで夢中になって色を塗っていると、文恵はポケットからキャラメルの箱を二つ出した。

「あっちゃん、紅梅キャラメルと明治のクリームキャラメル、どっちがいい？」

「クリームキャラメル」

「やっぱりね。キャラメルなのに白いの、ふしぎだね」

二人はおかしそうに笑った。箱の中からひとつぶずつキャラメルを出して渡しながら文恵は言った。

「あっちゃん、知ってる？　公民館でバレエ教室が始まるんだって」

キャラメルの包み紙をはがしながら、明美は目を輝かせた。

「ほんと？　いつから？」

「うん、土曜日から」

そう言って文恵はキャラメルを口に入れた瞬間、あっと口を押えた。

「今日だ」

明美と文恵は顔を見合わせた。

「ねえねえ、今から行ってみようよ、あっちゃん」

バレエ——。

それは文恵が貸してくれるりぼんの巻頭ページでしか見たことはなかったが、白い白鳥の衣装を着て踊るバレリーナたちの写真は明美の胸をときめかせた。特につま先で立っているその靴は、自分が持っている汚いどの靴とも決定的に違う輝きを持っていた。

「これってね、トウシューズっていうんだよ」

いつか文恵が写真を指さして教えてくれたその光沢のある靴をはいたバレリーナは、すらりと立っていて美しかった。

（どうしようかな）

明美は、口の中でクリームキャラメルを転がしながら両手で頬杖をついた。父親の裕治は、工場で膝に大けがを負って、三年前から会社をやめてずっと家にいる。母は昼間はガード下の食堂、夜は隣の駅に近い居酒屋で働いていて、時には朝まで帰ってこなかった。そのため家の仕事の多くは明美がやっていたのだ。おまけに足の悪い父はなにかと明美に用事を言いつけ、自由がない。明美がどこかに遊びに行っていて必要な時にいないとたちまち不機嫌になるのだ。

「見るだけでもいいんだってさ。ねえ、あっちゃん、いっしょに行こうよ」

（見るだけかあ……）

そうだ、見るだけならすぐに帰ってこれる。ちょうど雨も降っているから父もどこにも出かけることはない。文恵の言葉に明美は公民館へ行ってみようと思うのだった。

公民館は家から五分ほど歩いた風呂屋の裏にある木造二階建ての建物だ。

玄関の戸のガラスには、筆で『畑山かおるバレエ教室』と書いた紙が貼ってあった。開けて中に入ると、玄関には女の子たちの長靴がたくさん並んでいた。明美と文恵は傘立に傘をねじこむと、足で長靴をよせて隙間を作り、そこに自分達の長靴を脱いで床に上がった。

両開きの茶色い木の扉にはまったガラスは室内の熱気で曇り、少女たちの頭ごしに、髪を肩の上でくるんと跳ね上げた女の人がいて何かしゃべっているのが見える。あの人が、どうやら先生らしい。文恵は明美を振り返った。

「入ろうよ、あっちゃん」

「ううん、ふみちゃん先に入って」

文恵は明美の小さなあかぎれの手をつかむと、ニスを塗った茶色い木の扉を開いた。

中は温かく、石油ストーブの匂いがした。二人が扉を開けると、おかっぱ頭がいっせいに振り向いた。少女たちの無遠慮な視線はもちろん文恵ではなく明美に注がれている。何人かはあきらかに笑っていた。

(あの娘がバレエ?)

そう言いたそうな目だ。学校でも暗くてひっこみじあんな明美が、バレエを踊るなんてとうてい思えなかったに違いない。三年生の学芸会では、たったひと言の台詞を本番でどうしても言えず、劇をだいなしにしたこともあったのだ。

明美は人一倍あがり性だ。国語の時間に本読みをあてられると何度もつっかえ、しまいにはなんだかわからなくなる。音楽の時間に一人一人あてられるドレミの音階なども緊張して舌がもつれて歌えなくなる。そんな明美を男子は面白がっていつでも馬鹿にするのだった。明美は目を伏せて文恵のかげに隠れた。

「いらっしゃい、よく来ましたね」

先生は大きな声でそう言って、こっちにおいでなさいと両手で手招きをしてみせた。

明美はそっと顔を上げてその人の顔を見た。ちょっと日本人離れした顔をしていて背が高く、目は優しそうな茶色い色をしていた。

「どうしたの？　もっと前にどうぞ」

大きな声でそう言って笑い、先生は背をまっすぐに伸ばして歩いてくると、明美と文恵の手を引いて前の方の空いた場所に連れていった。

「じゃあみなさん、座ってください」

先生が手を叩くとみんなはその場で体育座りをした。ピアノの横にある木の机の上には、小さなクリーム色の電蓄がひとつ。先生はその電蓄のふたをはずすと、一枚のレコードをのせ、慎重な手つきで針を置いた。

パチパチと小さな雑音——。

（何の曲が始まるのだろう）少女たちは身を乗り出して、息をつめた。次の瞬間、奇妙な曲が大きな音で鳴った。それはあきらかに回転がおかしい曲だった。

「あら、ごめんなさい！　回転数が違うわね、これ。四十五回転になってるのかな」

あわてて先生はレコードを止めようとして、床で滑って派手に転んだ。それを見てみんな味噌っ歯を見せてげらげら笑った。明美も思わず笑ってしまった。先生が舌を出して頭をかいてみせると全員がまた爆笑した。それが畑山かおる先生と明美との初めての出会いだった。

それからの何時間は明美にとって夢のようなひと時だった。先生がはじめにレコードでかけたのは、バレエの曲ではなく『りんごのひとりごと』や『とんがり帽子』などのやさしい歌だった。

――わたしは真っ赤なりんごです。お国は遠い北のくに……

そんな曲にあわせてかおる先生は、腰に手をあてて片足を出したり、胸の前で手を交差してポーズをとったりして踊ってみせた。それは想像していたバレエとは違っていたが、なんだか見ているだけで楽しくなる踊りだった。そして、一度踊ってみせると先生は手を叩いて言ったのだ。

「じゃあみなさん、踊ってみましょう。はじめは何も考えず、好きに踊ればいいのです」

先生はまたレコードに針を落とした。

曲は『みかんの花咲く丘』だった。

みんなはじめは恥ずかしがっていたが、先生がいっしょに踊ると、少女たちはその周りに集まって笑いながら踊った。

——みかんの花が咲いている。思い出の道、丘の道……

踊るなんて初めてだったが、踊っていると明美は不思議な気持ちになった。はじめはまわりを気にして遠慮がちに手足を動かしていたのだが、時間が経つにつれ、まわりの少女のことも気にならなくなり、風景が何も見えなくなっていった。

自分はいつしか、はるかな青い海を見下ろす丘の上に一人でいた。

白いみかんの花が咲く丘の一本道を、明美はどこまでも踊りながら進み、海には小さく船が浮いているのさえ見えたのだ。そしてレコードが終わっても、明美は踊るのをやめなかった。場面は赤い実をたくさんつけたりんご畑に変わり、木々の間をくるくると回りながら踊り……。

とっくに踊るのをやめていた少女たちは、びっくりした顔で明美を見ていた。

先生の拍手で、明美はようやくわれにかえって踊るのをやめた。汗をかき、息は苦しく、明美の心臓はとくとくと音をたてて動いている。

「上手ねえ、あなた」

先生が笑うと、驚いたことにみんなも歓声をあげて手を叩いてくれた。明美は何が起きたのか、すぐにはわからなかった。助けを求めるように文恵を見ると、

「ねえ、あっちゃん、どうしてそんなに上手に踊れるの？」

そう言って文恵は明美に抱きついた。

「あたしなんて手と足が同じむきに動いちゃったよ」

文恵は去年の運動会のリレーで、バトンを受けて逆に走ったことがある。

「あなた、ちょっと一人で踊ってごらんなさい」

かおる先生は信じられないことを言った。

(え、一人で?)

夢中で踊ってはいたけれど、あらためて一人でと言われてもとても踊れはしない。明美は、下を向いてもじもじしていたが、先生は音楽をかけて明美の手を取った。

「じゃあ先生といっしょに踊りましょう」

踊り出すと、明美は不思議と自然に身体が動き、緊張しなかった。こんなことは今までなかった。途中で先生は離れていったが、明美は気づかずに踊り続けたのだった。そして、終わるとまたみんなが拍手をしてくれた。

明美は人から拍手をされたことなんて生まれて初めてだった。頬に血が昇って熱い。両手で頬を押さえると、明美は立っていられなくなりしゃがんだ。先生は、みんなもこの子みたいに楽しそうに踊るといいですね、と言った。かおる先生は別れぎわに明美のところへ来るとみんなには聞こえないよう小さい声で、

「毎週土曜日、踊りにおいでなさい。お金のことは気にしなくてもいいから」

そう言って笑うのだった。

踊りに夢中になっていて気づかなかったが、あたりは日が落ちて暗くなっていた。

雨の中を文恵と一緒に家に戻り、玄関で別れて戸を開けると……。小さな裸電球の灯りの下で、父が洗面器を抱いて座っていた。よれよれのワイシャツの上にどてらを羽織り、ズボンのすそから見えるすねは細かった。父は明美を見た。その目は怒りでぎらついており、神経質そうに声をふるわせた。

「お前はこんな時間になるまで、どこで何をしていたのだ」

そして洗面器を投げ出し、壁に手をついて立ち上がると何度も明美の頭を叩いた。

「ごめんなさい、お友達のお家に行っていたの！　ごめんなさい！」

明美は頭をおさえてしゃがみこんだ。どんなにぶたれても、踊っていたとは言いたくはなかった。言ったら最後、二度と公民館に行かせてもらえなくなる気がしたのだった。父は、膝の傷が痛みだすと杖にたよらないとうまく歩けない。だから銭湯に行くのに雨の日は傘をさすと洗面道具がもてないのだ。そんな時は洗面具を持つのは明美の役だった。でも、わざわざこんな雨の日に風呂に行くと言い出したのは、目を覚ました時にそこにいなかった明美へのあてつけに違いなかった。

怪我をして会社をやめてからの父は日ましに短気になり、わがままになっていった。

会社をやめたのだから、普通ならば社宅にはいられない。何度か会社から人が来て家を出るように言うのだが、そのたびに裕治は追い返していた。

父の怒鳴り声を聞いていると、裕治の怪我はどうやら会社に落ち度があったらしく、会社の人間もそこを突かれると強くは言えず帰ってゆく。今では会社からくる人間も、一応上から言われたんで来た、という感じであまり強くは言わなくなった。それでなんとなく社宅に居座って親子三人どうにか暮らしていたのだ。工場で働いている頃の父は、こんなに気難しくもゆがんでもいなかった。父はたまに外に出かけてゆく。どこかで働いているようだが、何をしているのか明美にはわからなかった。


銭湯には公民館にいた少女たちもたくさんいて、明美の話でもちきりだった。

「ねえねえ、踊ってみせてよ」

風呂から上がると、公民館に来ていなかった子たちも、そう言って明美の踊りを見たがった。

恥ずかしがって下を向いていた明美だったが、みんなが集まってきて笑いながら湯上げタオルを明美の頭や体に巻いて衣装のようにすると、なんだかうれしくなってきた。友だちの話題の中心に自分がなることは初めてだった。少女たちは、きれいな声をあわせて歌いだした。

――みかんの花が　咲いている　思い出の道　丘の道……

とつぜん脱衣場に響いた歌声に、着替えていたおばちゃんや、おばあさんたちも思わず顔をほころばせた。

そして明美は踊り出した。

ひとたび踊りだすと、不思議なことに、なぜだか頭で考えるより先にどんどんからだが動くのだった。明美にとって、脱衣場の板の間はまるで舞台のようだった。

「上手だねえ！」

「なんてまあ、可愛いんだろ」

手や足を歌にあわせて動かし、くるくると回ってみせると、見ていたおばさんたちからも拍手がわいた。明美は有頂天になった。

その時、外で男たちが怒鳴りあう大声が聞こえてきた。

父の声だ――。

明美の体からは一瞬で熱が冷めてゆき、現実の世界に引き戻された。

あわてて着替えて明美が外に出てみると、下足箱の前で、父が一人の工員の作業服の胸をつかんでにらみつけていた。工員は若く、父が働いていた工場の社名の入った作業服を着ていた。まわりには同じ作業服を着た男たちも何人かいて、みんな黙って父を見つめている。

「もう一度言ってみろ」

裕治が目をぎらつかせて叫ぶと、若い工員は父を見下ろして鼻で笑い、普通の声で言った。

「工場で働いてないと、垢も出なくてきれいだな、そう言ったんですよ」

まわりで見ていた工員たちのあいだから笑いがもれた。

工員は顔から笑いを消した。

「俺たちが汗水たらして働いてる時にあんた何してるんだよ。遊んでる奴のためにうちの社宅があるわけじゃないぜ。入りたい奴はまだまだいるんだよ」

誰も止めないところを見ると、工員の言葉はそこにいる皆の気持ちを代弁していたのに違いない。この町には多くの工場があり、どこもが来年の東京オリンピックに向けての建設ラッシュの影響で、どんなに働いても仕事は終わらずみな殺気だっていた。それは裕治が勤めていたこの工場も例外ではなかった。

若い工員は「放せよ」と言って裕治の胸を手で勢いよく突いた。裕治の痩せたからだはあっけなく倒れた。明美は立っている男たちのからだの間からそれを見ていたが、初めて見る大人同士のけんかは、怖くて声も出せなかった。

「やったな」

父は入り口の柱につかまって立ち上がると足をひきずって工員に向かっていったが、手が相手に触れる前に髪をつかまれて足ばらいをされ、そのまま外に転がって風呂屋の外の道路へ倒れた。父の身体は泥の水たまりではねをあげた。たった今洗ったばかりの髪や顔に泥が飛び散り、下駄が転がった。

「度胸もないくせに喧嘩売るのはやめな」

男は裕治に向かって勢いよく唾を吐くと、笑って歩き去った。

裕治はひとことも言い返せず、泥水の中でくやしそうにうつむいた。そして、まわりの人々の目に気づくと、舌打ちをしながら首をかしげて苦笑いをしてみせたのだ。

父の姿を見て、明美のさっきまでの楽しい気分は吹き飛んだ。明美は見ていた人の後ろに隠れ、うつむいた。いつもいばってばかりいるけれど、お父ちゃんは、本当はみじめで弱い人なのだ。

その言いなりになっていつでも自由を奪われることなんて……。

そして、明美はある決心をした。

窓の外が白々と明るくなる頃、乱暴に戸が開いて母が帰ってきた音がした。足音がもつれ、何かにぶつかって大きな音をたてる。しばらくして台所の方で水を流す音が聞こえた。

明美が布団から起きだして台所へ行ってみると、静江は蛇口から水を出しっぱなしにしたまま流しの下に座り、壁にもたれて目を閉じていた。

柱のかげから、明美は小さな声で母を呼んでみた。

「お母ちゃん」

「なんだい、もう起きたのか」

静江は薄目を開け、明美を見た。そしてそのままコートのポケットからくしゃくしゃになった煙草の箱を出すと、少しまがった一本を出して口にくわえた。

「明美、マッチ」

「ちょっと待ってて」

流しの横の棚の引き出しを開けて徳用マッチを渡すと、静江は擦ろうとしてマッチを折った。明美は代わりにマッチを擦り、母の顔の前に出した。静江は両手でそれを覆うようにして煙草に火をつけた。小さな炎に浮かんだ母の目の下にはくまがあり、息は酒臭かった。明美は、母の隣に並んで膝を抱えて座った。

「あのね、お母ちゃん」

「なんだよ」

土曜日に公民館にバレエを踊りに通っていいか、と明美は小声で聞いた。バレエ、と聞いて長いこと母は黙っていた。

（やっぱり駄目だろうな。お父ちゃんのこともあるし、だいいち……）

「そんなもん、勝手にすりゃあいいじゃないか」

不意にそう言うと、静江はふうっと煙草の煙を吐いた。

「いくらかかるんだよ、それ」

面倒くさそうに静江が聞いた。勝手にしろ、と言われて明美はうれしくなった。

「先生がね、お金はいいって」

「そんなうまい話があんのかね」

そう言って静江は流しにつかまると、よいしょ、と言って立ち上がった。明美は下から母のコートのすそをつかんで、見上げた。そしてもうひとつお願いをした。

「お母ちゃん、バレエのこと、お父ちゃんには内緒にしてね」

（父に知られたらやめさせられてしまうに決まっている。それだけは嫌だ）

母はこくん、とうなずいた。

「ああ、わかったよ。母ちゃん寝る。父ちゃんが起きたらそこに塩じゃけの切れっぱしがあるから茶漬けでも作って二人で食いな」

母の承諾はとれた。お願いごとはたいてい母が酔っているときを狙う。こうして明美は公民館のバレエに通うことになったのだった。

明美にとって初めての楽しい時間が始まった。

毎週土曜日の午後、練習用のバレエシューズを手に文恵と一緒に公民館に走った。

練習は回をかさねてゆくと、童謡ではなく、少しずつバレエらしい内容になってきた。

先生はみんなに足のかかとを揃えさせ、膝をまげる練習を始めた。そして、ひとつができるようになると今度はかかとを少し離してまた、膝を曲げる。

先生は調子のはずれたアップライトピアノを弾きながら、大声で「アン、ドウ、トロア」と叫び、明美たちはバレリーナになったつもりで夢中でレッスンをした。

明美はかおる先生が教えてくれることはすぐに理解してどんどん上達していった。

そしてバレエのない日は文恵の部屋で、一緒に練習をした。二人は向かいあっていろいろな形で腕や足を曲げてお互いの姿をあれこれ、直しあうのだ。文恵は明美に聞いた。

「先生はさ、肩に水を落としたら、水玉がひじをつたってコロコロ転がる感じって言ってたよねえ。あれってどういうことかな？」

「わかんないよ、そんなの」

二人は顔を見合わせて、笑った。先生は、時には不思議でよくわからない言葉を使うこともあった。

かおる先生はとてもおっちょこちょいな人で、言ったことはすぐに忘れるし、駅の改札で間違えて切符の代わりにお札を出したりもするのだという。赤信号で横断歩道を渡り、おまわりさんが笛を吹いて走ってきた時、一緒にいた先生のお友達がとっさに「この人、あちらの方なので」と言ったらおまわりさんは敬礼をして、外人さんなら仕方ないですね、どうぞ気をつけてお渡りくださいと言ったという笑い話もある。それくらいどこか日本人離れをした風貌をしていた。

住んでいる場所もどこなのか誰も知らなかったが、先生は子供たちの人気者だった。かおる先生は子供たちを連れて、電車に乗って他の教室の発表会や、本物のバレエの公演に連れていってくれることもあった。もちろん公演の券は高いのでいつでも全員がいけるわけではなかったが、そんな時、明美の母はどういうわけか「へそくりなんだけどさ」と言ってお金を渡し、行かせてくれるのだった。

水筒を斜めに下げ、先生と手をつないで見に行った公演はまるで遠足のようだった。かおる先生は、そんな時はたくさんおにぎりを握って持ってきて、幕間のロビーでみんなにおにぎりを食べさせてくれたりした。他のお金持ちの教室の子供たちは指をさして笑っていたが先生は平気だった。

「売店のお茶や、お弁当は高いのです。あそこで買うのならその分を貯金して公演を見た方がはるかにお勉強になり、得ですね」

そんなことをすました顔で言ったりした。

初めて見た本物のバレエは、明美の想像を超えていた。バレエはチャイコフスキーという人が音楽を作った白鳥の湖、というものだった。長い前奏に続いて幕があがり、華やかなお城の広間の情景がライトの中に浮かび上がる。大勢のきれいな衣装を来た人々がまるで本物のお城の人たちのように動いていた。それはまるで宝石箱のふたを開けたように見えたのだった。そして、青白い湖に並んだ白鳥たちを背にした純白のプリマの踊りを目の当たりにすると、知らないうちに、明美は涙がこぼれるのだった。

一曲が終わると、拍手の中を白鳥たちはつま先立ちで舞台のそでに静かに消えてゆく。その時、トウシューズが舞台の板の上でたてる音はまるでさざなみが引いてゆくように明美の耳には聞こえた。家に帰ってふとんに入ったあとも、なぜかそのさざなみの音がよみがえり、明美は眠れないのだった。

楽しい日々と、憂鬱な日々は交互にやってくる。

府中には競馬場があり、武蔵小杉から南武線と小さな電車を乗り継いで行くことができる。父の裕治は競馬のある日は明美に弁当を持たせ、競馬場へ連れて行くことがあった。

裕治は明美にあれこれ用事を言いつける。そして競馬が終わるまで場外の立ち飲み屋の前の屑だらけの路上でじっと待つのが明美は何よりもつらかった。

いつものように地面に石で絵をかいていると、店の中のラジオから音楽が聞こえてきた。

（あ、あの曲……）

それは白鳥の湖の中で聞いたワルツを使った、洋菓子のラジオコマーシャルだった。

ふと顔を上げると、立ち飲み屋の薄汚れたガラスに自分の姿が映っている。明美は流れてきた音楽にあわせてガラスに姿を映して踊ってみた。店の中で酒を飲んでる男たちがいっせいに明美を見た。踊るとやっぱり楽しかった。コマーシャルが終わっても明美は時間がたつのも忘れてガラスの前で踊った。ガラスの向こうの店の中の客はもちろん、赤鉛筆を耳にはさんで道を歩く大勢の男たちの好奇の目にさらされても、明美はいっこうに気にならなかった。音楽は自分の中で鳴り続け、風が吹いて一斉に紙屑が舞い、髪が揺れても明美は踊るのをやめようとはしなかった。


五月になると、公民館で発表会をすることになった。

大勢の父兄の後ろに、食堂を抜け出して見にきた静江の姿もあった。明美はピアノ曲『人形の夢と目覚め』で人形の役を踊った。文恵がシルクハットの魔術師のような役で、魔法の棒を振ると人形役の明美が目覚めて踊る、そんな踊りだった。二人が踊るとひときわ大きな拍手が起きた。踊りが終わる前に、静江はひとり、公民館の外へ出た。

明美が母を探しに行くと、静江は若葉の木陰のベンチに座って足を組み、煙草を吸っていた。建物の中から音楽が小さく聞こえ、拍手が鳴った。静江の目の前では、つつじが白い花を咲かせ、煙草の煙のせいでまわりには柔らかな光のビームが差している。その光の中で、静江はなにかに思いを馳せるように、どこか遠くを見ていた。

「お母ちゃん」

バレエの衣装を着たまま小さな声で明美が呼ぶと、静江ははっとして振り返った。そしてあわてて片手の指で目もとをぬぐった。

（お母ちゃん……？）

「ああ、よかったよ。上手だったよ」

静江は笑った。そしておいで、と手を広げた。明美は走って母に抱きついた。母のセーターは揚げ物の油の匂いがした。静江は黙って明美の髪を撫でてくれた。

（さっき、たしかに涙を拭いていたように見えたけど……なぜだろう。なぜお母ちゃんは私が踊るのを見て泣くんだろう）

明美は不思議で仕方がなかったが、その理由を聞く勇気はなかった。

全部の踊りが終わると、ベレー帽をかぶった一人のお爺さんがカメラを持ってやってきた。なんでも先生の古い知り合いで、墨田のほうで写真館をやっている大場という人なのだそうだ。

「このおじいちゃんが写真を撮るとね、妖精が写ることがあるんですよ」

先生が声をひそめて言うと、みんな歓声をあげて笑った。そうして小さなバレリーナたちは先生をかこみ、記念写真を撮った。

公民館の発表会のあと、明美にとって忘れられない出会いがあった。

母と手をつないで明美が母の店に向かう途中、後から誰かが二人を呼び止めた。明美が振り返ると、木洩れ日の中を背筋の伸びたきれいな女の人が小走りに追いついてきた。

静江は目を細め、警戒するように女を見た。

「何かご用?」

「あの、わたくし自由が丘でバレエ教室をしております草間と申します」

そう言って、その人は母に頭を下げ、バッグから名刺のようなものを出して渡した。

「さきほどのバレエ教室に知り合いがおりまして発表会を見に来たんですが、ぐうぜんお嬢様の踊りを見まして。それで、お嬢様さえよろしければ、一度わたくしどもの教室の練習を見学に来ていただけたらどうかなと思ったんです」

一息に言うと、明美を見てにっこりと笑った。静江は鼻で笑って、草間と名乗った女をじっと見つめた。

「見てのとおり、お嬢様って柄じゃありませんがね、うちの子は」

いいえ、と女は首を横に振り、

「このままではもったいないと思います」

そうはっきりと言って静江の目をまっすぐ見つめた。

「それ、どういう意味さ」

「もっとしっかりとした専門的なレッスンを受ければお嬢様は」

「あんた、ちょっと待ってくれないかな」

どんどん勝手に話を進めてゆく女の態度に静江はさすがにむっとした。その表情の変化を見て女は間髪を入れずに言った。

「お月謝のことなら心配しなくてもよろしいですから。そういうことではないので」

その一言で静江は言葉に詰まった。

草間と名乗る人は、見た目とは違って言いたいことだけをはっきりと言う強さを持っていた。そして明美の目の高さまでしゃがむと両肩に手を置き、とっても上手だったわ。おばちゃんびっくりしちゃった、と明るくよく通る声で言った。

「ありがとうございます」

ぎこちなく言って、明美は頭を下げるのだった。

「では、お母様、ぜひ検討してみて下さい。いつ来ていただいても結構ですので」

そう言ってすっと立ち上がると、明美の頭を長い指で撫でた。

「では、ご機嫌よう、さようなら」

言いたいことを言うだけいって頭を下げると、女は背筋をのばして足早に去っていった。

（いったいこの人は、なんなのだろう）

助けを求めるように母を見上げると、静江は黙って渡された名刺を見つめていた。


それからしばらくしたある土曜日、最悪なことが明美を待っていた。

明美が母の定食屋に寄って学校から帰ると、父は昼間から酒に酔っていた。ちゃぶ台の上にはわずかに残ったウィスキーの瓶が置かれている。裕治は、だらしなく壁に寄りかかり、片膝を立てて頭をふらつかせていた。その目はいつも以上にぎらついており、ぶつぶつと何かをつぶやいている。そんな時はあんまり近寄らない方が賢明だ。明美は小さな声で「ただいま」と言い、隣の部屋にランドセルをそっと置いた。そし

て足音をしのばせて文恵の家に行こうとすると、

「おい、明美」

意外にはっきりとした声で、裕治が呼んだ。

「はい、お父ちゃん」

明美はおずおずと父の前に座った。

「これは何だ」

そう言って裕治が畳の上に放ってよこしたのは練習用のバレエシューズだった。

（いつもは押入れの奥に隠してあったはずなのに……？　そうだ、帰ったらすぐに行けるように今日に限って流しの下の瓶の裏に……）

明美はかあっと頭に血が上った。

（お父ちゃんに、ついに見つかってしまった。これでもう……）

「なぜ、黙ってるんだ、おい」

明美が唇を噛んで下を向いていると、父は畳を手でなんども乱暴に叩いた。

「お前、踊ってるのか」

そう言ってぎらぎらした目で明美を見つめた。

「俺に黙っていつからこんなことしてたんだ」

明美は顔を上げた。

（バレエをやめさせられるなんてまっぴらだ。お父ちゃんの言いなりになんか……）

「そんなことお父ちゃんなんかに関係ない！」

そう叫んで明美はバレエシューズをつかんで後ろに隠すとあとずさり、父を見下ろした。初めての父親への反抗だった。

（ぶたれたって構うもんか。でも絶対にバレエはやめたくない）

明美の剣幕に父は驚いて言葉を失い、明美を見上げた。そのまま明美は走って部屋を飛び出した。


裕治はその日以来、明美に用事を言いつけることも、話すこともあまりしなくなった。そればかりか家にいることがなくなった。日曜日でさえいなかった。どこで何をしているのか知らないが明美にとっては好都合だったし、何より束縛されることがなくなった。

あんなに恐れていたお父ちゃんだったのに、いつか銭湯で見たようなただの意気地なしだったのだ。それが証拠にあの日、一言も言い返せなかったではないか。唯一えばり散らせた弱い相手が反抗したのだから、もう家の中に居場所がなくなったのに違いない。

（もっと早くそれに気づけばよかったな）

明美は、心の中でそう思うのだった。

小学校の学芸会で明美がバレエを踊ることになったのは、梅雨も終わりに近い七月のことだった。公民館での明美のうわさを聞いた担任が踊ってみるように言ったのだ。明美の顔はかおる先生がメークしてくれた。明美は舞台メークがよく映え、別人のように美しかった。きれいな衣装を着て講堂の舞台に登場すると、見ていた子供たちのあいだからどよめきが起きた。

「あれ、ひきがえるなの？」

「ええっ！　嘘だろ！」

その日から男の子たちは誰ひとり、明美をいじめなくなった。そればかりか、廊下で明美にばったり会って目が合うと、誰もがもじもじと下を向いたりするようになったのだった。公民館に通ううち、猫背だった明美はいつしか背筋ものび、悪ガキどものつけいる隙がその顔からもなくなっていた。全てはかおる先生のおかげだったのだが、明美の心の中には先生の顔をちゃんと見られないある秘密が生まれた。

実は、いつか道で会った草間というバレエの先生から、今度レッスンを見に来てくださいと再び手紙が来たのだった。住所は公民館の知り合いに聞いたのだそうだ。だが、そこに行くことは、せっかく今まで優しくしてくれたかおる先生を裏切ることになる。

（かおる先生を裏切ることなんて、ぜったいにできない）

先生は明美にとって恩人なのだ。特に先生のおにぎりの味を忘れることなんてできない。だが、手紙に同封されていた草間バレエスタジオの発表会の写真は、きちんとした舞台装置をバックに踊るバレリーナたちの姿だった。それはいつも明美たちが公民館で踊っているものとは全く違う、りぼんの巻頭ページにあった本物のバレエだった。その写真には、明美をひきつけてやまない魔力があった。

そんな明美のことを一番わかってくれているのは母だった。

夏休みに入る前のある日のこと。明美が静江の食堂を出て、帰ろうと道を歩き始めると、後ろから静江が明美の名前を呼んだ。

「明美、ちょっと待ちな」

「なあに？　お母ちゃん」

明美が怪訝そうな顔をすると、

「行きたいんだろ、自由が丘」

そう言って静江は店の入り口の柱に寄りかかると、マッチで煙草に火をつけた。

「お前がさ、本当にやりたいと思う方を選べばいいんだよ」

母は、煙を吐くと言った。

「あの女、本気だよ」

あの女、とはもちろん草間先生のことだった。


とある蒸し暑い夏の日の午後のこと。

蝉の声が響く中、明美は手紙と一緒に入っていた地図を見ながら、自由が丘の町を歩いていた。肩には体操着を入れた袋が下がっている。草間先生は、見学の時は踊れる服を持ってくるように、と手紙で書いていたのである。

明美の住む小杉と違って、住宅地には緑が茂り、道を歩く日傘の女の人たちもどこか人種が違う気がした。すれ違う子供でさえ着ている服が自分よりこぎれいに見える。

よく磨かれた黒い車が明美を追い越し、目の前で停まった。後ろの席から出てきた少女が走って上がっていった石の階段の先が、草間バレエスタジオだった。

モダンな造りのバレエスタジオは外から中の練習が見えるようになっていて、ガラスには『草間バレエスタジオ』と大きな文字が描かれていた。公民館でやっているかおる先生の教室とは全然雰囲気の違う本物のバレエ教室だった。

「よくきてくれたわね、明美ちゃん」

玄関に立った明美を見ると草間先生はそう言って明美を中に招き入れた。広い板張りの練習場の中は鏡でかこまれ、木のバーにつかまって少女たちが練習をしていた。生徒たちはみな、ちゃんとしたレオタードだ。明美たちは学校の体操着や普段着なのに、そんなところひとつとってもここがきちんとした教室なのだとわかる。

「ジュッテ、ジュッテ、グランパデシャ」先生の声に合わせて、少女たちは次々に高々と飛び、片足のつま先で膝を打って軽快にジャンプをするのだった。

明美は持ってきた体操着に着替えて膝を抱えて床に座ると、みんなが踊るのをじっと見つめた。その動きは本物のバレエの動きだ。明美はひとつひとつの踊りを観察し、目で追った。床には薄い粉が落ちていて、指ですくうと木の匂いがした。明美は知らなかったが、これはトウシューズにつける松脂の粉なのだ。

休憩時間になると、先生は明美のところへやって来た。

「ちょっとこっちへおいでなさい」

草間先生は明美をみんなに紹介した。

「見学のお友達で、疋田明美ちゃんです」

明美は小さな声で、よろしく、と言いながら頭を下げた。薄汚れた体操着を着た明美を見て、みんなひそひそ指をさして笑っていた。先生は練習場に明美を立たせると、ちょっとプリエをやってごらんなさいと言った。プリエはバレエの基本の動きで、かおる先生のレッスンでもやってきたことだ。

「一番」

先生の声にあわせ、明美はかかとをつけて深く膝をまげた。

「では、二番」

ややかかとを離して膝を曲げる。そして三番から五番までやったあと、先生は「アンバーからアンナバー」と言った。

言われた通り、明美は指先をももにつけて作った輪をだんだんと上にあげていった。

「アンウォー」

何の変哲もない基本的なポーズだったが、その姿の美しさに、見ていた子たちの顔から笑いが消えた。草間先生はにっこり笑うと、聞いた。

「アラベスクは教えてもらった?」

「はい、でもそんなにはまだ……」

そう言って、明美は手でゆっくりとポーズをとり、片足をあげていった。その足がどんどん上がってゆくのを見た時、少女たちは一斉に身を乗り出して、ため息ともつかない声を上げた。その高さまであがる子はここには一人もいなかった。

練習用のバレエシューズで立っているのに明美の身体は全く揺れもせず、上にあげた方の足の甲は理想的な方向へゆっくりと向いてゆく。

そのまま明美はいつまでもじっとしていた。

練習場の中は水を打ったように静まり返った。

「アチチュード」

先生が言うと、そのますっとポーズを変える。そして明美はそのポーズでもやはり微動だにしないのだった。

その日のレッスンが終わると、草間先生は明美を呼んでもう一度プリエをやらせ、今度は足のあちこちを触るのだった。

「股関節もよく開いているし、膝のうしろもよくのびてる。筋肉もしっかりしてるわね」

そして最後に両足の甲を丹念に触ってみて、ううん、と唸った。

「あなたなら、もうトウシューズをはいても大丈夫かもしれないわ」

そう言って笑った。

(トウシューズ)

その言葉は明美の胸に甘い響きをもって深く刻みこまれるのだった。

草間先生のレッスンで教えてもらったことは、初めて聞くことばかりだった。明美は、自分が突然成長したような気分になり、罪悪感のある反面、公民館で踊って見せたいとも思った。土曜日に明美が公民館に行くと、かおる先生はキッチンに少女たちを集め、ドーナツを作っていた。

「今日はバレエはお休み。ドーナツ作り大会です」

明美の顔を見ると、先生はにっこりと笑った。子供達はみんなで亀や花などのドーナツを自分でこねて作り、それを先生が油で揚げてくれるのだった。文恵は顔に粉をつけて夢中で犬を作っていた。

「あっちゃん、どうしたの？　一緒につくろうよ」

「うん」

明美は踊りたかったのに、ちょっとがっかりした。

「明美ちゃん、元気ないですね。お風邪かな？」

先生はそういって明美のおでこに手をあててみたりした。


夏休みに入ると、土曜日は公民館のバレエに通いながら日曜日は自由が丘、という生活が始まった。そして草間先生の専門的なレッスンを受ける回数が増えれば増えるほど、あんなに楽しかったはずの公民館でのかおる先生のレッスンが、明美にとってどんどん色あせたものに見えていくのだった。

それは、短い夏が終わり、季節が秋になるにつれ、緑の葉が色を失ってゆくのに似ていた。そして、秋が過ぎ、落ち葉が舞う季節になると、明美の中で何かが完全に壊れるきっかけとなる出来事が続けて起きるのだった。

自由が丘のレッスンに行った帰りのことだった。

草間先生に教えてもらったことを考えながら歩いているうちに、明美は帰るのとは反対の渋谷方面の電車に乗ってしまった。途中で間違いに気づき、あわてて次の駅で電車を降り、向かいの電車に乗り換えた。

そこは初めての駅だった。夕暮れの陽が差し込むホームは電車を待つ人々であふれていた。そしてその日に限って人々は皆静かで、それは明美が祖父の葬儀で見た斎場の弔問客を想わせるのだった。明美は次々と乗ってくる無言の人に押されるようにして、電車に乗り、反対側の扉の前に立った。扉のガラスに手をついてぼんやりと下を眺めていると、ちょうど駅の下を通る道路の両側に夕暮れの商店街が見えた。ガラスの向こうには、買い物の主婦、荷車を引いた男、車の間をぬって走る蕎麦屋の出前の自転車、ちんどん屋、雑多な人々で、道は音もなくにぎわっていた。

歩道に花輪を両側に立てた一軒のパチンコ屋があった。

その前に、裕治が夕日を浴びて立っているのが小さく見えた。

（お父ちゃん……？）

明美は、驚いてガラスに顔を押しつけた。

父は、「新装開店」と、赤い大きな字で書かれた看板を体の前後にしょって道端に立っていた。

ホームで発車を知らせる笛が長く鳴った。

その顔は、家では見たことがないほど寂しそうな顔をしていた。そして、流れる人ごみの中で少しうつむいて、ただ物のようにじっとそこに立っていたのだった。歩く人たちは誰ひとりとして父を見てはいない。

明美の父は、看板だった。

(こんなことをしていたの?)

父には黙って立っていることくらいしか、きっと仕事はなかったに違いない。

電車は走りだし、明美は目で追ったが、父の姿は手前の建物の屋根に隠れてゆっくりと視界から消えていった。

しばらくの間、明美は何も考えることはできなかった。線路がポイントの変わるところにさしかかり、電車が大きな音をたてて車体を揺らした。その衝撃で明美は我に返った。明美は、悲しくはなかった。ただ、恥ずかしかった。

(お父ちゃんなんて、消えていなくなればいいんだ)

電車の中の人たちがみんな明美を見て笑っている気がした。父のことが恥ずかしくて、恥ずかしくて、明美は隠れるようにしてみんなに背を向け、ガラスに額を押しつけると小さなからだをさらにちぢこめて目を閉じた。

「もうちょっと、背筋をのばして、それからこうして手を胸の前で交差させるのよ」

公民館でかおる先生に踊りを直された時、明美は、黙って下を向いた。

「どうしたの、明美ちゃん。難しい?」

(難しくなんてない。そうじゃなくて、その反対なのになぜわかってくれないのだろう)

草間先生の教えに比べると、かおる先生の教えは明美にとって、もう何の魅力もなかった。その日の明美は反抗的だった。不機嫌な明美の態度に公民館の女の子たちの空気もどこかはりつめ、ぎくしゃくした練習になってしまった。

「あっちゃん、クリームキャラメル、食べる?」

休憩時間に文恵がそう聞いてくれた時も、明美は黙って首を横に振るだけだった。文恵は悲しそうな顔をして小さな指でキャラメルの包み紙をむいて一人で食べた。

そして、クリスマス会の踊りを決める時に、明美はその大切な友達を失うことになったのだ。公民館ではもうすぐクリスマス会が開かれる。そこでかおる先生は誰と誰が何の踊りを踊るかを発表した。

「明美ちゃんは、文恵ちゃんと一緒がいいわね」

先生が明るく言うと、みんな拍手をした。文恵もうれしそうに笑って明美を見た。だが、明美は一人で踊りたかったのだった。もう自分の踊りは文恵と一緒ではとてもつり合いがとれない、そう思っていた。

「先生」

かおる先生が次の組の名前を言おうとした時、明美は手を挙げた。

「なあに?」

「あたし、一人で踊りたいです」

明美がそう言った瞬間、みんなは凍りついたように黙った。永遠とも思える時間が過ぎ、小さくしゃくりあげる声が聞こえてきた。

「ひどいよ、あっちゃん。あたしね、ずっと楽しみにしてたんだよ」

文恵は、両手で顔を覆うと泣き出した。

「あたし、あっちゃんと一緒がよかったのに」

かおる先生は文恵に走りよると、笑顔で文恵の頭を撫でた。

「ごめんね、文恵ちゃんは先生と踊ろうね」

文恵は大きな声で泣きながらいやいやをした。その口のはしからはよだれと一緒にキャラメルが落ちた。先生は何故か、明美と目をあわせようとはしなかった。そして怒ることもなかった。

ただ、寂しそうな顔をしていた。


その夜、明美は不思議なものを見た。

明美が手洗いで目を覚ますと、隣の部屋の襖が少し開いていて、箪笥の上のラジオから流れるビッグバンドのジャズが小さく聞こえていた。

隙間から、炬燵にうつぶせに寝ている父の後ろ姿が見えた。どてらは半分肩から落ちている。どうやら酔ってそのまま寝てしまったらしい。明美は父を起こさないようにそっと襖を開けて、足音をしのばせて後ろを歩いた。

父の背中ごしに、炬燵の上に古いクッキーの缶が置かれているのが見えた。それは、浮き輪にロープが絡んだ絵柄をあしらった缶だ。転がったウイスキーの瓶の横に置かれた缶は、ふたがわずかに開いて何かが見えていた。

写真の一部のようだ。

（お父ちゃん、一人で何を見ていたんだろう）

父の様子をうかがいながら明美は、そっと缶のふたを開けてみた。中には数枚の古い写真と、ワンダンスチケットと書かれた細長い黄色の券が入っていた。

明美の手が一番上の写真をつかんだ。

裸電球の灯りに浮かび上がったのは、ダンスホールでダンスを踊る男女の白黒写真だ。踊っているのは、タキシードを着た若き父と、ドレス姿の母だった。

（どういうこと……？）

写真を裏返すと、「元町・フロリダにて」と青い万年筆の文字で書いてある。他の写真を手にとって見ると、ビッグバンドを背に大きなトロフィーを持っている父の写真もあった。裏には「全日本ダンス選手権優勝・昭和十年」、とある。

（お父ちゃんとお母ちゃんが、ダンス？）

明美は、二人がダンスを踊ることなど、ただの一度も聞いたことはなかった。そういえばいつだったか母の友だちで悦子という人が服を借りにきたことがあった。

「見合い写真を撮ることになったのよ、こんな年で」

そう言ってその人は笑った。その時母が押入れの奥の茶箱から、普段は見たことのない白い服を出してきたのだ。あの時、貸してあげていたのは、ダンスの時に着た洋服だったのか。明美は写真を手に取って、薄暗い電燈の灯りの下でじっと見つめた。トロフィーを持った裕治は、きれいに髪をなでつけ、口をわずかにほころばせて笑っている。

ラジオの番組は終わり、音楽はいつしかただのザーという空電音に変わっていた。

（お父ちゃんが、笑ってる）

父の笑顔を見たのは、初めてだった。明美は何か見てはいけないものを見てしまった気がして、そっともとの缶に写真を戻した。立とうとして、明美は人の気配に気づいて振り返った。柱の陰にもたれて、いつの間に帰ったのか母がいた。

「明美、もう寝な」

小さな声で言うと、静江は明美の頭を撫でた。静江は父の隣に座って、煙草をくわえると、マッチで火をつけた。そして片手を父の背にまわすと、ずりおちたどてらを直してやった。

薄暗い灯りの下、母の手はそのままいつまでも、父の背をしっかりと抱いていた。

布団の中で、明美はバレエシューズを見つけた時の、父の顔を思い出した。見たことがないほど、怒りでゆがんだ父の顔。

明美は、あの時の父の怒りが、今、すべて納得がいった。

(お父ちゃんはじぶんがもう踊れないから、あたしのバレエシューズを見て腹をたてたのだ)

父の気持ちがゆがんだのは、怪我をして働けなくなったからではない。二度と踊ることができなくなったことが原因だったのに違いない。

明美が公民館のバレエを辞める決心をしたのは、クリスマス会の一週間前のことだった。

「先生、お世話になりました」

明美は公民館に行くと、かおる先生に小さな声で辞めることを伝えた。

あの日以来、文恵は明美と顔もあわせようとしなかった。今も明美が辞めると言っても黙って下を向いたままだった。それはほかの少女たちも一緒だった。先生は明美のその言葉を聞いても理由も聞きもせず、怒りもせず、そう、と言って微笑むと手を差し出した。

「げんきでね、明美ちゃん」

その手を握ったとたん、明美の目から涙があふれた。

(自分はついに先生を裏切ったのだ。もう二度と会うこともない)

かおる先生は黙って、明美のことを優しく抱きしめた。初めてみかんの花咲く丘を踊った日に拍手をしてくれた友だちは、誰ひとり拍手することもなく、膝をかかえていつまでもただ黙って下を向いていた。

こうして明美はふたたび一人になった。

クリスマスを前にした最後の土曜日のこと。

公民館で少女たちが踊っている頃、明美はすることもなく、薄暗い部屋で一人膝を抱えてうずくまっていた。襖が乱暴に開き、父が明美を見下ろした。

「出かけるから一緒に来い」

不機嫌な顔で言ったその言葉には有無を言わせない力があった。こんな日に何の用事を言いつけるというのだろう。明美は仕方なしに立ち上がったが、あの日以来、もう父の顔を見るのも嫌だった。一緒に食べる夕飯も気づまりで、ほとんど会話もなかった。

杖をつき、少し足を引きずって歩く父の後ろを離れてついてゆくと、父は駅で切符を買った。そして明美が追いついてくるのを待って切符を渡すとまた黙って先を歩いた。

緑の電車の中は油臭く、オーバーやジャンパーで着ぶくれした人の人いきれでむっとしていた。そんな中で、父はマフラーひとつせず、薄汚れたジャンパーの下には、いつものように汚れた白いワイシャツを着て、扉のガラスにもたれていた。

明美は離れたパイプにつかまり、黙っていた。緑の電車は大きな音を立てて、多摩川の鉄橋を渡った。幼い頃は親子で玉川園や、夏の花火大会へよく行ったものだ。特にこの橋に仕掛けられたナイアガラという花火が明美は忘れられなかった。川幅いっぱいに花火が滝のように落ちてゆく眺めは、明美にとって、家族が幸せだった頃の唯一の遠い思い出だった。

父はこの橋を渡る時、それを思いだすことはあるのだろうか。明美はふとそう思って人のからだごしに父を盗み見た。ガラスに映った父の顔は疲れ切って見えた。そして明美には、その顔に何故だかナイアガラの火花が重なって見えた気がした。


父に連れていかれたのは、ジングルベルが流れる夕暮れの渋谷だった。

ソフト帽をかぶって厚手の外套を着た父親に手を引かれる子供、寄り添って歩く恋人同士。街は幸福そうな人であふれ、パンタグラフが架線で青白い火花を上げて走るトロリーバスや都電の間を、たくさんの車がクラクションを鳴らして走っていた。

「ちょっとここで待っていろ」

裕治は、渋谷川にかかる小さな橋のたもとでハモニカを吹く傷痍軍人を見つけると、その前にしゃがみ、箱の中にお金を入れて何か小さな声で話しかけていた。

(いったい、自分をどこに連れていくんだろう)

寒いし、お腹もすいた。東横線の丸い山が連なる屋根の下に軒を並べる居酒屋の前で、明美は立っていることに嫌気がさして、ため息をついてしゃがんだ。

再び明美の前を歩きだした父は、道玄坂をゆっくりとのぼってゆく。

そこで明美は思い出した。ここへはいつか来たことがある。路地の奥にある店の二階に連れていかれ、父が目つきの悪い男たちとジャラジャラと音をさせて麻雀をやる間中、ずっと待たされていたのだ。明美の役目は、煙草を買いにいったり、そんなつまらないことなのだ。

（もう、いやだ）

明美が街路樹の横で足を止めると、裕治は少し行ってから振り返り、早く来い、と怒鳴った。お金もないから一人では帰れない。仕方なく明美は父のあとをついてゆくしかなかった。しばらく行くと、父は、一軒の小さな店の前で足をとめた。

店はモスグリーンのしっかりとした木の構えで、柱には細かい彫刻が施されている。ショーウインドウの光は夕暮れの街にほのかににじんでいた。中には純白の白鳥の衣装とティアラが飾られ、その下にはトウシューズが置かれている。ガラスには金の文字で店の名前が描かれていたが、英語なので明美には読めなかった。

「来い」

父はそう言って、中へ入っていった。

明美があとをついて中へ入ると、店の中は、光であふれていた。

バレエ用品やダンスシューズが棚にたくさん置かれ、バレエの曲が静かに流れている。この曲は草間先生のところで聞いたことがある。花のワルツという名前だ。

父と明美の身なりはどう見てもこの店の中では場違いで、他のお客はみな裕福な親子か、プロのダンサーっぽい背筋の伸びた女の人ばかりだ。立派な服を着た店長がいらっしゃいませと頭を下げたが、顔を上げると父を値踏みするような目で見下ろした。

「この子にトウシューズを買いたいのだが」

裕治は神経質そうな声で言った。

（トウシューズ？）

明美は驚いて声も出なかった。

店の人達もおそらく明美と同じことを思ったはずだ。この寒いのにオーバーもなく、みすぼらしい服を着た父の言葉を聞いて、誰もがうさんくさそうな目をした。

「まだ足ができてないので、よく選んで合わせたい」

そう言ったあと、まだ無言で見ている店長に向かって父は、いらついたように早口で言った。

「トウパットを出してやってくれ」

その言葉を聞くと店長の表情が少し変わった。小さな声で店員に何か命じると、女の店員は何足もトウシューズを出してきた。そして明美を木の小さな椅子に座らせると、トウパットを明美の小さなつま先にあて、何足もトウシューズを替えて丁寧に足に合わせてくれた。

その間中、父は店長と、明美にはわからないこまかなことを小さな声で何度も繰り返し話していた。何をしゃべっているのか明美には全く理解できない。店長が「お客様、ダンスシューズとは違いますので」という言葉だけが聞き取れた。

初めて履いたトウシューズは硬く、足が締めつけられるようだった。そして店員に手を取られて立ち上がると、自分の身長がすごく高くなったような気がした。

最後に残ったのは二足のトウシューズ。

色はピンクと白だった。ピンクを選ぶのがふつうですと店長は言った。

「好きな方を選べ」

父はおだやかな声で言った。

明美は白のトウシューズを選んだ。


店を出ると明美が選んだトウシューズと同じ色の白い粉雪が舞っていた。

道玄坂を横断してしばらく坂を下りると、店長が追いかけてきて、失礼ですが疋田裕治さんではありませんか、と言った。父はじっと相手の顔を見つめた。

「準優勝だった吉川です」

と店長は言った。

「戦時下の取り締まりでダンスホールが閉められる直前の大会でした」

「人違いでしょう」

相手の言葉が終わらないうちに、父は表情も変えずに　そう言って背を向けた。


坂を駅へ降りる途中で、父は路地を左へ曲がった。頭上には「テアトルSS」「テアトルハイツ」と書かれた四角い看板に上映中の映画の題名が書いてある。煮物や酒の匂いが漂う、でこぼことした路地を父は歩いてゆく。

（今度はどこへ行こうとしてるんだろう）

一軒のライスカレーの店があり、父は明美を連れてそこのドアを開けた。

小さな鈴が鳴った。

中は満員で温かく、美味しそうなカレーの匂いが充満していた。店の中でもジングルベルが流れていた。父は店に入るとすぐにウェイトレスに何かを注文した。そして窓に近いところに空いた席を見つけると、黙って座った。明美は父の前に座ったまま下を向いていた。家を出てからそんなに時間が経ったわけではないのにぐったりと疲れ、お腹が鳴った。胸には買ったばかりのトウシューズの入った箱がある。その箱はクリスマスらしい包装紙に包まれ、緑のリボンが巻かれていた。

明美はこの短い時間の中で起きたことを頭で整理しようと思ったが無理だった。

しばらくするとライスカレーが来た。

明美の目の前に置かれたライスカレーはごはんが三角に山のように盛られて湯気を上げ、カレーのルーにはゆで卵の輪切りがずらりと載っている。

「食べろ」

父はそう言って少しだけ水を飲んだ。

カレーは明美の前にしかなかった。

父は汚れた手で、目の前の何もない白いテーブルクロスの上に水のコップを置いた。

明美は初めて顔を上げると、父の顔を見た。

父は少しうつむき加減で、窓にもたれ、外をながめている。毎日毎日、寒い路上に立っていたためか、父の唇はかさついてひび割れていた。目の下はわずかに落ちくぼみ、不精髭が生えている。父はそうやって一生懸命貯めたお金で明美に高価なトウシューズを買い、帰りの電車賃をひいて残った最後のお金で娘にライスカレーを注文したのだ。

明美はトウシューズの入った箱を胸にぎゅっと抱きしめた。

（いったいお父ちゃんは、このトウシューズを買うためにどれくらい長い時間あそこに立っていたのだろう）

道行く人の誰からも注目されず、ただ棒のように、看板として。

どうして自分はあの時、恥ずかしいと思ったのか。なぜ憎いと思ったのだろうか。そしてあのバレエシューズを見つけた日、お父ちゃんは自分が踊れないから怒ったんじゃなかったのだ。どうして相談してくれなかったのか、それが悲しくて怒っていたのだ。

不意に父の顔がぼやけてかすんだ。涙があとからあとから溢れてくる。しまいには肩を震わせ、声をあげて明美は泣いた。まわりの客たちが驚いて、いっせいに二人を見た。

「泣くな」

そういって父は手を伸ばすと手のひらで明美の頬の涙を拭いた。その手は荒れてごわごわしていたが暖かかった。

「お父ちゃん」

「わかった、もう泣くな」

父は何度もうなずいた。

「お父ちゃん、お父ちゃん」

泣きながら、明美はカレーを食べた。まわりの客達はにこにこ笑って見ていた。

鼻水をすすりながら明美が顔を上げると、父は笑っていた。

それは、あの写真の中の父と同じ笑顔だった。

拾ってきたお母ちゃん

　和子と春夫が上野のアメヤ横丁でお母ちゃんを拾って自分たち夫婦の部屋に連れて帰ったのは、昭和三十七年の五月も終わりに近い、とある日曜日のことだった。この日は朝から良い天気で、国鉄のガードの上に広がる青空には雲ひとつなく、汗ばむような陽気も手伝って横丁の商店街は年末のような人のにぎわいである。

星よりひそかに、雨より優しく……。どこかの店先のラジオから聞こえてくる歌の題名はたしか、『いつでも夢を』だ。和子は夫のあとをついて何を買うでもなく、その歌を小さく口ずさみながら、後ろ手にバッグをぶらぶらさせて歩いていた。五月の風が、和子の前髪を優しく揺らして横丁を吹き抜けてゆく。

　和子は六年前、十五の歳に集団就職で北九州から東京に出てきた。最初の休みに遊びに来た場所がここだったし、十七の時に同じ工場に勤めていたひとつ年上の春夫と待ち合わせ、二人で初めて歩いた場所もここだ。その日、ガード下の小さな雑貨の店で、春夫は少ない貯金で和子の耳につける小さな飾りを買ってくれたのだった。

夫婦になったのはそれから三年後、去年の春のことだ。なるべくお金を使わないようにして帰らなくては。和子はあちこちの店先をのぞいている春夫の横顔を見ながらそう思っていた。酒の飲めない夫はそのぶん甘いものには目がない。アメヤ横丁と言うくらいだから、飴やら菓子はいくらでもある。安そうに見えて、ちょっと気を許すとあっという間に財布が軽くなることを二人ともよくわかっている。ここを歩くのはたいして楽しみのない二人にとって、あくまで気晴らしの散歩なのだ。乾物、菓子、米軍の放出品、海産物。闇市の名残りのあるこの場所は、歩いているだけでも充分楽しい。

がっちりとした体格だが春夫は小柄だ。人の波に埋もれるようにして歩いているから、ちょっと目を離すとその姿を見失ってしまう。和子はなるべく離れないようにしているのだが、それでもたまに見失う。今もうっかり店先の夏物の洋服に気をとられていて、離れ離れになってしまった。

きょろきょろとあたりを見回していて、和子は、お母ちゃんと目が合ったのだった。お母ちゃんは、背に唐草模様の風呂敷包をしょってかすりの着物、という姿で乾物屋と靴屋の間に積んである木箱にちょこんと座っていた。歳は七十過ぎに見えるが、それは日に焼けた顔の色としわのせいでもあり、本当のところはもっと若いのかもしれない。一目でたったいま田舎からでてきたのだなとわかる、土くさい顔だった。お母ちゃんは小さい声でなにやら民謡を歌っていたが、和子と目が合うと、小さな目を細めて笑った。

「あのなあ、あんたさんな」

「え？」

「藤本正夫の家を、知らんかね？」

そんな名前は知らないし、唐突な質問に和子がしばらくお母ちゃんの顔を見つめていると、今度はこう言ったのだ。

「あんたさん、色白でべっぴんさんだわ。へえもう正夫の嫁に来てもらいたいくらいだ」

和子は瘦せていて、顔立ちもぱっとしない。着ているワンピースも地味な柄だし、髪だって仕事の邪魔にならぬよう無造作に短くしている。顔も色白と言えば聞こえはいいが、見ようによっては顔色が悪いだけだった。特にここ数日はあんまり体調がすぐれないからなおさらだ。しいて言えば、目に愛嬌があることか。それにしてもべっぴんさんなどと言われる理由はないし、そう言われるのも初めてだった。

「おばさん、藤本さんて、どこいらへんに住んでる人？」

和子が身をかがめて聞き返すと、お母ちゃんはとまどったような顔で首をかしげ、

「それがへえ、おらにも、よくわからんのですよ」

そう言って歯の欠けた口をあけて、笑うのだった。人に名前を出して聞いておいて、それがどこの誰だか知らないなんて。和子はすっかりわけがわからなくなって思わずつられて笑ってしまった。

「どうした?」

うしろから小さな声がした。ふりかえると春夫が立っていた。

「あちゃまあ、お連れさんがおりましたか。へえもう歌舞伎役者のようないい男だねえ」

お母ちゃんにそう言われて春夫はとまどったように和子と顔を見合わせた。春夫も和子に負けず劣らずぱっとしない男だ。髪は短く、顔は四角くて頬も出ている。目は笑うと一本の線になる。しかも背は低い。着ているものはというと、何度も洗って黄ばんだよれよれの白いワイシャツにだぶっとした黒の冬物ズボンだ。いったいこの男のどこが歌舞伎役者に見えるのか和子にも見当がつかなかった。

ふたりで交番に連れていってわかったのだが、彼女は藤本きんという名前で歳は六十七だった。

「つまりこうですか。息子さんで六人兄弟の末っ子の藤本正夫さんに会おうと長野から出てきたけれど、上野駅のどこかでその息子さんの住所を書いた紙をなくしてしまったと、そういうわけですな」

中年のおまわりさんは木の机の上で書類に書き込みながら、ひとことひとこと大きな声ではっきりと聞くと、きんは、ほんとにすまんことです、と他人事のように言って笑った。

「おらとこの田舎じゃへえ、名前を言えばたいていわかるんだけどねえ」

「おばちゃん、ここは東京なんだからさ。どれだけ人がいると思ってるの。ねえ？」

おまわりさんはそう言って同意を求めるようにきんの横に立っている和子と春夫を見上げて笑った。春夫は腕を組んで困った顔をしていたが、小さい目は笑っていた。

壁の時計はそろそろ二時になるところだった。

「駐在所と連絡がとれました」

となりの部屋から黒い受話器を持った若いおまわりさんが顔を出した。

「なんでも途中の道がゆるんで抜けたとかで、村まで行けないそうです」

「なに？　ゆるんで抜けた？　抜けたって何だ」

「抜けってのは、地すべりだよ。ああ、何日か前にひどい雨が降っただだからなあ」

きんが横からのんきそうにそう言った。若いおまわりさんは電話に向かって礼を言って頭を下げると、受話器を置いた。

「山を迂回するにも今日は夜になってしまうので、先方に行くのは明日になるそうです」

「なんだよ、それじゃ、息子さんの連絡先はそれを待たんとわからんわけか」

「あちゃまあ、えらいことだ」

自分のことが話題の中心になっているくせに、にこにこと笑っているきんを見て、中年のおまわりさんは鉛筆で頭を掻きながら露骨に困った顔をしてみせた。

きんの住む村は山奥にあり、一番近い駐在所からも自転車で三十分はかかるのだそうで、電話は駐在所と役場ぐらいにしかない。きんの長男に連絡を取るには誰かに村まで行ってもらうか、電報を打つしかないのだった。電報にしても道がないとなると無理な事に変わりはない。中年のおまわりさんは、言っても仕方のないことを、ため息と一緒に吐き出した。

「困ったなあ。そもそもどうして息子さんが迎えにこないの？」

「それがな、ここんところいくら手紙を書いても返事が来ないですよ。それで心配になっておらへえ、東京に出てきたんだわ」

ううんと唸っておまわりさんたちは黙ってしまった。なんだかとんでもないことになってきた。和子はこんな事にかかわったことに少し後悔し始めていた。するとそれまで黙ってみんなの言葉を聞いていた春夫が、唐突に口を開いたのだった。

「おまわりさん」

春夫は無口な男だ。だから何かをしゃべる時は考えぬいた言葉を短く言う。

「この人は自分があずかります」

「え？」

和子は予想もしていなかった言葉にびっくりして若い夫の顔を見た。預かると言ったって自分たちの住む部屋は四畳半一間で、布団だって一組しかないのだ。そんなところに連れて帰ったって……。おまわりさんの反応は早かった。

「そうですか！　それは助かります。じゃあ連絡がつきしだいお知らせしますので、ここに連絡先を書いてくれますかね。ちなみにどちらですか？」

「田端です」

「わかりました。明日には連絡がつくでしょうから、お手数ですがよろしく頼みます」

救われたように明るい声を出すと、おまわりさんは春夫に鉛筆を渡した。おまわりさんにしても人で混雑した日曜日にこんなお荷物を預かるのは文字通り荷が重い。三人がここに来てからも、道を聞いたり、落し物を届けにきた人が交番にひっきりなしにやってくるのだった。

「まあ、ほんとにすまねえことしたです。ありがとん」

きんはにこにこ笑って和子にあたまを下げた。和子も仕方なしに笑ったが、もうそうするしかない。春夫は黙って鉛筆をならし、連絡先を書いている。春夫は普段しゃべらないかわり、何か言ったら最後、その言葉を簡単にひるがえすことがないことを和子はよく知っていた。自分は夫のそういうところが好きでいっしょになったのだから、こうなったらもうあきらめるほかはない。夫の書いた名前をおまわりさんが声に出して読んだ。

「中川春夫さん、ですな?」

「はい」

おまわりさんに答えたあと、春夫はきんにむかって頭を下げた。

「こいつは家内で、和子っていいます。よろしく」

和子を短く紹介すると、きんも笑って二人に頭を下げた。

「春夫さんに、和子さんですな。ごめいわくをかけてねえ、ほんとにすんません」


三人は不忍の池のほとりで木陰のベンチに並んで座り、和子が家で握ってきた塩むすびを食べた。二人分しかなかったが、和子はほとんど二人にあげた。春夫は涼しい顔をして塩むすびを食べながら、黙って池の鴨を見ていた。きんは指についた米を最後にていねいに食べると、両手を合わせて二人を拝むようにした。

「へえまあ、ほんとに申しわけない。ごちそうさん。うまかった」

「おばさん、お礼なんていいの。困っている時はお互いさまですから」

「ええ、ええ、ありがっとん」

ありがとうの、とうはっとんと聞こえ、語尾はややのびる。和子の耳にはそれが歌のように優しく響くのだった。

「西郷さんでも見てもらう」

春夫はきんの風呂敷包みを横からつかむと、そう言って立ち上がった。和子たちは他人から見たら、田舎から出てきた母を東京見物に連れて歩く夫婦に見えたに違いない。普段は歩くのが早い春夫も、きんにあわせてゆっくりと歩幅をとった。そして、いたわるように何度もきんを振り返っては立ち止まるのだった。和子は夫のその姿を見た時に、連れて帰ろうと言いだした理由が少しだけわかった気がした。そして和子自身も、今では夫と同じ気持ちなのである。

国鉄田端駅の改札を出ると、線路の上には田端大橋という名の長い鉄橋が架かっている。

「いったい何本あるのかね」

橋を渡ると、きんは目を丸くして和子と春夫の顔を見た。

「何本?」

はじめは何のことを言っているのかわからなかったが、きんが橋の欄干の上から下を見て、ひい、ふう、みいと数えだして、それが引き込み線のことを言っているのだとわかった。鉄橋の下には数えきれないほどの貨物の線路がある。線路には長い貨物列車が何本も停まっていて、その上に西日に照らされた鉄橋が長く黒い影を落としていた。

「ああ、だめだな。こりゃへえ、数えきれねえわ」

きんはそう言って笑った。

初めての東京で息子の家にたどり着けなくなったというのに、きんはそういった悲壮感はなく、無邪気に夫婦を頼りきっていた。和子はそんなきんと一緒にいると、さっき初めて会ったばかりだというのになぜだかそうは思えなくなってくるのだった。

「おばさん、こっち。階段、気をつけてね」

和子はきんの手を引いて橋のわきの階段を降りた。階段の上には「だるまや支店」という看板があり、階段のすぐ右に小さな居酒屋があった。ホルモン焼きの匂いのする狭い階段を降りてゆくと下にも小さな居酒屋がひしめき、店先ではまだ明るいというのに、早上がりをした操車場の作業員たちが焼き物の煙の中、酒を飲んで気勢を上げている。その前をすぎてしばらく歩くと、和子たち三人は操車場わきの小道へまがった。鉄条網が張られた線路わきのでこぼこ道をしばらく歩くと、突き当りに茶色っぽい錆びたトタンを張りつけた三階建ての倉庫が見えてくる。ここが二人が住み込みで働いている倉庫なのだ。

倉庫の横にはかすれた文字で『中川紙業』と大きく書かれていた。

道は倉庫につきあたると左にまがり、五十メートル先で都電の通る大通りに合流する。きんは倉庫の近くまで来ると、いきなり着物の尻をはしょって線路と反対側の板塀に向かって中腰のまま勢いよく音をさせて小便を始めた。これには和子もびっくりしてしまい、思わずだれか来やしないかとあたりを見まわしたが、幸いにも日曜のせいか誰も来ない。春夫は少し先で見て見ぬふりをして黙って立っていた。きんが終わるまで、知らぬ顔で待つよりほかはない。

考えてみれば無理もない。ずっとアメヤ横丁にいて、そのあと交番だったのだ。きんの田舎道でのような振る舞いも、和子は下品だと思うより、もっと自分が早く気づかってあげればよかったなと思った。和子はそんな優しい心の女だった。どこかで汽笛が鳴り、貨車が連結する大きな音が響いた。

「はい、ごめんなさいよ」

きんは何事もなかったような顔でそう言うと、さあ、行きましょうかい、とすたすた先を歩いてゆく。和子は春夫と顔を見合わせて小さく笑った。

倉庫の大扉の横の小さな板戸の鍵を開けて中に入ると、きんは上を見上げてへええ、と驚いた。三階までの高さのがらんとした倉庫の中には四角くまとめて紐でしばった雑誌や古紙が二階よりも高く積み上がっており、黄色い塗料が剥げたベルトコンベヤーがひとつ、紙の山に向かって長く伸びている。トタンの隙間から差し込んだ西日に細かいちりやほこりが舞っていて、倉庫の中は湿った古紙の匂いがした。春夫は、その山に近づいて、何かを探し始めた。

「おばさん、こっちにどうぞ」

和子はきんを事務所の方へ連れていった。

倉庫を入って右奥、壁のかどにへばりつくようにして六畳ほどの小さな事務所があり、そのわきに上へあがる木の階段がある。つまりがらんとした広い倉庫の中に二階建ての部屋があるのだ。和子はその階段を指さした。

「階段がちょっと急なんで気をつけて下さいね」

「それでへえ、なにするとこだね、ここはいったい」

「古紙の倉庫。ここからね、静岡の製紙工場に毎日トラックが紙を運ぶの」

田舎暮らしのきんはこんなにたくさんの紙の山を見たことなどもちろんあるはずもない。腰に手をあてて、いつまでも物珍しそうに紙の山を見上げていた。

「たいしたもんだね、こりゃまあ」

「おばさん、これ」

春夫は戻ってくると、数冊の雑誌をきんに差し出した。それはいま春夫が山から抜き出してきたもので、主婦の友と、ほかにきんが読みそうな古雑誌だった。ここは退屈しのぎに読む雑誌や本はちょっと探せばいくらでもある。

狭い木の階段を上がったところには外に向かって出窓があり、窓の前には七輪にのった釜や、鍋が置いてある。下は小さな木の扉がついた戸棚で、中には皿や味噌などをしまってあるのだ。

「ご不浄は下の事務所のわきの廊下を行った外にあるから、あとで行きましょう」

「はい、ありがとん」

和子はうすっぺらい合板でできた部屋の戸を開けた。四畳半一間の部屋の中には、紐にかけたシャツや作業着などの洗濯物がところせましと干してある。

「狭いですけど、どうぞ」

和子がきんに言うと、きんはこりゃどうもすみませんねえと部屋に入った。和子は洗濯物を紐からはずしてまわった。春夫はきんの風呂敷包を部屋のすみに置くと、畳の上に散らかっている雑誌や、小さなちゃぶ台の上に置かれた食器を片づけてゆく。きんはすることがないので窓の所に立って外を見た。部屋は二面が窓で、きんが立った東の窓の外は都電や車が行き交う大通りで、その向こうには町工場の煙突が見えるだけだ。

「殺風景な景色でしょう?　ずっと見てると気が滅入るの」

和子が笑いながらそう言って綿のはみ出した座布団をすすめると、きんは頭を下げた。

「もうしわけねえです。おらのために布団部屋まであけてくれてなあ」

きんの言葉を聞いて、和子は思わず吹き出した。

「ごめんね、おばさん」

「はい?」

「ここは布団部屋じゃなくて私たちのお部屋。ここに住んでいるの」

きんは、あっという顔で口を押さえ、その顔を見てたまらずに和子も春夫も声をあげて笑った。きんも、やだ、おらはへえなんてこと言っちまってと顔をくしゃくしゃにして笑うのだった。ひとしきり三人で笑うと、和子は涙を拭きながら、きんを座らせた。

「疲れたでしょう。ここにほら、よりかかって少し休んでいて下さいね」

「ご親切にねえ、ありがとん」

きんを積んだ布団によりかからせると、和子は洗濯物をたたみだした。操車場側にかかっていた洗濯物がなくなると、部屋の中は少し明るくなった。窓を見てきんは不思議そうな顔をした。

「なんであんた、外が晴れてるのに部屋の中に洗濯物を干しなさるかね」

「あのね、それは……」

和子が言いかけると、戸口から春夫が顔を出した。

「ちょっと行ってくる」

「うん、遅くならないようにね」

「ああ、今日は近くだ」

春夫は階段をきしませて下に降りていった。きんは声をひそめて和子に聞いた。

「なんだへえ、今から仕事ですかね」

親指でレバーを弾く真似をしてみせて、和子は笑った。

「これです、これ」

「なんだね、そりゃ」

「パチンコ」

春夫は日曜日はたまにパチンコに出かける。これが、もう来ないでくれと店から言われるほどの腕前で、その景品は切りつめた暮らしの二人にとってばかにならない。

ここいらのパチンコ屋に行くと店員に困った顔をされるので普段はわざわざ電車に乗って日暮里あたりまで出かけるのだが、今日はお客のために晩飯のおかずでも、と思って春夫は近くと言ったのだった。

きんはパチンコという言葉はなんとなく聞いたことがあっても本物は見たことはないのでまだ仕事だと思っているようだ。感心して何度もうなずいている。

「あんたの旦那さんは若いのによくまあ、働きなさるねえ。おらへえ、びっくりしたわ」


暗くなる前にと、和子はきんを連れて近くの銭湯に行った。

きんは宮型の瓦屋根の銭湯を見上げて、お寺さんかの？　と言った。田舎にはこんなかたちをした風呂屋はない。というか、風呂屋自体がないのだそうだ。きんの住む家は大きなわらぶき屋根の農家で、風呂は真っ暗で、五右衛門風呂なのだ。板を踏んで下に沈め、その上に乗って湯に浸かる。だから、和子に連れられて入った明るくて広い洗い場と、きれいなお湯がたっぷり入った湯船にびっくりして目を丸くしていた。広々とした湯に浸かると、きんはまるで温泉みたいだと、手足を伸ばして気持ちよさそうに目を閉じた。信州から汽車に揺られて東京へ着いてあの騒ぎだ。疲れているにきまっている。

「おばさん、お背中流してあげる」

湯からあがると、和子はそう言ってきんの後ろにまわり、手拭いでていねいにきんの背中を洗った。今でも畑に出ているのだろう。さわってみると肩や背中はしっかりとしている。

「ずいぶん大きな風呂敷包を持ってきたのね。さっき持ったら重くてびっくりしちゃった」

「あんなもんはへえ、子供みたいなもんですよう」

きんはこの背中にいつでも子供をしょって、畑仕事や家事をしてきたのに違いなかった。何気なく洗っているうちに、和子は自分も幼い頃はこの背中にしょわれていたような錯覚がして、思わず手をとめた。きんは肩越しに振り返るとにっこりと笑って頭を下げた。

「ほんとにあんたさんは親切な人だなあ。もうしわけねえことだ」

「いいのよ、おばさん。これも何かの縁だから」

なんだかほんとのお母ちゃんと一緒にいて親孝行をしているみたいだな。背中の泡に湯をかけて流しながら和子はそう思った。それにしても親孝行ってどんな感じなんだろうか。満州で生まれた和子には母の背中を見た記憶がない。

母は終戦と同時に国境を越えてきたソ連軍に追われて逃げる途中、満員で乗りきれない汽車の窓の下から見ず知らずの人に幼い和子を託したのだ。それが母との永遠の別れだった。動き出した汽車に追いすがるようにして必死で母が渡した封筒の住所をたよりに、和子は北九州の叔母の家へ届けられた。子だくさんの叔母夫婦のもとでじゃけんにされながら育った和子にとって、集団就職はていのいい厄介払いだったに違いない。一年前、春夫との結婚のことを伝えても手紙ひとつこなかった。もちろん高い汽車賃を払ってまで九州から祝言にくることなどあるはずもない。

もし母が生きていれば、こうして一緒に銭湯に行ったり、温泉に旅行へ行くことだってあったかもしれないのだ。そんなことをぼんやりと考えていると、きんが声をかけた。

「和子さんや、あんたさんもほれ、後ろむいてごらんなさいね」

「え？　わたし？」

和子は桶で手拭いを洗う手を止めた。今度は和子が背中を流してもらう番だった。和子の肩をさわって、きんが驚いた声を上げた。

「だいぶ肩がこってなさるねえ」

「明日になるとわかると思うけど、あそこの仕事、きついから」

「あんたたちは偉いねえ。若いのにねえ」

きんは片手で和子の肩をつかんで背中を手拭いでごしごしと洗った。肩に置かれたその手の温もりを、和子は、不意に遠い記憶のどこかで思い出した。幼い自分もきっとこうして母から背を洗ってもらったのに違いないのだ。そんなことは、毎日の暮らしに追われていて思ってみたこともなかったが、確かにこの手の温もりには記憶がある。その記憶をたどるように、和子は目を閉じた。

まるでお母ちゃんを拾ってきたみたいだな。和子はその時、そう思ったのだった。


倉庫に戻って階段を上がると、飯が炊ける匂いがしていた。七輪の上では釜が白く泡を吹きこぼして湯気をあげている。先に帰った春夫が作ってくれているのだった。春夫はこの七輪ひとつで飯も炊けるし、味噌汁も作る。もちろん魚も焼く。七輪を使わせるといつまでたっても和子は春夫にかなわない。

「ただいま」

「ああ、お帰り」

横になって雑誌を眺めていた春夫はむっくりと起き上がった。

「すみませんねえ、お先にお風呂まで」

「いえ、少しは疲れはとれましたか」

春夫はきんに座布団をすすめると、部屋の電球のスイッチをひねり、釜のところへ戻った。小さなちゃぶ台には、鯨や鮭の缶詰、みかんの缶詰、皿の上にはコロッケが載っていた。

傘のはじが欠けた吊り下げ電灯の下、和子ときんと春夫の三人は、ちゃぶ台をかこんで晩飯を食べた。ひとつの缶詰をみんなで箸でつついていると、なんだか和子は幸せな気分になった。いつもは二人で黙って食べているのに、今日は違う。

きんは自分が育てた六人の子供の話や、正月に牛が子供を産んだこと、そして村で起きた火事騒ぎなどを面白おかしく話しては二人を笑わせた。六人の子供のうち二人は女の子だということも教えてくれた。孫は全部で十四人いるのだそうだ。

ごはんが終わると、きんは手拭いを頭にかぶって、信州の民謡を歌ってくれた。和子は手拍子をしながらその声に聞き入り、春夫は部屋のすみで膝をかかえて黙って聞いていた。

和子は手を叩きながら、夫の顔を見た。普段はほとんどしゃべらずに黙々と働くだけの春夫だったが、目を閉じて聞いている顔はおだやかだ。夫のそんな顔を見るのは久しぶりだった。

二人の住む部屋は、一晩中外を走る車の音や、操車場の貨車の音が聞こえている。和子もはじめのうちは眠れなかったのだが、きんは布団に入るとすぐに寝息をたてはじめた。きっと長旅と迷子騒動で、よほど疲れていたのに違いない。

部屋には布団がひとつしかないので和子はきんとひとつの布団で寝ることになり、

春夫はというと、押入れの中で丸くなっている。自分は、どんなところでも眠れるからと、きんにそう言って春夫はさっさと押入れに入ると座布団をまくらにして横になったのだった。押入れの中で寝ている春夫の顔が月明かりに浮いている。和子はその顔をじっと見つめた。遠くで汽笛が長く鳴った。春夫はきっと幼い頃、こうやっていつでもトタンの隙間や、土管の中、あるいは段ボールにくるまって眠っていたのに違いない。いつか和子に話してくれたのだが、春夫は五歳の時、東京大空襲で孤児となったのだった。戦争のあと、幼い春夫は上野の何千という浮浪者にまぎれて暮らし、その中の一人でみんなから総理と呼ばれていた浮浪者のあとを他の子供たちとついてまわっていたのだと言う。

十歳の時に、ゼノという名の白い髭をはやした外国人の宣教師に拾われた。ゼノに連れられて隅田川のほとりの戦争被災者や引き揚げ者の住むバタ屋の集落「蟻《あり》の町」に移った春夫は、そこで今の会社の社長と出会ったのだという。社長は中川という名で、「蟻の町」にいつも古紙を回収に来ていた。この社長に可愛がられていた春夫は、向島にある中川の町工場へ引き取られた。それが春夫が十五歳の時のことなのだそうだ。名前もなかった春夫は、半分養子のようなかたちで中川という姓になったのだという。和子はそこの町工場に集団就職でやってきて春夫と知り合った。社長が仲人となって夫婦になると、社長はこの田端にある倉庫の部屋に、二人を住まわせてくれたのだった。

二人がお互いにひかれあったのには、ひとつには同じような境遇もあったのかもしれない。春夫もまた和子と同じで、はっきりとした母親の記憶を持たない男だったのだ。和子も春夫も、母親の温もりというものを知らずに育った似た者同士といえるかもしれない。


次の朝、味噌汁の匂いで和子は目を覚ました。柱時計はまだ六時を少しまわったところだ。もう春夫は起きたのだろうか。そう思って押入れを見ると、春夫も目をこすって起き出したところだった。え？　それじゃ……。そこではじめて和子はとなりにきんがいないことに気がついてはね起きた。

「おや、起きなすったかいのう」

出窓の七輪のところに行ってみると、きんが姉さんかぶりにたすき姿で汁を味見していた。いったいいつの間に起き出してきて火をおこし、味噌汁を作ったのだろう。

「おばさん」

和子と春夫は並んで目を丸くした。

「さあさ、ごはんですよう。お布団をあげて顔を洗っといで」

まるで母親のように言うと、きんはにっこりと笑った。

味噌汁の具はこうやどうふと人参、小皿には味噌漬けを切ったものがちゃぶ台に並んだ。

「これ、おばさん、どうしたの？」

「息子の土産にと思ってなあ、干したとうふと味噌漬けを持ってきたんだよ。さ、お食べ」

子供のように、いただきます、と声をあわせると和子と春夫はふうふうと息をかけて味噌汁をすすった。和子は驚いて春夫と顔を見合わせた。今まで食べたことのない味噌汁の味だった。このところ食欲のない日が続いていたが、和子は久々においしいと思った。

「おばさん、このお味噌は？」

「それはおらんとこで作った味噌漬けの味噌をな、ちょっと使ったですよ」

「お味噌もおばさんの家で作ったの？」

「そうそう。味噌漬けはなあ、とりたての瓜を二つに割って一銭銅貨で種をとってすくうんだわ。それから味噌につけるんさ」

ごはんは昨晩の冷や飯だったが、味噌漬けを載せて食べるとこれがまた旨かった。

「なんだかお母ちゃんがいるみたいだな」

ぽつりと言って笑うと、春夫は味噌汁をすするのだった。

七時半になると和子は下の事務所に降り、春夫は倉庫の大扉を開ける。事務員は和子ともう一人、頭の禿げあがった初老の男が経理だ。作業員は春夫を入れて全部で四人。皆、八時にはきちんと倉庫で仕事が始められるように集まってくる。

ほどなくして静岡へ向かう紺色のトラックがバックして倉庫へ入ってきた。トラックはだいたい早く来て倉庫の前に停まっているのだった。春夫は作業服に軍手をして手拭いで口を覆うと、ローラーのついた長いレールをトラックに渡し、仲間と一緒になって木枠に入れた紙のたばをどんどん荷台へ流して積み込んだ。これが終わると、入れ替わりに古紙や雑誌を満載した別のトラックがやってくるのだ。午後にはこんどはそれを倉庫へ入れて梱包する。作業は激務で、倉庫の中には一日中ほこりが舞った。和子は事務服を着て机に座り、伝票を書いたり、電話を取るのが仕事だ。机に座って小さな字を一日中書いていると本当に肩がこる。

きんは、二人が働いている間中、部屋を掃除したり、事務所の横の水道で洗濯板を使って洗濯をしてくれた。和子は休んでいてくれと言ったのだが、きんは休むということを知らないようで、倉庫の階段を上がったり下りたりしてはなにかしら仕事を見つけて働いている。

「春ちゃん、あの人、誰よ？」

「ああ、お母ちゃんだ。拾ってきたお母ちゃん」

ふだん冗談など言わない春夫の言葉に作業員たちは驚いて顔を見合わせた。

昼になると蕎麦屋の出前持ちがまるで曲芸のように、七人分のどんぶりや、そばのざるが載った三段の木の盆を片手に持って自転車でやって来た。一人者が多いからここでは昼はだいたい蕎麦屋の出前か仕出し弁当になる。

「毎度！」

「あちゃまあ、これはえらいことだな」

片手で軽々運んできたのを見て、水道のところでしゃがんで洗濯をしていたきんは目を丸くして驚いた。初めての東京ではこんなことでさえ驚きだった。

事務所の中でかつ丼を食べている作業員に、和子はきんを紹介して事情を話すと、みんなきんに同情をしてねぎらいのことばをかけた。

「そうかい、おばさん、そりゃあ大変だったな」

「きたない部屋だけど、ゆっくりしていきなよ」

「あのね、きたないだけよけいです」

和子が言った途端に、机の上の黒電話が鳴った。箸で持ち上げかけたそばをざるに戻し、和子は受話器を取った。

「はい、中川紙業」

（もしもし、こちら御徒町の派出所ですけど）

電話は昨日の交番からだった。

「あ、お世話さまです。ちょっとお待ちください。今、主人に代わりますので」

和子はそう言うと、受話器を手で押さえて、交番から、と春夫に言った。春夫は箸をおくと、電話に出た。

「もしもし、代わりました」

交番からの電話によると、村の駐在さんが今朝、きんの家に行って事情を説明したので、長男から東京の息子にきんの居場所を電報で打つだろう、ということだった。春夫は交番のおまわりさんから正夫の住所を教えてもらい、それを紙に書き写した。

その住所の町の名に春夫は見覚えがあった。

（お手数かけますが、そんなわけなんで連絡を待って下さい）

そう言って交番からの電話は切れた。これで交番の仕事は終わりだ。あとは自分たちにまかされたも同然だった。結局待つか、こちらからそこへ行くかだった。

「どうだったの？」

皆が春夫を見た。春夫が今のことを説明すると、きんはどうもへえまた、ご迷惑をおかけしますねえとまた頭を下げるのだった。

「この住所だけど」

春夫は和子に紙を見せた。

「俺たちがいた工場の近くじゃないか？」

「あ、ほんとだ。向島だね」

電車を乗り継いでもここから三十分もかからない。でも、仕事があるから正夫も和子もすぐには行けない。といってきんを一人で行かせて正夫が留守だと大変だ。いや、手紙を出しても音沙汰がないのだから、いないと思った方がいい。

「連絡があるまで待った方がいいんじゃねえかなあ」

「そうだよ、おばさん。東京見物でもしてのんびりしていなよ」

みんなもそう言ってくれた。結局もう少し待とう、ということになった。きんはみんなの言葉をにこにこして聞いていた。とにかく場所はわかったのだから一安心だ。

和子はもうしばらくきんにいてもらってもいいと思った。春夫もきっと心のどこかで同じことを思っているはずだ。

その日の終わりにちょっとした騒動があった。

きんが洗濯して窓の外に干した手拭いやらシャツやらが、全部真っ黒になってしまったのだった。昨日なぜ洗濯物を部屋に干すのかと聞かれて、きんに教える前に春夫のパチンコの話になってしまい、和子はそれを教えそびれたのだった。

この部屋ではうっかり洗濯物を外に干しっぱなしにすると、操車場の汽車の煙で真っ黒になってしまうのだ。きんは畳に頭をこすりつけるようにして涙を流してあやまった。

「おらへえ、とんでもないことをしちまって。ごめんよう、和子さん」

「いいのよ、おばさん。こんなのまた洗えばいいんだから」

結局食事の支度どころではなく、夕方から和子ときんで洗濯になった。濡れた洗濯物を部屋に干すと、畳にぽたぽたと水が落ちる。春夫は倉庫から古新聞紙を集めてくると下に敷いた。洗濯物のさがった下で三人は背中を丸め、釜をかこんだ。おかずは今朝の味噌漬けと、汁の残りで、めざしを軽くあぶって醤油をかけた。きんはすまなそうにしていたが、和子はなんだかおかしくて、ぷっと吹き出した。無口な春夫もつられて吹き出した。

「え？　どうなさったかね」

きんはきょとんとして二人を見た。

「だって、頭の上にこんなに洗濯物があるところで、みんなで背中を丸めてさ……」

一度笑いだすと止まらなかった。和子と春夫があんまり笑うものだから、きんも一緒になって笑いだした。そのきんの襟首に水が一滴落ちて、きんはひっと妙な声をあげて飛び上がった。それを見て、また春夫が笑った。


その晩、寝る前にきんは和子に手を見せてみろ、と言った。

「手？　どうしたの、おばさん」

「いいから、和子さん。ちょっと、見せておくんなさい」

和子の手は荒れて、親指のつけねあたりは、子供みたいに少しあかぎれのようになっていた。きんは、その手を触って、かわいそうになあ、こんなに荒れなすって、と言った。それからお湯を沸かして洗面器に入れると湯の中に和子の手を沈め、石鹸をつけた軽石でていねいにこすってくれたのだった。

「こうしておいてなあ、手にクリームを塗って、手袋をして寝れば、朝にはへえ、すべすべになってるですよ」

「ありがとう、おばちゃん」

和子は子供の頃から人からこんなに優しくされた記憶はなかった。きんは子供たちのあかぎれがひどい時にはこうやって軽石でこすってはクリームを塗って手袋をしてやったに違いない。和子の母も、もしかしたら遠い満州の知らないどこかの家の暗い電灯の下、自分にこうしてくれたことがあったのかもしれない。

その晩、和子は両手にクリームを塗ってもらい、洗いたての軍手をして布団に入った。きんは眠るのがほんとうに早い。布団に入ったかと思うと次の瞬間すやすやと寝息を立てているのだった。和子はいつかきんに聞いてみたいことがひとつあった。きっとお母ちゃんなら教えてくれるはずだ。和子はきんの寝息を聞きながら、そう思うのだった。

和子は、自分がどうやら妊娠をしているらしいことに気づいている。だがそれを夫に言えずにいる。なぜならば今のきりつめた生活の中で子供を育てることは、いくら考えてみてもとうてい無理なのだ。なにより育ててくれた親の記憶がない以上、子供を育てる自信がない。それを考えだすと、和子はどうしてよいのかわからなくなってくる。軍手をした手をそっとお腹にあて、和子はいつまでも青い月明かりに浮かぶ窓を見つめているのだった。


きんの息子からの連絡は次の日も、その次の日も来なかった。

はじめはのん気に構えていたきんも、息子のことが心配になってきて、自分で息子のアパートへ行くと言い出した。そこで和子は仲間に事情を話して仕事を早上がりさせてもらい、きんが来て四日目の午後に、きんには内緒で正夫のところをたずねることにしたのだった。春夫にも一緒に来てほしかったが仕事の手が離せない。和子は国電の田端から日暮里へ行って常磐線に乗り継いだ。途中でさらに東武伊勢崎線に乗り換えれば向島の町に着く。こんなことでもない限り、なかなか行くこともない場所だ。行く目的とは別に和子は懐かしい気持ちで胸がいっぱいになるのだった。

窓の外には和子が上京して初めて見た東京の景色が広がっていた。話に聞いていた高いビルなどなく、どこまでも低い屋根の民家と町工場が続き、あの時十五歳の和子はたまらなく不安な気持ちになったのだった。

電車に揺られながら和子は音信不通のきんの息子のことを思った。

きんの末っ子は一人者で大工仕事をしているのだと言う。今までは手紙を出せば、まめに返事が来ていたのにその返事が来ないとなれば、何かあったのに違いない。最悪の場合、大家さんに事情を説明して部屋をあけてもらわないと、そう和子は思った。そんなこともあって、きんを一緒に連れてくるのには少しためらいがあったのだった。

電車は三河島駅を過ぎると速度を落として徐行運転になり、長い警笛を大きく鳴らした。その音で和子は気がついた。ここは一ヶ月前に百六十人を超す死者を出した国鉄三河島事故の現場だ。和子は窓の外を見た。線路の脇には、まだ線路工夫たちが大勢いて修復工事をしているのが見える。砂利の上には花が点々と添えられていた。

事故は、夜の九時過ぎに起きた。田端の操車場を出た貨物列車が信号を見間違えて脱線し、そこに下り電車と、上野行きの列車が衝突するという大惨事になったのだった。脱線した列車は線路脇の民家にも転落した。和子は窓から見える民家のなまなましい傷跡に思わず合掌した。他の乗客たちの中にも目を閉じて合掌する姿があった。

しばらくして電車が大毎オリオンズの東京スタジアムを過ぎると、隅田川の向こうに千住の名物、お化け煙突が見えてきた。四本の煙突が見る場所で三本になり、二本になり、一本にも見える。それがお化け煙突の由来だとも聞いた。煙突の煙が火葬場に見えるからとかそんなことも和子は工場の仲間から聞かされたのだった。大正時代に出来た火力発電所なのだが、八十メートルを超す高い煙突からは今はもう煙は出ていない。和子の隣の乗客たちの会話では、なんでも来年解体されるのが決まっているのだという。鉄橋を渡ってあと一回乗り換えれば、もう墨田だ。

駅の改札を出て買い物客で賑わう商店街を歩き、酒屋の角まで来ると、まだ引っ越して一年しかたっていないというのに和子は懐かしさで胸がいっぱいになった。この酒屋の前にある橙《だいだいいろ》色の郵便ポストにはよく仕事で手紙の投函に来たのだった。

酒屋の角を曲がって神社と写真館を過ぎれば、その先に和子と春夫の働いていた町工場がある。おおばという名の写真館は二人が夫婦になった時に記念写真を撮ってもらった。今回のことも、社長さんに相談して工場の誰かにアパートを見てきてもらおうとも思ったのだが、そこまで甘えるのはやめようという春夫の言葉でそれはあきらめた。工場にも顔を出したいのだが、就業時間中にこんなことをしているのも和子にはためらわれた。

酒屋の入り口のひなたには老犬が丸くなって眠っていた。この犬にも見覚えがある。愛想がなくて誰にもなつかない黒い犬で、和子が店の前に立つと、鼻をもぞもぞ動かしてうっすら目を開けたが、興味なさそうにまた目を閉じた。

「ごめんください」

和子が酒屋に入ると、懐かしい顔のおじさんが出てきた。

「へい毎度」

「あの、このあたりに緑風荘という名前のアパートはありますか?」

和子がメモを見ながら聞くと、ああ、と言って酒屋のおじさんは笑顔になった。

「緑風荘ならここの裏のアパートだよ」

きんの息子が住む緑風荘は、薄汚れた灰色っぽい木造二階建てのアパートだった。アパートの前は物干し場になっていて、高い物干し竿にシャツや手拭い、おしめや敷布など世帯分のあらゆる洗濯物が何段にも干され、風に揺れていた。

あちこち木が腐った階段を上がると、うす暗い廊下の両側には三つずつ戸があって、どの戸の前にも酒の瓶や木箱、乳母車やどんぶり、古新聞が積まれていた。どこかの部屋からは、ラジオだろうか、落語の声が聞こえてくる。

「藤本」と小さく墨で書いた紙は階段を上がってすぐ右の部屋の戸の横に画鋲でとめてあった。戸は薄っぺらい合板だ。下を見ると、手紙が何通かはさんだままになっている。足元のほこりは、この戸がしばらく開けられていないことを物語っていた。

とんとんと戸を叩いてみるが返事はない。何度か叩いていると、落語の声がやみ、和子のうしろで戸が開く音がした。

「大工のまさちゃんかい？　いないよ」

「え？」

和子が振り返ると、眉毛の離れて間のびした顔の若い男が部屋から顔を出した。和子は会釈をするとその男に聞いた。

「いないって、いつごろからでしょうか」

「そうねえ、もうひと月以上は見ないんだよねえ」

男は下駄をつっかけて中から出てきた。男は話好きらしく、勝手にしゃべった。

「変な匂いもしないから部屋でくたばっちまってるってことはね、これはないと思うんですよ。ただいなくなっちゃった。休みの日にはね、模型飛行機持ってさ。ほら、あの竹ひごに紙貼ったやつ。あれをね、大人のくせにせっせと作って、やっこさん荒川の河原に行って、こう指でプロペラをまわしてゴムをぐるぐる巻いちゃあ、得意になって飛ばしてたんですよ。ゴムってやつはね、何度も巻いてるとね、コブみてえなやつがこうぼこぼことね、できるんだけれど、ずっとやってるとこれがまたいきなりプッツリと切れちまうことがあるんですよ。まさちゃんもね、プッツリいなくなっちゃった。いや、洒落じゃありませんよ。洒落じゃ」

「そうなんですか」

男が息をつぐのを待って和子はきんのことを話して事情を説明した。

「ううん、そうか。そいつはおふくろさんも心配だろうねえ。いえね、ここだけの話」

そう言って男は声をひそめた。

「ほら、あの三河島の電車事故。あれでさ、今だに身元のわかんない人が一人だけいるでしょう。だからね、ここの住人の間じゃあもしかしたらって話してたとこなんですよ」

男のその言葉を聞いて和子は胸騒ぎがした。頭の中でさっき聞いたばかりの長い警笛の音が鳴った。

新聞によれば、一人だけいる身元不明の男は「丸顔で数珠を持っていた」ことだけしかわかっていないのだそうだ。和子が急いで倉庫に帰り、事務所の前で春夫にそれを伝えると春夫も腕を組んで黙ってしまった。

「お母ちゃんは？」

「上で俺たちの服や靴下の繕いものをしてくれてる」

今では、二人の間ではきんのことをお母ちゃんと呼んでいた。


その日は夕方になってから風が強くなり、倉庫の扉を閉めないと古紙が舞い上がってしまうほど強く吹いた。風は夜になってもやまなかった。

和子は晩飯を食べながら、きんに息子のことをそれとなく聞いてみた。

「ねえ、おばさんの息子さんってどんな人なの？」

「そうさねえ、あの子は手先の器用な子でねえ。ひまさえあれば竹を削って模型飛行機を作ってましたなあ」

きんは懐かしそうな目をした。もう十年以上は会っていないのだという。中学を卒業すると、手に職をつけさせて職人にするつもりで、知り合いのつてをたよって東京の建具職人の親方のところへ弟子入りをさせた。だが息子は三年でそこをやめてしまったのだそうだ。それが十二年前のことで、そのあとはどこで何をしているのかよくわからないらしい。成人してからは盆や正月にも故郷へは戻らず、最近の手紙でようやくわかった事は、どうやら大工をしている、ということだけ。きんはこの末っ子のことが一番気がかりなのだそうだ。きんは上を見あげて指を折った。

「五月生まれだからへえもう、ちょうど今月、三十歳になったところだなあ」

「ふうん、そうなんだ」

そして和子はなるべく何気ないふうをよそおって聞いてみた。

「どんな顔の人？」

「自分に似て、まんまるな顔でねえ。それは今もへえ、かわらんと思いますよ」

きんがそう言って笑うと、和子の箸の動きが止まった。春夫は下を向いて飯を食べている。

「信心深い子でなあ、故郷を出る時にへえ、お数珠を持たせてやったんですよ」

夜の風が窓ガラスを一斉に揺らし、操車場の方からは鉄がこすれるような音が響いてきた。


「ねえ、どうしたらいいかしら」

次の日トラックを送り出すのを待って、和子は春夫のそばへ行き、不安そうな顔で聞いた。

「わたし、夕べは眠れなくて」

「まだ息子さんと決まったわけじゃないだろう」

和子の不安を打ち消すように春夫は言葉を強めた。それは春夫が自分自身に言い聞かせているようにも和子には聞こえた。きんが階段から降りてきた。首に風呂敷包を背負っている。

「あのなあ、おらへえ、今から正夫のとこへ行ってくるわ」

「えっ、どうして?」

和子があわてると、きんはにこにこと笑いながらこう言った。

「なんだかなあ、ゆんべ和子さんと正夫の話をしたらへえもう、いてもたってもいられなくなっちまってなあ。やっぱりおらが行ってみるのが一番だ。居場所を教えてもらえるかね」

和子がしゃべるより先に、春夫が口を開いた。

「たった今、息子さんから電話があったところなんですよ」

「えっ! ほんとうですかい」

きんと和子は驚いて春夫を見た。和子の驚きは、きんのそれとはもちろん違う。何をいったい夫は言い出すというのか。

「飯場にずっと泊まり込んでいて、まだ帰れないって」

「ああ、飯場ですかい。そりゃあ連絡もつかんはずだわ。そうかい連絡がありましたか」

勝手に納得すると、きんは大喜びで何度もよかったよかったとうなずいた。こうなったら和子も話をあわせるしかない。

「だからね、おばさん、もうしばらくここで待っていて」

「そうですかい、ほんとうにご迷惑さまですなあ。ありがとん」

きんは何度も頭を下げた。

「もうじきオリンピックだから、今はどこも工事が多いのよ」

言いながら、和子は本当にそうであってほしいと願うのだった。春夫は手拭いで汗を拭いていて、その表情を読みとることはできなかった。


それから二日ばかり、雨が降ったり止んだりのぐずついた天気が続いた。春夫宛てに荒縄でしっかりと梱包した木箱が届いたのは、そんな日の昼だった。

差出人の名を見て、きんは「これは、うちのあととりですわね」と言った。木箱はきんの故郷の信州の長男から送られてきたのだった。春夫が釘抜きで板をはがすと、中にはもみ殻が詰まっていて、食べきれないほどの青いりんごと豆やそば粉の袋、味噌漬けが入っている。一緒に中にあった手紙には、きんの失礼を詫び、二人への感謝のことばが延々と書き連ねてあった。昼飯のあとに和子はりんごを切って塩水につけ、作業員たちにもふるまった。和子も食べてみたが、きめが細かくてかたいりんごは甘酸っぱい。みんなうまいうまいと言って食べた。

和子が、きんがいなくなったのに気づいたのは三時のお茶の時だった。田舎の長男にお礼の手紙を書こうと木箱の住所を見に上の部屋にあがると、きんの姿がない。

畳の上の木箱のわきには味噌漬けをくるんであった古新聞が広げられてあった。その紙面の記事は、三河島事故のまだ身元が見つかっていない最後の一人のことが書かれてあった。事故現場の写真の横の見出しには「最後の身元不明人・丸顔に数珠の男」と、ある。和子は手で口を押さえた。きんはこれを見たのに違いない。それで警察へ……。窓のガラスに雨の粒がざあっと音をたててあたった。和子は階段を走り下りた。

和子と春夫は雨の中を傘もささずに飛び出した。

倉庫の作業員の一人が、ついさっき外へ出てゆくきんを見たと言ったのだ。買い物だと思ったんだけどなあ、とその男は言った。操車場の脇のぬかるんだ道を二人は走った。春夫の後ろを走る和子は泥水がはねをあげて夫の背に点々と飛び散るのを見た。

春夫は途中で止まると、和子の顔を見つめた。

「交番に行ってみるか」

「そうだね」

引き返して倉庫の前をまがると、二人は大通りめざして走った。いつもはじっくり考えてから行動をする夫が、何の考えもなく走り出したのはそれだけ動揺したということだ。大通りに出ると派出所がひとつある。二人はそこをのぞいたが、きんの姿はない。都電が雨のしぶきを撒いて通り過ぎていった。

「駅に行ったってことはあるかしら」

「駅か。聞いてみよう」

二人はまた走り出した。田端大橋の階段の下まで来た時、春夫は不意に足をとめた。まわりは居酒屋が並ぶ路地だ。

「どうしたの?」

春夫に追いついて肩で息をしながら和子は聞いた。

「聞こえる。ほら」

和子が耳をすますと、確かに聞き覚えのある歌声がする。それはきんの歌声だった。少し先の居酒屋の縄のれんをわけて中をのぞくと、薄暗い電灯の下で、手拭いを頭にかぶったきんが民謡を歌っていた。まわりにはこの雨で仕事にあぶれたに違いない労務者風の男たちがきんをかこんで箸で皿を叩き、手拍子で一緒に歌っているではないか。春夫がガラス戸を開けると、男たちが酔った目でいっせいに振り返った。少し遅れてきんは歌うのをやめ、戸口に立った春夫と和子に気がついた。

「おや、あんたたち、どうしたのかね、二人そろって」

きんは送られてきたそば粉でそばがきを作ってやろうとして、薬味がないことに気づき、葱を買いに出たのだという。雨が止んだのを見計らって出かけたつもりが、途中で降り出した雨でここの軒先で雨宿りをしてたのだ。

「そうしたらへえ、この人たちが中にはいんなって言ってくんなすってなあ」

そう言ってきんはみんなに、申し訳ねえです、と頭を下げるのだった。春夫も膝に手をおいて、男たちにどうもすいませんと頭を下げた。和子はほっとして思わず涙ぐんだ。きんのようすを見ると新聞の記事はとりこし苦労だったようだ。酔った客たちは、きんを故郷から息子夫婦をたずねてきた母だと思っているようだった。和子と春夫がきんを連れて帰ろうとすると、一人の男が、こら待でっ、と声をあげた。頭に鉢巻をまいて首まで真っ赤になった男が春夫に指をつきつけ、説教を始めた。

「おいお前っ。おがをもっと大事にしろ。なんだ、こんたら雨ん中一人で歩かせで」

まわりの客たちもコップ酒を片手に、んだんだと声を揃えた。言葉を聞けば、おそらく出稼ぎで東京に出てきている東北の男たちだ。この近くに工事現場があるのだろう。ふつう出稼ぎの男たちは冬に上京して春には故郷に帰る。だからこの時期にこうして働いている者たちの多くは、故郷に耕す畑すらろくにもたない、一年のほとんどを東京の建設現場で過ごす貧農の男たちか、何か特別な理由のある者たちだった。故郷には女房子供、そして老いた親、そして人には話せない事情を残してきているのに違いない。春夫はまた頭を下げた。

「ほんとにすいません。助かりました」

頭を下げられても、男のろれつのあやしい説教は続いた。

「いまのわげえやつは勝手だあ。いづまでもあると思うな親と金って言ってな。孝行さしたいときは親ってのはいねえもんなんだ。わがるがおめえ」

和子も並んで頭を下げるしかない。そんな二人をきんはにこにこと笑ってみている。

鉢巻の男は酒をぐいとあおると、音をたててコップを置いた。

「いっしょうけんめい子供さ育でで、そんで黙っていなぐなっちまうんだ。親って奴は」

鉢巻の男はそう言って自分の言葉に感極まったのか、こぶしで涙を拭いた。まわりの男は、そうだ、その通りだべ、せいちゃんの言うとおりだと言って男の肩を叩く。

和子はきんを早く連れて帰りたかったが、酔った男たちはそうさせてくれない。だが、和子は心のどこかで彼らの誤解を喜んでいた。そしてきんに頭を下げると、言った。

「ごめんね、お母ちゃん」

「いいえ、和子さん、おらが、悪いんだわね」

お母ちゃんと言われて、きんは嬉しそうににっこりと笑った。それを見て鉢巻がまた叫んだ。

「こらあ、おめえもちゃんとあやまれ！」

春夫は男に指をさされると、目を伏せ、そして小さい声で言った。

「ごめんな、お母ちゃん」

「いいんだよう、春夫さん」

銭湯に行くたびに和子はきんに少しずつ二人の境遇は話してあった。だから春夫の言葉にきんも思わず目を潤ませるのだった。

「よし。それでええ」

男はばんと膝を叩いて、大きくうなずいた。

雨は小降りだが、店の前の泥道には水たまりができていた。

春夫は雨で濡れた作業服を脱ぐと和子に渡し、しゃがんできんに背をむけた。ぬかるみで足が汚れぬよう、きんを背負おうというのだった。肩越しに振り返ると春夫は言った。

「遠慮しないでいいから」

「あらまあ、春夫さん、そんなことへえ、もったいないわ」

「いいのよ、滑ったらそっちのほうが危ないから」

和子が言うと、きんは恐縮しながら春夫に背負われた。春夫が立ち上がると、店の中から、おいこら、これをもってげと鉢巻が大きな声で言い、番傘を和子に渡した。

「ありがとうございます。お借りします」

和子は鉢巻に頭を下げると、番傘を開いて、きんをしょった春夫にさしかけた。破れた番傘には、たつみや旅館と大きな字が書いてある。番傘の下、きんを背負って春夫は雨の路地をゆっくりと歩き始めた。和子が振り返ると、客の男たちは戸口に立って「親子」をいつまでも見送っていた。


歩きながら和子は春夫の横顔をそっと見た。和子と目が合うと、春夫はちょっと照れくさそうに笑った。

「乗り心地はどうですか、お母ちゃん」

和子が少しおどけて言ってみると、きんも笑って答えた。

「なんだかへえ、東京にもうひとり、息子がいたみたいだわねえ」

「いやだ。すみにおけないのね」

三人は笑いながら、雨の中を歩いてゆく。

夜は釜の中の飯に送られてきたそば粉を箸でかきまぜ、葱を刻んだ醤油に七味を振り、それにつけて食べた。最後は釜に湯を入れてそれに醤油を入れて飲む。本物のそばがきとは違うが、たったこれだけでも和子と春夫には旨かった。

日曜日、三人は上野動物園に行った。

和子と春夫が、きんに東京のどこに行ってみたいか聞いてみると、皇居でも東京タワーでも浅草でもなく、答えは、ゴリラを見てみたいということだった。

「ゴリラ?　ゴリラってあの真っ黒な?」

びっくりして和子が聞き返すと、

「あんなにねえ、大きなお猿はおらとこの山にはおりませんもの」

とすました顔で言ったのだった。手すりの向こうの山で、ゴリラは三人に背中を向けたままじっとしていた。

「せっかくきたのに、なんだかお機嫌が悪いのかねえ」

「こっちに向かないかな」

和子はおおい、と大きな声を出してゴリラを呼んだ。するとゴリラはゆっくりと振り返り、大きな腕を振って胸をどんどんと叩いてみせた。それを見てきんは大喜びで、これでへえ、思い残すことはありませんわいと言った。

弁当を食べたあと、春夫はきんと二人でお猿の電車に乗った。小さな電車の先頭には帽子をかぶった猿が乗っていていかにも運転しているように見える。柵の外で見ている和子は二人に手を振った。きんは笑顔で手を振りかえす。その姿を見ていると、和子は親子ってこんな感じなのかな、と思ったりした。きんが来てからというもの、春夫も笑顔を見せることが多く、寝る前にきんの肩を叩いてやったり、反対にきんはひざの上に春夫を寝かせて耳を掃除してやったりもした。

動物園の帰りには、春夫はきんをパチンコ屋に連れていった。

「あちゃまあ、ここが、パチンコですかい」

きんは仕事だと思っていただけに、来てみてびっくりした。軍艦マーチが鳴り響く中、春夫はくわえ煙草の客たちの間を縫って歩きながら、台の釘をひとつひとつていねいに見てまわり、とある台の前にきんを立たせた。

「ここがいいな」

春夫はきんの後ろから手を添え、玉の打ち方と狙う釘を教えた。音がうるさくて声をはりあげないと聞こえない。きんは夢中になって盤面を見つめ、親指でレバーを弾いた。欲がないせいか、しばらくやっていると、面白いようにジャラジャラと玉が吐き出されてくる。きんはそのたびに声をあげ、玉がとまらなくなると、春夫の名前を呼んで大騒ぎをした。

そんな楽しそうな二人を和子はじっと見つめていた。きんを東京見物に連れて行き、それが終わったら和子と春夫は警察へ行くつもりだった。あの雨の日のあと、二人で話して決めたことだ。そして、その先に待っていることがどういうことなのかはわからなかったが、もし最悪の結果になってしまったとしても、せめて楽しい思い出をきんにたくさんつくってあげようというのが二人の考えだった。

操車場の脇のでこぼこ道を三人で並んで歩くと、夕陽で長い影がのびた。春夫は景品のたくさん入った紙袋を抱いている。袋の中で戦利品の缶詰が音をたてた。

「今日はごちそうだな」

「ああ、楽しかったあ。こんなに楽しかったのは生まれて初めてだわね」

そう言ってきんはありがとん、と頭を下げるのだった。和子もこんなに楽しい一日は初めてだった。その気持ちは春夫もきっと一緒のはずだ。

倉庫が見えてきた。

「そうそう、帰ったらねえ、あんたたちにお豆を煮てあげないとなあ。それから……」

きんの言葉は途中で切れ、足がとまった。扉の前で、陰の中に一人の男が座っているのが見えた。和子たちに気づくと、男は松葉杖をついてゆっくりと立ち上がった。その顔に夕陽があたった。男は丸顔でジャンパーを着ていた。

「正夫」

きんは息子の名前を呼んだ。松葉杖をついて男は歩いてきた。きんによく似た顔で、男はにこにこと笑っている。

「お母ちゃん」

「あちゃまあ、お前、無事だったかい」

きんは力が抜けたように座りこんで泣きだした。和子はあわててその身体をささえた。きんの息子は春夫と和子に深く頭を下げた。三十だと聞いていたが髪は薄かった。

「母がご迷惑をおかけしていたようで。ほんとにすみませんでしたなあ」

「いえ、とんでもありません」

和子はそれだけ言うと、あとは言葉が出てこなかった。春夫はパチンコの景品の袋を持ったまま黙って頭を下げた。そして、きんの息子は人の良さそうな顔で何度も頭を下げると、二人にこう言ったのだった。

「ほんとうにすみませんねえ。見ず知らずの人にやっかいをかけまして」

そうなのだ。自分たちは見ず知らずの人なのだ。

和子はその言葉がなにより寂しかった。春夫は黙ってもう一度本物の息子に頭を下げた。そうして最後までひとこともしゃべらなかった。

二人だけの部屋はうす暗く、冬でもないのに寒い。春夫はパチンコの景品の紙袋をちゃぶ台の上に置くと明るい声を出した。

「よかったな、会えて」

「そうね、よかったね」

和子は、さて、と元気な声を出すと、部屋にかかった洗濯物をとりこみはじめた。今までも二人だけだったのだ。今日からまたもとの暮らしに戻ればいいだけのことだ。だが洗濯物をたたんでいると、和子ははじめてきんをこの部屋に連れてきた時のことや、あの煤で真っ黒になった日の騒動を思い出してしまい、たたむ手が途中で止まった。

きんに、おめえはどこで何してたんだと怒られて、息子は頭をかいて笑った。なんでも大工仕事に失敗して、ずっと飯場で道路工事をしていたのだが、怪我をして長く入院していたのだそうだ。飯場にいると、とっさに春夫がついた嘘は本当だったのだ。今日退院してきたら手紙や電報がたまっていてそれを読んで驚いてここに飛んで来たのだと正夫は頭をかいた。そして、きんを見て正夫は不思議そうに聞いた。

「なんで、いきなり出てきたのさ?」

「なんでって、おまえへえ、丸顔に数珠の男っておら新聞で読んで、もう心配で心配で、毎日毎日いてもたってもいられなくて、それで飛び出してきたのさ」

ちゃぶ台の上の袋が崩れ、鯨や鮭の缶詰が転がって畳の上に落ちた。春夫は黙ってそれを拾い、胸に抱えて、出窓のところへ運んだ。和子は何気なく夫を見た。春夫は缶詰を置いたまま、じっと下を向いて立っていた。

「どうしたの?」

夫の横に立つと、鍋の中の水に、豆がぎっしりと沈んでいた。

きんは今朝出る前に、今日帰ったら煮豆をこさえてあげると言っていたのだった。二人は無言で冷たい水に沈んだ豆を見つめていた。きっときんが作る煮豆はおいしかったはずだ。でももうそれを食べることはない。三人で風呂に行くことも、歌うことももうない。

春夫がポケットから何かを出した。手を広げると、それはくしゃくしゃになった動物園の半券だった。

「拾って来たお母ちゃん、いなくなっちゃったね」

おどけて言うつもりだったが、声にした瞬間、和子は涙があふれて止まらなくなった。若い夫は和子を慰めようと肩に手を置いた。親を知らない二人にとってこの何日かは幸福だった。春夫には妻を慰める言葉も思いつかないのだろう。ただ黙って手を置いていた。二人はまた二人になった。この世で肉親と呼べる者は誰一人としていないのだ。

不意に和子は胃のあたりがむかむかして吐き気がした。あわてて口を押さえると、よろけるようにして階段を降りた。

「和子、どうした」

事務所の横の水道のところで身をかがめると、和子は少し吐いた。追ってきた春夫は和子の背を見て、おろおろと立ち尽くしている。

「お前、もしかして」

春夫は聞いた。自分で思いついたことに、どこか怯えているような口調だった。

「……お母ちゃんになるのか？」

和子は黙っていた。毎日ずっと迷っていたのだ。この貧しい暮らしの中で子供を産み育てるのはとうてい無理だ。今ならまだ間に合うに違いない。母を知らない和子は、母になるということがどういうことなのか、その答えをいつかきんに聞いてみたかった。だけどそれはもうかなわないのだ。

春夫は小さな声でぽつりと言った。

「それじゃあ、俺は……」

きんに聞くことはかなわなかったが、一緒に暮らした短い日々がその答えだった。

和子はゆっくりとふりかえるとこれから父になる相手の顔を見つめた。

「そう。お父ちゃんになるの」

そして、にっこりと笑った。

トタンの隙間から西日が差しこむがらんとした倉庫には二人しかいない。だが、ここにいるのは、もう二人だけではなかった。

最後の一席

ありがたいことでございます。

こんなに暑い日だというのに、こんなに大勢のお客様にいらしていただきましてほんとうにありがたいことでございます。日本中が皆様方のように暇な人たちばかりだと我々噺家はもっとありがたいのでございますが。ま、寄席というところは昼から夜まで涼んでいられるわけですからね。こんな暑い日は特にお家にクーラーのない貧乏人の方々にとっては寄席はいわばラグジュアリー空間……いえいえ本日のお客様のことじゃございませんよ。

え？　だらだらだらだらしゃべらねえでもっとしゃきっと話せ？　すいませんねえ、このだらだらと間延びしたしゃべり、負けずに間延びして離れた眉毛、かえるみたいな大きなお口があたしの持ち味ですので、しばしおつきあいのほどを。ま、とにもかくにも、こんなに大勢のお客様の前で高座に上がれるのは噺家冥利につきることでございます。

夢みたい。
でもね、ほんとうにお客様がお一人なんて時があるわけでございまして。そんな時は、トイレに行きたくなったら手を上げて下さいとか声をかけたりしましてね。それで待てどくらせどお帰りにならない。そのままお家にお帰りになりました、なんてこともありました。トイレにまでくっついていって話したなんてこともね、たまにあるようでございます。今日はですね、そんなお一人客で「足の裏」と呼ばれていたお客様のことをひとつ。

あたしが前座から二ツ目になったその年、昭和三十八年のことですから、ちょうど二十五の夏のことです。もちろん髪だってぜんぶありました。東京オリンピックの前の年といやあ、これはもう東京中あっちこっちで地面をほじくったり、こっちでビルをこさえたり、大変でございました。掘ったり埋めたり、掘ったり埋めたり、もう毎日そこら中でやっている。せっかく昨日埋めた土管を間違えて今日ほじくり返して外へ出しちゃう。途中で気づいて皆どっかーん、なんて……。はは、シーンとなっちゃった。これは失礼致しました。とにかくね、そりゃもうほこりっぽくてにぎやかなもんでした。地面がどんどん舗装されて、どこへ行ってもコールタールの匂いがしましてね。うっかりすると草履のうらがまっ黒けになって足袋と草履がくっついちゃう。横から見るとウエハースみたいでしたな。ね、お客さん。覚えてますでしょ？　え？　あたしゃまだ生まれてない？　そんなねえ。ああた、羞恥心ってものはないのかね。ぬいぐるみの化け猫みたいに頭の毛をむらさき色に染めて生まれてない？　よくもまあ……おっとこれは言い過ぎました。駄目ですよ、帰っちゃ駄目。あくまで冗談ですから。で、当時あたしは向島の近くのとある下町に住んでおりました。これがまあ、大小の町工場とマッチ箱みたいな長屋やちっこい商店がごちゃごちゃとまぜこぜになった暑苦しい町でね。その町のね、まるよし酒店。そんな名前の小さな酒屋の裏の木賃《きちん》アパートの二階に住んでおりまして。木賃アパート。ね、懐かしいでしょ？　そう、これは木造賃貸アパートの略でございますね。

アパートったって今みたいな小洒落たもんじゃない。もう木造ってえくらいだから木でできてる。あたりまえですね、こりゃ。当時のあたくしの師匠が持っていたこの木賃アパートにただ同然で住まわせてもらっておりました。

ぎしぎしと階段をあがると廊下の向かい合わせに小さな戸が並んでて、昼間っから薄暗い。ええ、便所なんざもちろん共同ですよ。朝なんかもう、ラッシュだ。戸の外には新聞のたばだの、ベビーカーだの、どんぶりだのが置いてありまして。あたしの部屋はまんなかの階段を上がってすぐ左。隣には地元の工場に勤める電話交換手の娘さん、そのお隣は寒くなると焼き芋、暑くなると金魚売りの旦那。階段をあがって右、あたしの部屋のお向かいさんは大工さんで、そのお隣さんはちんどん屋のご夫婦。一番奥はね、タクシーの運転手さん。窓を開けると土手のむこうにはいっぱい工場の煙突が立っていて、年がら年じゅう煙を吐いてる。いったいせっせと何を燃してたんでしょうね、あれは。一人くらい人間を焼いてもわかりゃしない。でね、人形町の高座へは、川ぞいをチンチン電車で浅草へ出て。そこから地下鉄とまたチンチン電車を乗り継いで行ったもんです。もちろんクーラーなんぞございません。窓全開で扇子をぱたぱたぱたぱたぱた。ねえ、懐かしいことですな。

もうご存じのない方ばかりだと思いますが、人形町には昭和四十年代の途中に百年の歴史に幕を閉じた伝説の寄席、末廣《すえひろ》がございました。寄席の歌舞伎座と言われたほどしっとりした小屋で、通ごのみのいい寄席でしたねえ。

場所は玄冶店《げんやだな》。あの「粋な黒塀　見越しの松」のお富さんの舞台ともうしましょうか、人形町の交差点を水天宮の反対にちょいと歩いて「うぶけや」という粋なお店の隣にのぼりを並べて、ちょこんと建っておりました。うぶけや。これはね、鋏なんぞを売っているお店で今でもございます。うぶけってのはほれ、産毛のことでございます。まあ、なんともしゃれた名前のお店でございます。で、入口の左には縦に細長い入場券売りの窓口、入るとすぐ土間になっていて右に下足箱。ここにはこう、横に渡した木がありましてね。釘が打ってある。ハイヒールのかかとや靴なんぞをここにひっかけて並べてありました。中へ入るってえと座敷をぐるりと廊下がかこんでいて右はじが入口。寄席は全部桟敷席で畳のうえに座布団をしいて、お客さんがたは足をだらんとのばして聞いておりました。

混んでくると「お膝おくりを願いましょう」とか言ってね。つまり開いていた膝を閉じてつめてくれという意味なんですが、まあ早い時間ですとそんなことはまれでございます。反対にあんまり少ない場合はお席亭さんが出ていって「本日は入れ欠けとさせていただきます」なんてこともありました。つまりあんまりお客様がいらっしゃらないようなんで、今日はここらでお終いにしましょってなもんですな。もちろん木戸銭はお返しいたしますよ。

でもまあ、どんなにお客様が少なくても一人でもいらっしゃれば二番太鼓が入り、前座が上がります。お次の二ツ目、そして真打ちの何人かまでは手を変え品を変え、お一人様相手にこいつはいい修業の場だってんで次から次へと芸を披露するわけですな。困るのは色物の紙切り。紙切りは、お客様にお題をいただきまして、それをこうちょきちょきと鋏で切ってみせ、はいどうぞとお土産としてお客様に差し上げる。たとえば、東京タワーですとか亀とかね。いじわるなお客様になりますと、やれ象の上のノミだ、紅梅と白梅だなんてえ無理なことを言ってこまらせるわけですな。ま、それがお客様がお一人ですと、三枚も切ってもらうともうたくさんだ。もういいや、なんてね。これじゃ時間が余っちゃう。とにかく、お客様がお一人ってえのはまあ、気の毒なのはお客様のほうでございますね。なんせ一対一ですから。緊張するやら恥ずかしいやら、なんでもかんでも笑わないといけない。そのうち疲れて、憂鬱な気分になってくるわけでございます。

さて通のお方で、どんどんどんとこいの一番太鼓、つまり開場と同時にいらっしゃるお客様がおりました。ずうっとあとの贔屓の噺家が出てくるまでの間、前座、二ツ目の出番の時なんぞは寝っころがって足を組んで寝ちゃってる。つまりあたしどもの方には足の裏が向いているわけですな。ですからあたくしどもは足の裏に向かって頭を下げ、いっしょうけんめい話すのでございます。

これが、あたしらが「足の裏」と呼んでいたお客さま。

当時天井からは「その筋のお達しにより禁煙」と書いた張り紙が一杯ぶら下がっていたのですが、たまに足の裏の向こうからぷかりぷかりと煙が見えるわけで。それが見えると、あ、起きてるなと。まあ禁煙とは言いながら寄席の方でもタバコ盆をお貸ししていましてね。張り紙と張り紙の間に座ればお客さん、問題ありませんとか言う始末。おおらかな時代でありました。それはさておき、あたしら二ツ目なんざは今日も足の裏がきてるぞってんで、もうどうにかしてお客様を起きあがらせて顔を見てやろうとがんばるわけですが、持ち時間が終わってもまだ足の裏しか見えない。がっくりして、結局足の裏に向かって頭を下げて、お足がよろしいようで……いや、おあとがよろしいようでと頭を下げて帰ってくるわけでございます。実はね、出囃子の秋田おばこでおわかりでしょうが、あたしは東北の生まれでして。どうにもこうにも江戸弁を覚えるのに時間がかかりました。たとえば「まっすぐ」なんてえ言葉の「す」はすとつの間、「動く」の「う」はうといの間のこれまた微妙なイントネーションなんでございますね。何度、稽古をしてもうまくゆかない。おかげで二ツ目になるまでに人の何倍もの時間がかかりました。

落語家というものはお師匠を決めたらまず前座見習い。ま、これはだいたい一年ほどですか。それから前座。三年半から四年ほど修業して二ツ目になる。ここで十二、三年ほど修業をして真打ち。とまあこんな流れでございます。ところがあたしは言葉が駄目なもんですからなかなか師匠の許しが出なくて先にいかない。どんどん下からも追い抜かれていくわけでして、人の二倍の時間をかけて二ツ目になった時には二十五。あとから入った志ん朝なんざ、五年と七ヶ月で真打ち昇進、そのあとは飛ぶ鳥を落とす勢いのスピード出世ですから、ま、天才と凡人は生まれながらにして違うのでございます。あたくしはと言いますと、そんなわけでいつまでたっても足の裏に向かって話しているわけでございますな。でも若いということは素晴らしいものでございます。この時はまだ、なにくそこんちくしょうってんで、足の裏を笑わせるためにあの手この手のネタを考えて日々チャレンジをいたしました。いえ、今だって毎日がチャレンジです。ちゃんとやっておりますよ。本当です。その当時、テレビもだいぶ普及してはいたんですが、なんせ、貧乏人。あたしんとこはラジオぐらいがせいぜいでした。部屋にはお釜にやかんくらいしか金属製品はございません。殺風景なもんです。ま、地球にええことしてたわけで、エエコライフってやつですか、これがほんとの。……いや、何もそんなにわざとシーンとならなくても。

でね、あたしはわら半紙に墨と筆で、足の裏の絵をさっとかきました。それを自分の部屋の壁にね、ぺたんと米粒で貼って。綿のはみ出した座布団にこう座りまして暇さえあれば足の裏に向かって稽古をしました。こう話すとなんだがんばってるじゃねえかこいつ、という感動のストーリーに聞こえますがね、想像してごらんなさいって。いい年をした男が壁に貼った足の裏の絵に向かってぶつぶつ話したり笑ったり。これはもう、なんと申しましょうか、まぬけな絵でございますな。めざせ東大！　とか貼るかわりが足の裏でしょ？　一歩間違えたら危険です。それこそちょっと変わった宗教にも見えますな。

まあ、時間があれば毎日毎日そんなことをしておりましたわけでございます。あのサッカーのブラジル代表だってね、芝生の上にバスで乗りつけていきなり試合をするわけじゃあございません。何事もウォーミングアップってもんが大事です。それでね、高座の前に、壁ばかりじゃあなくて鼻から息をしてるもんに聞いてもらおうってんで、よし、お隣に住んでいる娘さんに一席聞いてもらおう、そう思いついたわけでございます。落語ってのはあくまで人様に聞いていただいてなんぼですから。

とある日曜日、あたしはとんとんとん。隣のドアを叩いた。

この隣に住む娘さんってのがね、年の頃が二十くらいのちょっと暗い子で。なんでも鐘ヶ淵あたりの大きな工場で電話交換手をやっているといううわさでした。工場とはいえ電話交換手ですよ。当時は女性あこがれの花形職業です。お給料だって悪いことはなかったはずなのに、なんでまあこんな小ぎたない木賃アパートに住んでんだろうってんで、近くの酒屋の店先の立ち飲みの連中の間じゃあ、よく話題になってたくらいです。というのもね、たまにその酒屋で一杯やっているとその娘に呼び出し電話が入ることがありまして。電話交換手のくせに電話持ってないってのもね、なんかふしぎな気がしますでしょ？　肉屋のくせに家で豚を飼っていないのが不思議な気がするのと同じです。あ、そんな気はしない？　ああ、そうですか。

まあとにかく、娘さん、なんともいえない暗い小さな声でぼそぼそとしゃべるんですな。しかも誰も笑った顔を見たことがない。それでね、あたしは練習台にはちょうどいいやって思ったわけです。いっちょう笑わせてやろうじゃないの。で、とんとんと戸を叩くってえと薄っぺらい板の戸がちょこっとあいて娘さんが顔を出しました。

「何かご用ですか？」

娘さんは小さな声でそう言うと警戒するようにあたしの顔を見ました。

「いえね、ちょいとあたしの噺を聞いてほしいんでさ」

「けっこうです。疲れておりますもので」

ばたん。それでおしまい。まあ、暗いと言ってもね、若い娘さんだ。こんな禿げ頭のじじい、いや、当時はふさふさの若者でしたけど、警戒するのは当然です。そこであたしは、裏の酒屋の旦那にかけあって、ちょいと店先で一席やらしてほしいとこう言ったわけです。まあ、小さい酒屋なんですが、入口のわきでちょこっと一杯やれるようになっている。今でいうレジのね、そのすぐ後ろがちっこい畳の部屋で。まあそこにあたしが座ってこっちむきに一席やろうってわけです。酒屋の旦那さんは、ああ、いいよ。このところ暇だからさ、と言ってくれました。

狭い商店街の道をはさんで向かいはぼろっちい長屋です。そこの住人は貧乏人ですからね、ライブで伝統芸能を聞く機会なんざ、一生ありはしません。それってんで縁台を抱えてじじもばばもぞろぞろ集まってきた。

いつもはね、足の裏に向かってしか話してはおりません。ひさびさにあたしも、相手は生きている本物の人間だ。もう、燃えたわけでございます。酒の樽をとんとんととんと誰かが木の棒で叩いてお囃子をやって、あたしが頭を下げるってえと、やんやの拍手だ。なんたって間延びした眉毛にかえるみてえな口。顔だけでバカ受けです。

こんな場所ですから出し物は「居酒屋」。ところがあたしが話すうちにね、段々笑いも減って、なんかこうシーンとなっちゃって。そのうち酔った職人とかがね、

「おいこらどこの出だ？　ここは東北の居酒屋じゃあねえぞ、しっかりしろ」

「これじゃあ江戸の居酒屋じゃねえや、エゾだ」

あっちでもこっちでも野次が飛んで、そっちの方がげらげら大笑いでうける始末。なんせラジオの落語で耳は肥えてる。野次だってハイレベルですよ。あんまり笑うもんだからかんじんのあたしの話なんて聞こえない。前で見ていた子供たちも、つまんねえや、おい、行こうぜとか言って。そのうち雨が降ってきました。みんなあわてて走ると、だあれもいなくなっちゃった。いやもう、気まずかったのなんのって。しょんぼり裏のアパートへ帰ったわけですが、階段の下で何気なく上を見上げると、二階の窓がぴしゃっと閉まりまして。あの電話交換手のね、娘さんの部屋の窓でした。まあ、あの時のなんとも言えないみじめな気分。忘れようとしても忘れられるもんじゃあございません。

あたくしの生まれ育ったところはと申しますと、人の数より動物の数の方がだんぜ

ん多い田舎でした。おや、こんにちは。ずいぶん日に焼けたねえ。そういって肩を叩いたら熊だったりとかね。ボンネットバスに揺られてくねくねと山を登って、はいここが終点。そこからさらに歩いて一時間ですからね。冬なんざ、雪で外にも出られない。だから子供の頃はね、ラジオで聞く落語がなによりの楽しみでした。

三遊亭歌笑。

残念なことに昭和二十五年に進駐軍の車にはねられて亡くなってしまいましたが、あたしはもうこの人の大ファンでね。歌笑の「純情詩集」を聞いては、小学生の頃はラジオの前でげらげら笑い転げておりました。

それである時、山の学校の学芸会で、あたしは生まれて初めて落語をやったわけでございます。もちろん歌笑の真似です。これがもうウケてウケて。まあ、子供ってのはね、何をやっても笑うもんです。何をしゃべってもみんなのたうちまわって笑う。しまいにゃあ息を吸おうと口を開けただけで爆笑だ。あたしは無口なね、今でいうネクラな子供でした。そんなあたしがまさか落語をやるなんて誰も思わなかったわけです。ひそかに好きだったミヨちゃんもぽろぽろ涙を流して笑ってくれました。もう、こうなると人生の絶頂ですな。聞いていた担任の先生があたしにこう言ったんです。

「お前は落語家になれ」

これが運命の分かれ道でした。なんせ子供ですからね、先生に言われたら、それが

もう全てです。家に帰って大いばりで母親に

「おら、落語家さ、なるだ」

青っぱなを垂らしてそう宣言したわけです。もう思いっきり頭を殴られましてね。

とにかく家は貧乏を絵に描いたような状態で、あたしが長男、その下に三人。それに寝たきりの爺ちゃんと物忘れのひどい婆ちゃんをあわせて八人暮らしでした。父親は出稼ぎで、営林署の仕事で木を伐りに出ております。冬の営林署の仕事はこの世の地獄です。出稼ぎに行くってことはですね、出稼ぎにいかなきゃ食えないほど貧乏って意味でして。どこの家もみんながみんな、出稼ぎに行っていたわけじゃございません。

「こんなにおどが苦労さしているってのにおめえって子は！」

とまあそんなようなことを言って泣きながらぼかすか殴られたわけです。あたしのあたまのここんとこがね、今でも少しへこんでいるのはそのためです。でもね、生まれて初めて人前でウケたわけですよ。忘れられるもんじゃあございません。あたくしの先生ってのがこれがまた落語好きで、何冊も落語の本を貸してくださいました。これでずいぶんと勉強いたしました。それから虎視眈々とひそかに計画を練っていたわけです。え？　虎の目にゃ見えない？　お前の目は猫の目だ？　ほっといてください。

それでまあ父親と一緒に初めての出稼ぎで東京に来て、上野駅から脱走したのは十

七の時。そのまま師匠のところへ転がりこんだわけです。

あたしはね、学校の先生から、日露戦争の時の戦友が向島で落語の師匠をやっているから落語をやるならそこへ行け、とか言われておりましたので、もう右も左もわかりませんがとにかく向島へ行ったわけでございます。

師匠の名前は小金亭馬勘。向島の師匠と呼ばれておりました。

人に道を聞き聞き、ようやくたどりつきますってえと、兄弟子がほうきで家の前をはいてる。こっちは世間しらずですから、すいません、弟子にしてけろ、とかいきなり言ったもんだから、なんだか変な奴が来たなってんで、ほうきであたしに向かって、落ち葉をさっさっと払ってそれでおしまいだ。これがほんとの門前払いってえ奴ですな。

それからずっとそこに座って家に入れてもらえたのは五日後です。なんたって師匠にしてみりゃ、鼻たれ小僧が家の前で野垂れ死んじまったら世間体が悪い。まあ、最後に温情で中に入れて飯を食わせてくれたわけでございます。

先生の名前を出しますってえと大変懐かしがりまして。よし、一席やってごらんと言いました。そこであたしは歌笑の純情詩集をやったわけです。これはもう何度もやっておりますから、なまりもいたしません。するってえと、師匠は、

「うん、なかなかいいじゃないか」

そう言いました。

「でもな、歌笑は新作だ。うちの一門の芸風じゃあないから他へお行き」

と、まあそうおっしゃるわけです。あとで知ったんですが、うちの師匠は江戸前の古典落語の第一人者。そもそも東北弁にとってはエベレスト級の敷居の高さだったわけでございます。知らないで来たとはいえ、あたくしにはもうどこへも行くところがありません。頼みに頼んでなんとか弟子入りを許されたわけでございます。それきり故郷へは帰っておりません。だいぶたってから手紙を出しましたけど返事は来ませんでした。ようやくね、前座になった時に母親から手紙が来ました。そこには「帰ってこい」だけしか書いてありません。帰ってこいったってねえ、みなさん。そんなに簡単に、はいそうですかってえわけにはいきませんよね。偉くなったら必ず帰るから、そう書いてはみるんですが、こっちはこっちで偉くならないから帰れない。そうこうしているうち、今度はね、弟が大きくなってそろそろ父親と出稼ぎに来る年頃になりました。いつかはね、偉くなったらみんなに頭を下げてあやまろう。許せ、弟。そう思うしかないあたしでした。それがようやく二ツ目になったばかりのことでございます。


あの大失敗に終わった雨の酒屋独演会の何日かあとのこと。あたしは師匠に呼ばれました。

「おい、お前、一席やってみろ」

師匠はあたしの顔を見るとそう言いました。あたしは、久々に師匠の前に座ると、師匠直伝の江戸っ子噺の「強情灸」をやりました。終わると師匠は煙草に火をつけて長いこと黙っておりました。そして、

「お前さんのやる気は十分わかる。わかるけどな」

そう言ってあたしの顔をじっと見つめました。

「どうにも訛りが抜けなきゃ噺家は無理だ。ずいぶん辛抱もしたろうが、お前もまだ若い。そろそろ考えて出直してみちゃあどうだい。盆には親の顔でも見がてら一度故郷《く》《に》に帰っておやり」

こう言ったのでございます。

上野駅の改札の人ごみで時計を見上げている父親の背中に手をあわせて走ったのは十七の冬。逃げたあたしに気づいて名前を呼ぶその声は、今でも耳に残っております。そうまでして入った落語の道です。今さら落語を捨ててくにへ帰るなんざ考えたくもない話でございます。その日は東京オリンピックのちょうちんの下がった浅草の一杯飲み屋で安い酒をしこたま飲んで酔いまして。

店はてえと仕事帰りのサラリーマンや職人さんが赤いお顔でみんな楽しそうに話し

てる。あたしは一人です。お客の東京弁を聞いちゃあぶつぶつとおうむ返しに口のなかでとなえるわけですな。毎日が研究。この期に及んでも、まだ必死です。そのうち、おいあの頭のへんな野郎うるせえぞってんで店を叩きだされまして。見上げると空にはお月さま。そんとき店のラジオからね、歌が流れてきました。

ハアーあの日ローマでながめた月が、きょうは都の空照らす。三波春夫さんの歌う『東京五輪音頭』。あれですな。お祭り気分の陽気なおはやしを聞いているとなんだかむしょうに悲しくなって涙がぼろぼろとあふれてきまして。えい、こんちくしょうってんで一軒また一軒。今度は三橋美智也さんの『達者でナ』が聞こえてきました。まだまだ帰れるもんかい。何が達者でなだ。続いて越路吹雪さんの『家へ帰るのが怖い』。

そうだ、その通り。帰れるわけがねえじゃねえか。と歌ったり泣いたりでもうべろんべろんになってもう次の日はなにがなんだかわからないほどの二日酔い。そのまま高座に出ますってえとまた足の裏だ。こっちはもう、えい、こうなりゃどうにでもなりやがれってんで、いきなり大声で「じゃんじゃかじゃあん!」と叫びました。するってえと足の裏の野郎、いや、足の裏さんがですね、こうぱたっと下におりましてひざこぞうさんになりまして。その日の演目は「替り目」。酔いも手伝ってあら不思議、訛りもとれてすらすらと話しますってえと、ごろんと背中を向けまして肘まくらでくつつと背中が揺れているじゃありませんか。

笑っているんですよ、背中で。

その日は背中に頭を下げましておしまい。楽屋に帰ると、おい、やったぜってなもんでして、一歩前進です。

さあ、どこがよかったのか部屋に帰ってあれこれ考え、壁に向かって稽古して、今度はシラフで高座にあがると全然うけない。ええい、こんちくしょうめってんで、またしこたま自棄酒を飲んで二日酔い。それで高座にあがって足の裏に向かっていっそう大きな声で「じゃんじゃかじゃあん！」とやりました。そしたらまた足がぱたっとおりまして。そいでもってごろん。で、また背中がくつくつくつと。なかなか顔まで拝めません。よし、こうなったらもっと飲んじめえってんでまた次は二日酔いでじゃんじゃかじゃあんの、ぱたっ、ごろん、くつくつくつ、とまあここまではよかったんでございますが、その後がいけません。

ひくひくひく。

なんだか妙な動きなんでございます。

ひくひくひく。

よく見ますってえと、えびぞって痙攣しているじゃありませんか。お席亭も飛んできて大騒ぎ。先生、寝っころがって食ってた団子が喉につまりまして救急車が出る騒ぎになったんでございます。せっかくねえ、ウケたと思ったのにほんとにもう。三歩進んで、二歩下がる。チータの三百六十五歩のマーチみたいな毎日でした。

そんなある日、あたしはまた師匠に呼ばれました。

「おい、お前さんなんでも深酒して高座に上がっているそうじゃあないか。酒を飲むのがいけねえわけじゃあないよ。でもな、そんな心がまえで真打ちになれるとでも思っているのかい。落語を馬鹿にするのもほどほどにおし」

と、大目玉をくらってしまったのでございます。次にしらふで出かけていったらまた、最後まで足の裏のままでございます。頭を冷やして考えてみれば確かにそろそろ潮時かもしれない、あたしはそう思ったのでございます。心のどこかじゃわかっていたんですな。どうやっても言葉だけはどうにもならない。子供の頃、みんなの前でウケにウケたあれがなきゃなあ。落語に限らず、人様を喜ばせる仕事ってのはそういう魔力があります。いっぺんでもウケたらもうやめられない。こうして二ツ目になったはいいが、結局ここ止まり。そしてついに師匠が、

「かわいそうだが、あといっぺん高座にあがったら故郷《くに》にけえんな」

そうあたしに言ったんでございます。

「そのかわりな、心残りのないように、精いっぱい演《や》るんだよ」

師匠の目には涙が光っておりました。落語が好きな気持ちは誰にも負けない。師匠

はあたしのそんな気持ちは百も承知の上で、心を鬼にして言ってくれたわけです。何をするにもまだやりなおしのできる歳でしたから。

「どうも、お世話になりました」

あたしは深く頭を下げました。本当は急行の出世列車で故郷に帰りたかったがかないませんでした。今度の日曜日に高座を下りたら、その足で上野へ行こう。そしたら鈍行でゆっくり故郷へ帰ろう。チンチン電車を降りて、長屋の路地を歩くと、どこかのラジオで落語をやっておりました。それを聞いて子供も大人も、みんな声をそろえてげらげら笑っている。

ああ、もう一度……。

みんなを笑わせてみたかったなあ。

あたしはしばらくそこに立ってじっと笑い声を聞いておりました。

部屋に戻るとあたしは荷物を整理しはじめました。荷物たってたいしてありはしません。東京へ来て八年。そう思ってふと目をあげると、壁にはわら半紙の足の裏。あたしはしばらくそいつを見つめてからはがしました。

あとには何にもない薄汚れた壁。この壁のむこうに続いているはずだった華々しい世界にはついにたどりつけませんでした。

次の日、部屋をきれいに掃除したあと、アパートをまわってみんなにお別れを言ってまわりました。もちろん酒屋さんもです。

「そりゃあ残念だな、まだ若いんだから何とでもなるさ。また東京に来たら寄ってくんな」

皆さん口ではそう言ってくれましたが、きっと憐れむ気持ちの方が強かったんでしょうね。誰ひとり目を合わせようとはしませんでした。

「明日の日曜日、人形町で最後の高座を務めさせてもらいます」

一応あたしはそう言いました。どうせそんなこと言ったって、みんなくるわけはないんですが。あ、そうだ。お隣にもひとことご挨拶を、てんで例の電話交換手の娘さんの部屋をとんとん、と叩くとしばらくして、ちょこっとだけ戸があきました。

「何か、ご用ですか」

いつかの時のように娘さんが少しだけ顔を見せました。あたしは手短かに事情を説明して明日最後の高座です、それじゃお元気で、と頭を下げました。

「そうですか。それはどうも。さようなら」小さな声でそう言って

ばたん。

戸が閉まりました。

これでさっぱりしたな。自分の部屋へ入ろうと歩きかけたその時。

「あの」

娘さんが戸を開けて、顔を出したんでございます。

「は？　なんでしょうか」

あたしが言うと、娘さんは、お茶でもいかがですか、と言いました。あたしはもうびっくりしまして。それで娘さんの部屋にのこのこ入れてもらったんでございます。

「すみません、散らかっていまして」

娘さんは小さな声で言うと、あたしに背を向けて殺風景な流しでお茶の支度をはじめました。散らかっているったってねえ。そこはもう、あたしんとこに負けないくらい何もない部屋でした。散らかりようがありません。いくらなんでもはたちぐらいの娘さんですよ、花のひとつもあっていいじゃありませんか。それがほんとうに粗末な小さなお仏壇がひとつだけ。布団はすみにたたんであり、部屋にはわずかな洋服がかけてあるだけです。小さなちゃぶ台の上には読みかけの本が一冊だけ置いてありました。それも見たところ貸本だ。娘さんはあたしの前にお茶を置くと、

「どうぞ」

どうぞ、と言ったきり、自分のぶんはない。つまりお茶碗はひとつしかないわけです。

「それじゃいただきます」

茶碗を両手で持つってえと、白湯かと見まごうばかりに薄いお茶。

「落語、やめてしまうんですか」

娘さんはぽつりと言いました。

「ええ、まあ。いろいろありましてね、ははは」

あたしはもう笑うしかない。すると娘さんは、

「ごめんなさい。暑いですよね」

そう言って窓をあけました。窓の外の夏の空には入道雲。そこを小さな飛行機が飛んでおりました。あたしたちは何もしゃべらず、ただそれを見ておりました。話す話もありません。チリリン……。どこかで風鈴が鳴ったのを潮時にあたしは、ごちそうさまでしたと、頭を下げました。娘さんは帰ろうと立ち上がりかけたあたしに、また

「あの」

と言いました。なんだか変な娘だな、いいかげんあたしはそう思いはじめておりました。すると、娘さんは小さな声で、

「いつも聞いておりました」

「え、何をです？」

あたしがまぬけな顔で聞くと、

「そちらでしゃべっていらっしゃるお声を、いつも壁ごしに聞いておりました」

あたしは自分の部屋のほうの壁を見ました。あたしの部屋と同じ、なんにもない灰色の壁でした。ああ、壁ごしにあれを聞かれていたのか。あたしは恥ずかしくて下を向きました。娘さんは、「ごめんなさい」そう言って頭を下げました。

「いや、何もあやまらなくったって、こっちの方こそでかい声を出してしまって」

と頭をかくと、

「いえ、そうじゃなくて」

目を伏せました。近くで見ると、娘さんはまつ毛の長い、結構な器量良しでした。

（え……もしかして、あたしの落語のことを、この人は）そう思った瞬間、娘さんはあたしの顔をまっすぐ見て、

「ごめんなさい、あなたの落語、一度も面白いと思ったことがありませんでした」

と、言ったのです。

あたしは思わず、茶碗を乱暴にちゃぶ台におきました。そんなことをわざわざ言うために呼び止めたのかい。それじゃあんまりだろう。あたしはもう、くやしくってくやしくって、何も言わずに立ち上がりました。そしてあとも見ずに部屋を出ると後ろ手に乱暴に戸を閉め、自分の部屋に飛び込みました。なんだよ、こんちくしょう。どいつもこいつも馬鹿にしやがって。東京ってところは……。くやしくて涙がどんどんあふれてきました。あぐらをかいてひとしきり泣くと、

とんとん、とんとん。

小さく戸を叩く音がします。あたしは黙って目をつむっておりました。すると、戸の板ごしに娘さんの小さな声がしました。

「私、電話交換手をしておりまして人様のお声を聞くのがしごとです」

へん、何を言おうってんだ。あたしはもう何も聞きたくありませんでした。娘さんは続けました。

「電話交換手ですから、声を聞いただけで、相手の方が今どんな気持ちなのか、ある程度わかります。イライラしている方、機嫌の良い方悪い方。あわてている方。困っている方」

娘さんのぼそぼそと話す声は板ごしに淡々と響いてきます。あたしは顔をあげました。

目の前の壁。

あたしがこの壁に向かってしゃべっているとき、お隣の娘さんは……。

「どうか、怒らないで聞いてください」

娘さんは少し声を大きくして言いました。

「落語をやっている方にこんなことを言うのは大変失礼なことだと思うのですが」

そして、最後に娘さんはあることを言ったのです。

「……そうしてみたらどうかと思うのです」
娘さんは最後にもう一度「ごめんなさい」と小さな声で謝ると、自分の部屋へと帰っていきました。あたしはしばらく娘さんが言った言葉を頭の中で、繰り返しました。でも腹の虫はおさまりません。なんでえ、素人のくせに。何がわかるんだ。

最後の日は朝から空の様子が変でね、末廣に着く頃には土砂ぶりになりました。こうなると雨やどりのお客さんぐらいは来るんじゃないか、そんなことを楽屋で話していますってえとだいぶ遅れて二番太鼓が鳴りました。お、今日は足の裏の奴来てるかい。そんなことを言ってまずは前座が出て行きました。

ここも今日で見納めか。
あたしはいつまでも覚えていよう、そう思って楽屋を見まわしました。楽屋と言ってもあたしら下っ端は御簾のこっち側、太鼓や下座の太鼓部屋でございます。高座をはさんで向こう側が本当の楽屋。冬なぞ、こっちは火鉢ひとつありません。夏は暑く、冬は寒い。故郷《くに》を出て八年。ここがあたしの最後の思い出の場所でございました。

しばらくして前座が下りてまいります。いよいよ最後の一席です。
出囃子に乗って出て行き頭を下げ、顔をあげるってえと、まず目に入ったのは足の裏。

ところがいつもと違って、そのまわりには、酒屋の店主をはじめ、あの日帰ってしまった長屋の連中もちらほらいるじゃあありませんか。

「よっ、待ってました!」

酒屋の店主が両手を口に添えて叫びました。みんな一斉に拍手をしてくれました。向かいの大工、ちんどん屋の夫婦に金魚売り、写真館の老店主までカメラをかまえています。あたしは思わず目がしらがじんと熱くなりました。

「しょうがねえ奴だな。へたくそ」

そんなことをいいながら、きっとみんな陰じゃあたしを応援してくれてたんですな。

電話交換手の娘さんの言葉だって考えてみりゃあ、あたくしのためを思っての言葉だ。よし、最後はあの娘さんが言った通りにやって終わりにしよう、あたくしはそう思いました。

あたしは大きく息を吸うと「じゃんじゃかじゃあああん」と言いました。

すると……。

たったそれだけなのにね、みんながげらげらと笑ったのです。そして足の裏がぱたん、と降りるとむっくりと起き上がりました。そいつの顔は……まるで足の裏みてえにのっぺりとした顔に、足のしわみてえな細い目。つまり初めて見た足の裏の顔はなんのことはない、また足の裏みたいな顔だったってわけで。それからあたしは娘さんに言われた通りにしゃべり続けました。もうやんやの喝采と笑い声。足の裏も魚の目みたいな口で「おほほほ」と笑っております。

娘さんはあの時こう言ったのです。

「壁ごしの声はいつ聞いても早口で、何が何だかわかりませんでした。お客様の中には、早く要件を言おうとせわしない方がいます。そんな時は何を言っているのかわからないことが多いんです。だから……うんとゆっくりおやりになったらいかがでしょう」

うんとゆっくり。

たったそれだけのことでした。

そうです、あたしの売りのこのだらだらと間延びをしたしゃべり方。こいつはね、その時生まれたのでございます。あんまりだらけているもんだから、間が長すぎちゃってお客の方が勝手にずっこけちゃう。ゆっくりだから言葉のなまりもよくわからない。それまでのあたしは言葉を江戸っ子っぽく粋なかんじでしゃべろうってんで、一生懸命早くしゃべっておりました。それがうんと間延びをさせたら……きっとこの眉毛のうんと離れてかえるみたいに口の大きい、のんきな顔にぴったりマッチしたんでしょうな。

ふと見るってえと、桟敷の隅の柱のところに、あの電話交換手の娘さんがおりました。娘さんはやや前かがみでね、膝に手をおき、こう心持ち首をかしげた恰好で目を閉じておいででした。

ああそうか。

きっとこの人はこんな恰好で頭にヘッドホンを載せてね、お客様の声をじっと聴いては毎日毎日穴だらけの機械の壁に向かって線をさしたり抜いたりしているんだな。と、その時あたしは思ったわけです。

そして、仕事から帰って本を読んでいると、壁の向こうからあたしの声が聞こえてくる。そうなるとつい仕事のくせで、あの灰色の壁にむかって少し前かがみに座り、本を膝に置くと、じっと目を閉じて首を傾げ、来る日も来る日も、面白くもおかしくもないあたしの話を聞いていたに違いありません。

いらいらしている日もありました。むかむかしていたり、怒りで震える日もありました。そんなあたしの気持ちも他の誰よりも読み取りながら、この人はいつでも聞いていてくれたんでございます。そして心のどこかであたしのことを心配してくれていたのかもしれません。

「ゆっくりおやりになれば面白いのに」

いつでもそう思ってくれていたのに違いありません。

久々に聞く笑い声です。

目の前はいつか、あの山の中の小学校に変わっておりました。きたない板の間のすみに椅子と机をよせて、みんな体育ずわりをして。鼻水を垂らして、ほっぺを赤くした友達が大勢すわってげらげら笑い転げております。先生もおります。ミヨちゃんも笑っております。父も母も、祖父も祖母も。弟も妹もみんなおりました。あたしはというと机を並べて作った高座に座布団しいて。みんなおなかをかかえて、おかしそうに笑っております。しまいにはあたしが息を吸おうと口を開けただけで、みんな笑い転げて……。

ふと見ると、あの電話交換手の娘さんがわずかに微笑みを浮かべておいででした。みんなが笑うたび、少し遅れてくすりと笑う。笑うとえくぼができることをあたしは発見しました。

「おあとのしたくがよろしいようで」

あたしが畳に額をこすりつけますってえと、いつまでも拍手が止みません。

「よし、よくやった！」

足の裏が両手を口に添えて、大きな声で叫びました。きっとこの人だってね、ずっとずっとあたしを応援していてくれたに違いありません。不覚にもあたしの目からは涙がぽろぽろと落ちて畳を濡らしました。人様を笑わす商売の噺家が泣いてちゃさまになりません。長いこと頭をさげていて、ようやく顔を上げると娘さんの姿はどこにもありませんでした。

「よかったよ、おい。うけてたじゃないの」

楽屋に戻るとあたしの後の連中や下座の人もみな拍手をしてくれました。あたしは涙を見られないようにあわてて着替えると、急いで楽屋を走って出ました。末廣の外はすっかり雨が上がり、青い空にもくもくと夏の雲がわいておりました。きょろきょろと娘さんの姿を探しましたがどこにもおりません。人をかきわけかきわけ、走りますってえと、しばらくいった都電の停留所に電話交換手の娘さんがうつむき加減にぽつんと立っているのが見えました。その横顔はいつもの暗い顔でした。何かきっと大きな悲しみをかかえていたんでしょうね。娘さんはあたしが走ってくるのに気がつくと、少しだけ頭を下げました。

「あの、かき氷でも一緒にいかがですか」

はあはあと肩で息をしながらあたしがそう言うと、

「ごめんなさい。これから約束がありますもので」

小さな声でそれだけ言うと、やってきた都電に乗りこみました。若い娘にしては地味なワンピースはきっとどこかの古着屋で買ったに違いありません。肩に下げたバッグのはじっこだって少し擦り切れておりました。あたしはその後ろ姿に頭を下げました。あの後ろ姿だけは何十年たった今でも忘れられません。都電がチンチン、と発車のベルを鳴らして走り去り、街角をまがって見えなくなっても、あたしはいつまでもそこに立って見送っておりました。遠くで聞こえる電車のベルが、いつか娘さんの部屋で聞いた風鈴の音に聞こえました。

人形町の末廣。今はもうあとかたもありませんが、末廣のあった場所に立つビルの歩道には『末廣の碑』と書かれた小さなプレートが埋まっております。そう、それは足の裏で隠れそうな小さなプレートでございます。

最近ね、うちの古女房と買い物ついでにここを通りかかりまして、あ、ここだって。女房ですか？　ええ、ご存じのとおりあたしは恐妻家でね。なんでもお見通しだから悪いことはひとつもできない。地獄耳ってやつですな。ま、仕方ありません。なんたってうちの奴、耳がいい。

若い頃は電話交換手でしたから。

緑のおじいさん

「起きなさいつよし！　遅刻するわよ！」

お母さんの声でぼくが目をあけると、見覚えのない天井に四角いでんきのかさがあった。

ここはどこ？

たしかでんきのかさは丸くて、よれよれのコードがのびてたはずなのに。しばらくぼっとしていてそれから横を見ると、窓の外には工場の煙突のかわりに、なんにもない青い空が広がっていた。ああ、そうか。ぼくはおととい、団地にひっこしてきたんだ。北たまぐんひがしくるめ町のひばりが丘団地。ここが東京のどこいらへんにあるのか、ぼくはまだよくわからない。きょうからぼくは四年生だ。目をこすりながらおきると、部屋のすみに四本の足がついたぴかぴかのテレビがあった。これでぼくはかんぺきに目がさめた。なんたってこれははじめて家にきたテレビなのだ。スイッチをつけてみるとブン、という小さな音がして朝のニュースが映った。どこかの工事げんばの画面だ。

『昭和三十九年十月にむけて、今、国立競技場の工事は急ピッチで進んでいます。聖火台の完成はもう間もなくとの事で……』

半年後の東京オリンピックのニュース。つい見てしまうと、またお母さんの声がした。

「つよし！　何してんの、早く顔を洗いなさい！」

あわててテレビを消すと、台所、いや、お母さんが「だいにんぐきっちん」と呼んでいたおへやにねまきのままいってみた。お母さんは、かみの毛にくるくる丸いつつをまいてピンでとめ、フライパンでなにかやいている。

新しいおうちは２ＤＫというのだと、お母さんから教えてもらった。ＤＫは「だいにんぐきっちん」なんだって。めがねをかけたお父さんは、ぴっちりとかみの毛をわけ、ワイシャツ姿でしんぶんを読みながらテーブルでパンをかじっている。引っ越しの日、お父さんは、ちゃぶだいでご飯にみそしるのくらしはもうやめだ、わがやも今日から団地族だからな、と言ってうれしそうに笑っていた。大人のあいだでは、団地に住む人のことをやっかみはんぶんに団地族というらしい。やっかみはんぶんの意味はぼくにはよくわからないけど。

「おはよう。遅いじゃないか、つよし」

「あれ。お兄ちゃんは?」

「もう学校に行ったよ。お前もさっさと着がえなさい」

お兄ちゃんは野球部のピッチャーだ。こんどの中学は野球が強いんだと、はりきっている。ぼくはお父さんのイスのすぐ横にある小さな洗面台で顔を洗った。さいしんしきの団地のお部屋というものは、なぜかこんなところに洗面台がついているのだ。顔をあげると鏡にぼくの顔が映った。坊ちゃんがりでまるい顔。目も口もまゆげもどこかしまりがない。小さい頃から、どうしたの? 坊や、とよく言われた。ぼくは泣きそうな顔に見えるのだそうだ。そんなわけで、ぼくは自分の顔がきらいだ。

それからトイレに入った。便所じゃない。トイレだ。こんどのトイレは座るところがあって、水が流れる。最初に使ったとき、水がとまらなくてこわれたのかとおもって、ぼくはこわくなって泣いてしまった。だって引っ越してきたときお母さんが『入居のしおり』というのを読んで、トイレをつまらせると大工事になるのよ。だから気をつけなさいね、と言ったのだ。壁には、ひとが座った絵がかかれた小さなプラスチックのせつめい書が貼ってある。「洋式便器は、背を向けてお座りください。綿、新聞紙、吸殻等は絶対禁物です」ぜったいと言われると、ぼくはほんとにこわい。

パンを食べて着替えると、ぼくはランドセルをしょって玄関に行った。

玄関には新しいズックがあった。それをはくとドアを開けた。前は木の戸だったけどここは違う。がんじょうな鍵とのぞき窓のついた鉄の扉だ。

「いってきまあす」

声をかけて、外に出ると、がしゃんと大きな音がしてぼくの後ろでドアが閉まった。どこか遠いところで踏切のけいほうきが鳴っている音が小さく聞こえている。ぼくはしらない世界に一人、放り出されたきぶんになって急に心細くなった。ここは四階だ。前に住んでいたところでは、まわりで四階以上のたてものは浅草のデパートぐらいだった。見おろすと、コンクリートの階段が下へ続いている。

鼻水をたらして家まで迎えに来てくれた太一も次郎も、もうここにはいない。

階段の下でぼくを待っていたのは知らない子どもたちと川野真理さんだった。

川野さんは、ぼくの向かいに住む女の子だ。引っ越してきたその日に両親とあいさつに行った。うちのドアをあけると、目の前のドアが川野さんちだ。

川野さんは、毛玉ひとつないカーディガンにきれいなスカートをはき、丸帽子のゴムをあごにきちんとかけてランドセルのベルトを胸の前で握り、足を少しひらいてしっかりと立っている。目は、はじっこがちょっとつりあがっているけど、いっけん、かわいい子ちゃんだ。半ズボンにシャツを入れながら下りてきたぼくを目を細くして見上げると、川野さんは大きく息を吸って、きかん銃みたいな早口で言った。

「遅いわよ！　集合は五分前。皆に迷惑をかけないよう明日からもっと早く下りてくること！」

それからこしに手をあてると、川野さんは登校班の子供たちにむかって、ぼくを指さしながら、てきぱきと説明した。

「今日からこの登校班に入る小林つよしくん。私と同じ四年生。みんなも仲良くするように」

言い終わると、それでは出発します、と列の先頭に立ってずんずんと歩き始めたのだった。ぼくはとにかく遅れまいとランドセルの中身をがちゃがちゃ鳴らして列の後ろをついていった。一年生の男の子が二人、二年生の女の子が一人。三年生の男女がそれぞれ二人。五年生以上はいないので川野さんがリーダーだ。列の先頭を元気に歩く川野さんの帽子の下からお下げのかみが肩の上でぴょんぴょんと跳ねている。

（やっぱり予感は当たったのかも）

おとといい川野さんちをたずねた時、川野さんはどうぞよろしくと、今思えばよそ行きの声を出していねいに頭を下げた。その後、お母さんのかげからじっと観察するようにぼくを見て、にやりと笑ったのだ。いや、そんな気がした。なんだか、ねこがねずみを前に、舌なめずりをした、そんな顔にぼくには見えた。

（なんだか嫌な予感がするぞ）

初めて会った時、ぼくはそう思ったけど、それはどうやら当たりのようだ。ぼくの悪い予感はよく当たる。でも、ざんねんながら当たるだけでいつもさけられないのだった。川野さんは急に足を止めるとふり返った。

「あのね、鼻水を肩やそでで拭かないように。ふけつですから」

今まさに拭こうとしていて、ぼくは鼻を肩につけたしせいでかたまった。

（何故わかったんだろ？）

また歩き出した登校班の後ろを、ぼくは足をもつれさせながら歩き出した。

みわたすかぎり、まわりはどこも団地だった。

そこらじゅうから見たことのないほど大勢の子供たちがぞろぞろと列を作って合流してくる。この団地には九千人近い人が住んでいて、去年一年間だけで赤ちゃんが五百人ほど生まれたのだとお母さんが言っていた。

なんだか生あたたかい風が吹く日だった。川野さんのあたまごしに見上げた空には、春のねずみいろの雲が広がっていて、その下にはぼくにとってたまらなく良くないことが待っている予感がした。

団地の中の真新しい道を十分ばかり歩くと、道は、トラックや自動車がはしる、少し大きな道路につきあたった。ティー字路というやつだ。なぜティーというのかぼくにはわからない。こっちのまっすぐな道の前にもう一本の道が真横にぶつかったばあい、ティーの字だと横の道がみじかいかんじがしてぼくは変だと思う。お兄ちゃんに話したら、そんなことはぜんぜんないと言われた。とにかくそのティー字路には信号機が一個あって、横断歩道の向こうは、新しい学校の正門だ。学校も団地と同じてっきんコンクリートで、前に通っていた木の校舎とはぜんぜんちがう。花を咲かせている桜の木はふとくてりっぱで、きっとこれはどこかから持ってきて植えたんだろうね、と引っ越しの日にお父さんが車の中から見あげてそう言った。

左右の車が横断歩道の手前で止まる。僕らに向いている信号は青だから渡れるはずなのに川野さんは足をとめた。まわりの子供たちも全員とまった。

（え、なんでとまるんだろ）

ぼくは列の後ろからのびあがって前を見た。

道路をわたった横断歩道の向こう側に、こっちを向いてひとりのおじいさんが立っていた。地下足袋をはいた足もとは、黄色と黒に塗りわけられた台、つまり台に載っているのだ。そして赤い旗のついた木の棒をななめ上に上げ、旗には白い字で「トマレ」と書いてある。下に降ろした反対の手には緑の旗の木の棒。なんだか使い込んだ大工さんのどうぐみたいなこげ茶色で、鈍く光っている。

ぼくの目はおじいさんにくぎづけになった。

桜の花びらが、おじいさんの汚いジャンパーや、緑色の毛糸のぼうしの上に落ちてくる。ぼうしには「交通安全」と書かれた黄色いはちまき、そして肩からななめに水筒、腰のベルトには小さなかばんのようなものが並んでくっついている。陽に焼けた黒いしわだらけの顔の中でぎらぎら光る、するどいタカのような目。ぼくにはその目がぼくを見つめている気がしてならない。とても嫌な予感がむくむくと胸の中にわき上がる。

道ではトラックやオート三輪がさっきからずっと止まっているのに、おじいさんは厳しい目でなんども左右を見て、本当に車が止まっていることを確かめた。そして、「ワタレ」と書かれた緑の旗をさっとあげると、おじいさんは歯のない口を開けてしゃがれた声を張り上げたのだった。

「わたれええ！」

みんな追い立てられるように早足で横断歩道を渡った。ぼくも転ばないようにあわてて小走りにあとを追う。おじいさんの脇を駆け抜けてそのまま門を入ると、すぐに「とまれえええ！」とうしろで声がした。それはそうだ。青なのにあんなに長く止まっていれば、すぐ赤になるに決まってる。

校門に入るとぼくはなんだかほっとした。川野さんと登校班の子たちは、校門に入るとばらばらになった。ぼくのことなど忘れたようにすたすたと歩く川野さんの背中に、ぼくは思いきって声をかけてみた。

「あのう、川野さん」

川野さんはくるりと振り返ると、目を細めた。

「何か？」

「あのおじいさんは誰？」

「緑のおじいさんよ」

ぼくの言葉が終わりきらないうち、川野さんはそう答えてさっさと歩き去った。

（緑のおじいさんだって？）

緑のおばさんは知っていたが緑のおじいさんなんて聞いたことがない。ぼくは門を振り返った。すると……緑のおじいさんが「トマレ」の赤旗を上にあげたまま、肩ごしにぼくを見つめていた。そして、怒鳴ったのだ。

「ぐずぐずするな！　すみやかに、教室へ」

びっくりしてぼくは走り出した。なんという町なのだろう、ここは。ああ、なんだか胸がどきどきする。これがぼくと人間信号機、〝緑のおじいさん〟とのはじめての出会いだった。

ぼくは前もってお母さんに言われていたとおり職員室へ行き、先生の前でしばらく椅子に座っていた。先生はぼくに背をむけて、机に座り、かりかり音をさせて何か書いている。

ぼくは職員室を見まわした。

場所がかわると、おんなじ職員室でもなんかふんいきがちがう。ぼくのいた墨田にくらべると、なんとなく女の先生もきれいに見えたし、男の先生も若くてこざっぱりして見える。もちろんそれはたてものが木じゃなくてあたらしいからということもあるのかもしれない。

「じゃ、行こうか」

先生はふり返るとそう言った。菅谷《すがや》、という名前のおとなしそうでインテリっぽい顔をした若い男の先生だった。

学校は木の匂いがしない。湿ったコンクリートの匂いがする。床も板ではなく、つるつるとしたタイルのようなものだった。

「ワックスをね、かけたばかりなので」

廊下は走らないように、と菅谷先生は静かな声でいうと、教室の戸の上にはさんである黒板消しをひょいと、手ではずし「じゃ、小林君おいで」と言って中に入った。

四年五組、そう書いた看板が頭の上にでっぱっていた。

「起立！」

いっせいにみんなが立ち上がる。号令をかけたのは見覚えのある女の子だ。

（あ、川野さん？）

川野さんはぼくを見もせずに大きな声をだした。

「礼！」

「先生、おはようございます！」

元気な声でみんなは先生に一斉に頭を下げた。続いておたがいに頭を下げた。

「みなさん、おはようございます！」

ぼくの学校ではただの「おはようございます」だったけど、こっちでは二度やるようだ。みんなが座るのを待って先生は黒板に大きく、小林つよし、と書いてくれた。

「今日からみなさんの仲間になる小林つよし君です。では小林君、自己紹介をしてください」そう言ってぼくの肩をぽんと優しく叩いた。

自己紹介をするとは聞いていなかった。ぼくは下を向いて立っていた。みんなの目がこっちを見ているのは見なくてもわかる。九年間の人生の中でこんなに大ぜいの注目を浴びることなんてなかった。しかもみんな知らない土地のあかの他人だ。すごくきんちょうすると、ことばが出てこないものなのだということをぼくは初めて知った。

「……えと、小林つよしです」

だいぶたってから小さな声で名前だけつぶやき、ぼくはまた下を向いた。顔をあげていることがはずかしくて、つらかった。すごく長い沈黙。どこかでオルガンが鳴っている。はるがきた、はるがきた、どこにきたとかわいい歌声がきこえてきた。たぶん一年生だ。

「小林君はどこから来たのかな」

先生が助け舟を出してくれた。それなのに、ぼくは「墨田」という名前が出てこなかった。

「す、す」と言って首をかしげたぼくを見て、誰かがぷっと吹き出した。そっと顔を上げるとあちこちでみんな下を向いて笑いをこらえている。おそるおそる川野さんを見ると、教科書を開いて何か読んでいた。ぼくのことにはもう興味がないように見える。それはそうだ。この中でただ一人、ぼくが誰で、どこから来て、どこに住んでいるか、もう知っているのだし。いつまでも黙っているぼくのことを、先生もあきらめたようだ。ぼくの肩に手をおいて、かわりにぜんぶしゃべってくれた。

「小林つよしくんは、墨田の小学校から、お父さんの仕事の関係でひばりが丘団地に引っ越してきました。慣れない土地でわからないことも多いと思います。みんな、仲良くするように」

「はあい！」

大きな声でそう答えるとみんなはいっせいに拍手をしてくれた。そして、ぼくがすわることになった席は、川野さんのとなりだった。


ああ、またいる。

下校のときにも緑のおじいさんは黄色と黒に塗りわけた台の上に立っていた。信号が青なのに「トマレ」の赤い旗はあがったままだ。そして何が気になったのか、ついに旗が緑にはならなくて、信号も赤にかわってしまった。

おじいさんのいるばしょは、ここにきまっているらしく、朝は横断歩道の向こうにいたのだけど、帰りはあたりまえだけどぼくらのすぐ横にいる。ぼくは、おじいさんのななめ後ろで息をころしてじっと信号が変わるのを待っていた。すると緑のおじいさんは、旗を上げて前を見たまま、

「見慣れない顔だな。転校生か」

と、背中で聞いたのだ。

（なんで自分のことを覚えてるんだろ）

ぼくが何と答えようかあれこれ迷っていると、いらいらしたように
「さっさと答えんか」

と言った。そしてぼくが答えようとして、ええと、と言うのとおじいさんが緑の旗を上げて、わたれええ！　と叫ぶのはほとんどいっしょだった。そして朝と同じく急かされるようにまわりの子たちと一緒にぼくは小走りで横断歩道をわたった。わたり終わると、なんだか顔が熱くて、あたまがくらくらした。

ぼくはその晩から熱を出して、三日間も学校を休んだ。風邪をひいたのだ。

お母さんが赤いゴムの水枕に氷を入れて手ぬぐいを巻いてくれた。そこにあたまをのせて、さらにひょうのうをおでこにのせると冷たくてきもちがいい。ぼくはずっと寝ていた。毎日、学校の帰りに川野さんが給食のコッペパンを持って家に来た。お母さんは、「しっかりとしたいい子ねえ」と、かんしんしていた。川野さんは学級委員長で、成績もすごくいいのだとむかいのお母さんから聞いたのだそうだ。だから川野さんと同じクラスということでお母さんはすごく安心している。

（たしかにしっかりはしてるけど……）

みんなが学校で勉強している時間にふとんの中で一人で寝ていると、団地中でおふとんを叩く音がバンバンとひびきだす。あっちでもこっちでもおふとんを叩きだすと、クラスのみんなに、よってたかってなにかをぶつけられているへんな夢を見た。

汗をびっしょりかいて目をさますと、学校に行くのがゆううつな気分になってきた。

こんなきもちははじめてだった。やっぱり団地はなじめない。でも、お母さんが言うには、団地はみんなのあこがれのまとなんだそうだ。今まではお父さんがつとめる時計会社の「もくぞう平屋建ての社宅」だったけど、本社しけんというものにお父さんがうかって会社が遠くなったので、お父さんとお母さんはいっしょうけんめい公団の抽選におうぼし続け、運よくあたったのだった。この団地は、できた時に皇太子ご夫妻も見にこられたのだそうだ。お店はもちろん、野球場、テニスコート、図書館まであるウルトラ団地だ。ここにはドブ板のある路地なんてない。かわりにアリの巣みたいに上から下まで階段でつながっている。

ああ、やっぱりぼくは墨田にかえりたい。

登校一日目にして熱を出したぼくは、とにかくきぶん的に出おくれた。そればかりじゃない。久々に登校してみると、たぶん窓からぼくを見てだれかが書いたのだろうか、黒板には大きく「小林よわし」と書いてあった。それを見た時、ぼくは怒るというよりなんだか悲しい気持ちになってしまい、消すだけの元気がでなかった。ぼくはそれを見ないように下を向いてその前をとおり過ぎ、小さくなって席についた。まわりでくすくす笑う声がする。たったの三日だったけど、この三日は大きかった。勉強も前に進んでいたので、そのぶん授業が終わると川野さんにいろいろ教えられるはめになった。その時間の苦痛なことといったら……。

わら半紙に鉛筆で書いた答えを、何度も消しゴムで消して書き直すと、紙が破れた。「前の学校は程度が低かったのかなあ。ねえよわしくん」とか「わかった？　よわしくん」とか、川野さんは何か言うたびに、ぼくを「よわしくん」と呼んだ。いない間にもうぼくの新しいあだなはクラスになじんでいたらしい。ほかのみんなも、ふつうに「おい、よわし」とぼくを呼ぶのだった。ぼくは何日たっても学校にはなじめず、やすみ時間や放課後の遊びのしゅるいやルールもどことなく下町と違っていて、どぎまぎすることばかりだった。じゃんけんひとつとっても「足じゃん」はあったが「顔じゃん」はこっちにはない。そしてまいにち緑のおじいさんににらまれ、横断歩道を渡っていても「しっかり歩け」だの「背すじをのばして」だの言われてしまうのだった。

学校から帰ると、ぼくはみんなが元気に遊んでいる姿をベランダからながめるだけだ。ちっとも楽しくなんてない。しかも四階のベランダから見る遠くのけしきは、どこまでもぞうき林がつづいていて畑と小さな家がぽつぽつあるだけだった。お父さんはいいけしきだなあと朝はベランダで深呼吸をしたりするけど、こんなけしき、ぼくは一度見ればすぐにあきてしまってあらためて見る気もしない。

テレビが家にあるのはたしかにうれしかったけど、一人で見てもつまらない。みんなで友だちの家で見るエイトマンのほうがだんぜんもりあがる。

日曜日の夜に家族そろってテレビで「てなもんや三度笠」を見た。お父さん、お母さん、お兄ちゃんはげらげら笑っていたけど、学校のことを考えると、ぼくはちっとも楽しくない。

「どうした、つよし？　腹が減ったのか？」

「まだ病み上がりだから調子が出ないのね」

「お前は運動をしないから身体が弱いんだ。兄ちゃんがきたえてやるぜ」

残念ながら、三人とも不正解だ。だれもぼくのことはわかっちゃくれない。


学校から帰ってプラモデルを作っていると、ドアのブザーが鳴った。

お家にはだれもいない。ちょうどセメダインで、ぼくはしでんかいの翼をはり合わせたところだ。手が離せない。どうしようか迷ったけど、手でつかんでおさえたまま、玄関に走った。ふみ台に乗ってのぞき窓のフタを持ち上げると、川野さんが立っているのが見えた。

「はい、小林です」

「あのね、よわしくん。缶けりやってるんだけど人数が足りないの。一緒にやろうよ」

「ぼく、いま手が離せないんですけど」

これはほんとうだったが、あっさり聞きながされたようだ。

「じゃ、みんな星形団地の前にいるから。早く来てね」

星形団地とはスターハウスのことだ。団地の中にいくつかあったちょっと変わった形の棟のことで、引っ越した次の日に団地をさんぽした時にお父さんが教えてくれた。らせん階段がまんなかにあって三つの方向に部屋が向かいあってY字の形になっている。

（みんなが遊びにさそってくれるなんて）

ちょっとうれしい気分だ。ぼくは、あわてて翼に輪ゴムを巻いて固定してから、待ち合わせの場所に行ってみた。


ぼくが行ってみると、人数が足りないどころか川野さんのほかにも、粂《くめ》くん、西宮くん、あとはまだ名前を覚えてないけど、同じ学校の子たちが何人もいた。なぜだかしらないけど、みんなぼくを見てにやにや笑っている。

「よう、よわし！　よく来たな」

「缶けりをやるからね。まずはあなたが鬼」

（え。はじめからぼくが鬼？）

川野さんはあき缶を置くと、目をつぶって十数えてねと言った。缶はバヤリースオレンジのあき缶だった。缶けりにはちょっと細い気がしたけど、ぼくが言われたとおりに両手で顔をおさえて数をゆっくり数えると、みんなは走ってどこかへ隠れた。数え終わって探しに行こうとしたけど、ぼくはまだ団地の中のかくれる場所がどこだかよくわかっていない。

隠れている子を見つけても、ぼくが缶をふむ前にどこからか走ってきた別の子に缶をけられてしまう。いつまでたってもぼくは鬼のままだった。これでは「むげん缶けり鬼」だ。なんど缶のところへ走ってふもうとしても、缶はだれかに遠くへけとばされてしまう。ぼくは息が苦しくなり、汗が止まらなくなってきた。みんなは声を上げて喜んだけど、しまいにぼくはすごく悲しくなってきて、ちからが抜けてしまった。じめんに座り込むと、ぼくはべそをかいた。涙がぽとぽと落ちてくる。ぼくが泣いたのでやっと缶けりは終わった。ぼくは一時間以上は鬼だった。なんでこんなことをされるのか、ぼくにはさっぱりわからない。川野さんは腰に手をあててぼくを見下ろすと、目を細くして言った。

「わかった？」

（え？　なにを？）

鼻をすすりながらぼくが見上げると、川野さんはいじわるそうに、にやりと笑った。

「仲間に入れてほしかったらね、私たちのテストをパスしないとだめなの」

「テスト……どんな？」

「それはね、緑のおじいさんに見つからないように横断歩道を渡るの」

（緑のおじいさんに見つからないように？　横断歩道を？）

それはとうてい無理な話だ。あのおじいさんの目を盗んで道を渡るなんて不可能だ。

「それは、むりです」

「渡るだけだから簡単でしょ。それをパスした子だけが私たちの仲間になれるの」

川野さんはそう言って、ほかの子たちを振り返って、ねえと言った。まわりの男の子たちは少し遅れて、ばらばらに、そうだそうだとうなずいた。どうやらこれは川野さんのその場の思いつきだ。この子には何かある、とぼくは思っていたけど、ついにその本性をあらわしたのだった。小林よわし、と黒板に書いた文字と、川野さんの字が同じだということもさいきんわかった。

（そうか、そういうことだったんだ）

川野さん、いや、真理は、団地の子どもたちにくんりんする闇の大まおうだったのだ。真理のうしろの夕焼け空を、くろいカラスたちが、ばさばさと羽音をひびかせ、いっせいに飛び立っていくのだった。

次の朝、ぼくは緑のおじいさんのほんとうの実力をおもいしることになった。

登校班がいつものところへやってくると、緑のおじいさんは今日も元気に声をはりあげ、道の向こうの台のうえで、旗を上げ下げしていた。

ぼくは道の向こうのおじいさんの顔と列の先頭の真理の背中をみくらべた。きのうからぼくは川野さんのことをこころのなかでは真理とよんでいた。もちろん本人には川野さんというけれど。真理は何も言わずに前を見ていた。でもぼくにはそのむごんの圧力がかえってこわい。けさ階段の下で会った時には、きのうのことなど忘れたように、にこにこ笑って、おはよう、よわしくん、とだけ言ったのだ。

(ぜったいに、忘れているはずがない)

ぼくは緑のおじいさんを見た。おじいさんは道の反対側で「トマレ」の赤い旗をたかくあげている。どこかを見るふりをして真理がこっちの方にちょっとだけ顔を向けた。目はぼくを見てはいないけれど、見えているはずだ。足がすこしふるえてきた。下をむいてぼくはかんがえた。あたまの中でブザーがなった。あ、この音はたしか。

(どうする？　渡るのほんとうに？　やめろってば、無理だよぜったい！　でも)

ぼくのあたまの中で、三匹のこぶたのブー・フー・ウーがかいぎをはじめた。なぜこんな時にブー・フー・ウーが出てくるんだ。たぶん、ぼくはこんらんしている。

信号が青になるのとどうじに旗も緑に変わり、「わたれええ！」の声がひびいた。

(え……？　早い！)

いつもは青になってもトマレのままなのにきょうはちがった。ぼくが顔をあげる前に列がはや足ですすみだし、ぼくは後ろから来た別の班の子にぶつかって横断歩道のまん中までよろけると、手をばたばたさせ、ぶざまなかっこうで倒れた。

そのしゅんかんだった。

緑のおじいさんが前からすごい速さで走ってくると、ぼくのランドセルを片手でつかんでひきずるようにして歩道まで走った。それから腰につけた小さなかばんから、ぱっとオキシフルのびんを出すと、別のかばんから綿をだしてひたし、ぼくのひざのすりむき傷にぬったのだ。

しゅわああ……！　泡がでて、痛くて涙が出た。ぼくはオキシフルはだいきらいだ。

そして緑のおじいさんは横断歩道の真ん中にとって返すと、におうだちになって車にむかって赤い旗を上にあげて振り回し、ちゅうごしでさけんだのだ。

「とまれえええ！」

そしてぼくのほうを見もせずにきびしい声でどなった。

「早く門の中へ」

はじめからおわりまで、二十秒もたっていないかもしれない。

（このシーンはどこかで見たことがあるぞ）

そうだ。お父さんとお母さんが夜になるといっしょに見ていた、コンバットのせんとうシーンのようだった。緑のおじいさんはこれだけのことをいっしゅんでやってのけるのだ。コンバットのサンダースぐんそうだって真理の指令をクリアするのはふかのうだ。

学校から帰るとまた真理が呼びにきた。またしても「むげん缶けり鬼」だった。まえとおなじで、ぼくが泣きべそをかくと、遊びはおわりになった。

そして朝になるとまたテストのじかんがやってくる。だけど、なんにちたっても赤い旗の時にわたるのはむりだった。ようすがおかしい自分に緑のおじいさんの目がむけられていることが多くなった。ぼくがおじいさんに「交通安全上の要注意人物」としてマークされてしまったことはまちがいなさそうだ。

そして放課後になるとまた真理がやってくる。いるすを使おうとするぼくにお母さんは、せっかく遊びに誘ってくれてるんだから行かなくちゃだめよ、と叱るのだった。

ぼくのゆううつなきぶんは、どんどんふくらんでゆく。とぼとぼと歩いていると、緑のおじいさんに「男ならしゃきっとせい」としかられるし、家にいると真理がやってくる。がまんできなくて、学校から帰ると、みんなにみつからないようにあてもなく団地の中を歩いたりもしてみた。でもそれもながくは続かなかった。

ボン！

ぼくが歩いていると、上から水ふうせんが落ちてきて、あしもとでばくはつした。水ふうせんは小さいビニールぶくろに水をつめてくちをむすんで、上から落とす遊びだ。

ビシャッ……。

上を見上げると、かいだんのおどりばから、さっとかくれる誰かの姿がちょっと見えた。足もとでかんしゃく玉がぱんぱんはれつしたこともある。どこから飛んでくるのかわからなかったけど、だれかがパチンコでかんしゃく玉を空にむかって打ち上げているのだ。


夜、ぼくは一人でお風呂にはいる。

木のお風呂はこばんのかたちで、あらい場にはすのこがしいてある。お父さんもお母さんもお家にガス風呂があるなんて夢みたいと言っていたけど、ぼくはそうは思わない。一人ではいるお風呂はさびしいだけだ。すのこの上には、泡のついたミツワせっけんがころがっている。

「わ、わ、わ〜輪がみっつ……わ、わ、わ〜輪がみっつ……」

ひとりでミツワせっけんのコマーシャルの歌をうたってみても、ちっとも楽しくない。

まえに住んでいたお家はこの石けんの工場のすぐ近くで、前をとおるたびに友だちとこの歌を大声でよく歌った。そうすると門のしゅえいさんが手をふってくれるのだった。下町にいるときは、友だちとみんなでお風呂やさんに行ってわいわいさわいで、ラムネとかコーヒー牛乳を飲んで、そのあとだれかの家でテレビを見てばかさわぎをして、それから、それから……。

ああ、こんなにさびしい毎日がずっと続くなんて、ぼくは気がとおくなりそうだ。


お風呂からあがると、お父さんはテレビのあるお部屋で巨人対阪神を見ていた。お母さんは、「だいにんぐきっちん」で、しゅふの友というかわった名前の雑誌のお料理のきじを見ながら、なにか洋風のお料理にちょうせんしているらしい。

「お兄ちゃんはまたいないの？」

「なんだか彼女ができたみたいだな。野球部のマネージャーらしい」

お兄ちゃんは中学にかようようになったら遊んでくれなくなってしまった。ぼくはお兄ちゃんがうらやましくてしかたがない。スポーツは万能で野球部のピッチャーだ。ぼくとちがって勉強もできるし女の子にももてる。同じ兄弟でなぜこうも違うのかな。

ぼくはつくえの引き出しから一枚の色紙を出した。それは、てんこうする時に墨田の小学校のみんなが書いてくれたよせがきだった。

「大人になったらまた会おうぜ　小峰」「みんなのことを忘れないでね　山田」「元気でな　足立」「がんばれつよし　原田」中には「ともだちいっぱい作れよ！」というのもある。

ぼくが中心になって作った学級しんぶんも机の引き出しから出てきた。しんぶんは『誠』という名前で、おにぎりみたいな顔の担任の先生がその名前をつけた。先生はしんせんぐみの大ファンなのだ。

先生はいつも同じことを言っていたっけ。

「男は弱いものいじめはいかん。特に女の子を泣かせたり、友だちを困らせてはだめだ。そして男というものは人のせいにしたり、言い訳をしたりしないものだ」

ぼくは白いふうとうからいちまいの写真を出した。悲しくなるからこれだけは見ないようにしようと思っていたのだが、もうがまんできない。

みんなで行ったさいごの遠足。ばしょは上野動物園だ。

写真を撮ってくれたのは、写真におばけが写るといううわさがあって、みんなが『おばけ写真館』と呼んでいた大場のおじいさんだった。

ぼくもそうだけど、写真に写っている友だちはみんなちゃんとカメラを見ていない。

ちょこっと上を見たり、すこし右を見たり、目だけあっちこっちを向いている。それには理由がある。

ぼくらのクラスには遠足のはんとし前に、病気で悲しいおわかれをした岩井くんという友だちがいた。だからみんな、どこかに岩井くんが写ると思って、あちこちを見ていたのだ。写真ができた時に岩井くんはどこにも写っていなくてみんなでがっかりしたっけ。

ぼくはうんどうはだめだったけど、そんなことでぼくをいじめる友だちなんていなかった。そのかわり、動物や虫、生き物のことならぼくは誰にもまけない。小林の観察力をみならえと、先生がみんなの前でほめてくれた。だからその分野で友だちからはいちもくおかれていたのだ。動物園じゃみんなぼくのまわりに集まっていろいろしつもんをしたりした。この遠足はぼくの最後のどくだんじょうだった。

みんなの顔を見ていると、わかれの日をおもいだす。お父さんの車で家を出るときに、みんな土手の上でいつまでも手をふっていたっけ。そんなことをかんがえると涙がでる。やっぱり写真を見るのはやめておけばよかった。

五月のとある日曜日の朝、ぼくはお父さんとお母さんと団地から駅へ向かうバスに乗っていた。きょうは西武線で豊島園というゆうえんちに行く日だ。豊島園ではウォ

ータ ーシュートという乗り物が大人気で、船で坂を落ちて水に飛び込むのだけど、そのしゅんかんに、へさきに乗った係の人が高くジャンプするのだという。

乗っているバスが停留所にとまった時に、ぼくは緑のおじいさんを見た。

おじいさんはリヤカーに山づみの段ボールをのせて、ぞうき林の坂道をふうふう言ってのぼってくる。お父さんは、あの人が緑のじいさんだろ、と言った。団地の人の集まりで知ったのだという。

「ずっと昔に幼い一人娘がダンプにはねられて死んでしまってな、それ以来毎朝交通安全のために横断歩道のところに立っているんだそうだ」

「えっ、そうだったの？　ほんとう？　お父さん」

ぼくがびっくりすると、うん、とうなずいてお父さんはこうも言った。

「おじいさんて言ったってな、ああ見えてまだ六十半ばぐらいらしいよ。苦労して年より老けたんだろうな。可哀想に」

お母さんはぜんぜん別のことを言った。

「あたしがＰＴＡで聞いた話はちょっと違うわ。戦争中に赤羽の工兵隊というところの兵隊さんで手旗をやってたらしいんだけど、こっちにきて呆けちゃったんだって」

お父さんは「そういえば」と、さらに違うことを言い出した。

「ちゃんと国からお金をもらって仕事でやっているという話もあるんだよ」

「そうそう。緑のおばさんもね、もとはだんなさんを亡くした奥さんを助けるためのお仕事で、そうとうお給料もいいらしいんだって。だからあんがいお金もちなのかも」

お父さんとお母さんはそんなことも言いだした。けっきょくどれが本当なのだろう。ぼくにはわからなくなった。でも、どの話もありそうな話だった。

バスが走りだすと、ぼくは振り返って後ろを見た。緑のおじいさんは長い坂をリヤカーを引いてもくもくと登ってゆく。

（なんだかさびしそうだな）

ぼくはそう思った。

おじいさんの姿は小さくなってゆき、バスの上げる土ぼこりで見えなくなってしまった。


なか休みの時間をつぶすのは、ぼくにとってまいにちたいへんなことだった。校庭ではみんな土ぼこりをあげて、元気に遊んでいたけど、ぼくはいまだに友達もいないからたいくつなのだ。いつもひとりでにわとり小屋の前にしゃがみ、網のすきまからチャボに葉っぱを食べさせて時間をつぶした。

（ぼくも君らみたいに足が速ければなあ）

にわとりは足が速くてなかなかつかまらない。ぼくはしんそこうらやましい。ぼくはとにかく足が遅いのだ。もっと足が速ければ横断歩道も簡単に渡れるのに、そう思った。

「ねえ、よわしくん」

真理の声がした。振り返ると真理は片手を腰において、ぽんぽんとボールをついている。そのうしろにはクラスの女の子たちが何人もいて、ひそひそ話をして笑っていた。

「ドッジボールやろうよ。人数がたりないんだよね」

そう言って真理はにやりと笑った。

そこからあとのじごくのとっくんのことは、ぼくはとても思い出したくない。ふつうドッジボールはボールをあてられたら外に出るのに、こっちのは違うのだそうだ。いつまでもボールをぶつけられる。でもそんなルールは変だ。いつか学校をやすんだ時の夢ににていた。ぼくだけをねらってばんばんと、いつまでもみんなからボールをぶつけられ、ぼくは転んでも泣いてもゆるしてもらえなかった。

お家に帰って風呂に入ると、顔やからだじゅうにできたすりむき傷がお湯にしみて痛んだ。ぼくのからだには赤チンをぬったあとが増え、お母さんはぼくのことを、こっちにきてからわんぱくぼうずになったとおもってよろこんでいる。ぼくは、口までお湯につかると、何週間も毎朝観察してきたことを頭の中でせいりした。

（いよいよ決行の時がきた）

ぼくはついに決心した。男には戦わねばならない時がある。ごぼごぼ……。たてたひとさし指をにぎって目を閉じると、ぼくはお湯に沈んでみた。こうすると、気分は伊賀の影丸だ。

その日は朝から五月晴れだった。

横断歩道の向こうで緑のおじいさんは赤い旗を上にあげて「とまれええ！」と叫んだ。真理をせんとうに登校班は足を止めた。もう真理はぼくのことを見ることもない。いつかのテストのことなど、きっとぼくにはできるはずもないと思っているのにちがいない。

みんなが止まると、しんとなって、どこかで鳥が鳴いているのが聞こえた。この声はメジロだ。ぼくはれいせいな頭でそう思った。むねの中ではどくどくと心臓が音をたてている。あたまはれいせいだけど、ぼくはもちろんすごく緊張していた。

信号を見てからぼくはゆっくりと緑のおじいさんに目をうつす。

（信号は青。わたっても問題はない）

道の向こう側の台に立ったおじいさんの目が、ぼくから見て少しだけ左に動いた。

おじいさんの目の左右の動きのパターンは毎朝ずっと観察してきて頭にたたき込んである。

こっちから見てぼくらの左を見たあと右を見る。それを二度くり返して、さいごに左を見た時は、右を見た時よりなぜか約三秒だけ長く止まるのだ。その時にぼくはおじいさんの目が見ていない方向、つまりぼくは右ななめ前へ走り出して道を渡ればいいはずだ。だからぼくに与えられた時間はおじいさんが左方向を見た時の三秒。

緑のおじいさんの目がぼくらの左に移動するのを、ぼくは息をひそめて待った。

またメジロが鳴いている。きっとあれはつがいだ。校庭にあったはなみずきに巣をかけて、夫婦で卵を守っているのに違いない……。

おじいさんの目が左に移動した！

ぼくは全力でダッシュした。もっとも自分ではそのつもりだけど、もちろん足は遅い。ところが。ぼくの左後ろの小道からオート三輪がとつぜん右にまがってきたのだ。けたたましく警笛が鳴るのとおじいさんが叫びながら旗を振って飛び出すのとは同時だった。オート三輪は急ブレーキを踏んでバランスを崩すとタイヤを鳴らしてかたむいた。

荷台に積んだ木箱がくずれ、飛んできたひとつがおじいさんにぶつかってばらばらになるのが見えた。ぼくは転んで道路をすべってゆく。短い時間なのに映画のスローモーションのようにひとつひとつがすごくゆっくりに見えた。

色とりどりのりんごやみかんが、玉入れ競争の玉みたいに降ってきて、道路ではずむ。横になって道路をすべってくるオート三輪がぼくの目のまえで大きくなった。

ぶつかる。

そう思った時、不思議なかんじがした。たおれてぐるっとまわった景色のどこかできらきらと虹みたいなきれいな光が見えた気がした。え？　なんだろう。そう思った瞬間、オート三輪はぼくのむこうがわで倒れてとまった。虹みたいなきらきらした色に包まれて……まるでぼくをすりぬけていったとしか思えなかった。色とりどりの果物が降ってくるそのむこうに、口を両手で押さえた真理の姿が見えた。

保健室はクレゾールの匂いがした。

ベッドに腰かけているぼくの前で、菅谷先生はお父さんとお母さんに今朝のことを説明してくれた。お父さんは会社から電話で呼び出されてかけつけてきたのだ。さすがに先生の口調も今日はいつもよりきびしかった。

「幸いにも小林くんには怪我もなく、それはよかったと思っています。しかし年々交通事故死亡者数はうなぎのぼりで、昨年は戦後最悪の数字でした。あの人がいなかったらどうなっていたことか」

「本当にご迷惑をおかけいたしました」

ぼくの両親は声をそろえて頭を下げた。ぼくも少し遅れて頭を下げた。ぼくのほっぺたにはばんそうこうが貼ってある。道路をすべった時にすりむいたのだ。けがはそれだけですんだ。

「あの、先生」

ぼくが声を出すと、三人がいっせいにぼくを見た。ぼくはずっと気になっていたことを先生に聞いた。

「緑のおじいさんはだいじょうぶなんでしょうか?」

「うん。命には別条はないんだが、頭を打っているのでしばらく入院するそうだ」

「頭を」

先生の言葉にお父さんとお母さんは不安そうに顔を見合わせた。お母さんは先生にたずねた。

「お見舞いにうかがいたいのですが、病院はどちらでしょう?」

「いや、それには及ばないそうです。ご本人はこんな姿を人前にさらすのは嫌だと言ってますので。病院を人に教える必要はないと」

菅谷先生は、もうおじいさんに会ってきたのだった。

「自分がいながら事故を起こしてしまったということに責任を感じているようなんで

す」

　そして少し笑顔になると、先生は言った。

「信号は青でしたから、わきの道から横断歩道をよく見ずに曲がってきたトラックに責任があります。こちらとしては特に落ち度があるわけではありません」

　その言葉に両親はほっとしたように見えた。ぼくは先生の話を聞いてすこし肩の力が抜けた。そんなぼくを見て、菅谷先生の口調がまた少しきびしくなった。

「でもね、小林くんがひとりだけ走って横断歩道を渡ったのは、誰かにそうしろと言われたんじゃないか、という話をしてくれた生徒がいます」

　それを聞いてお父さんとお母さんはびっくりしてぼくを見た。

「本当なのか、つよし？　誰にそんなこと言われたんだ！」

「そういうことはちゃんと先生に言わなきゃだめよ！」

　ぼくは黙って下を向いていた。いままでのつらかったできごとや、いじわるなみんなの顔がいくつもよみがえってくる。

（今日でやっと楽になるんだな。先生にぜんぶ話せば……）

「どうなんだ？　話してみろ」

　お父さんはぼくの顔をのぞきこんで聞いた。お母さんはぼくの肩をゆすった。菅谷先生はしんけんな顔でぼくに聞いた。

「小林くん、いいかい？　ほんとうのことを話してごらん」

ぼくは顔を上げて、大きく息をすった。

「じつは、ぼく」

三人はぼくの顔を見つめた。

「おしっこがもれそうだったんです」

そう言ってぼくはごめんなさい、と頭を下げた。


その日、ぼくは早退ということになり、学校から帰ってお部屋で少年サンデーのおばけのQ太郎を読んでいた。学校から帰るとちゅうの本屋さんでお母さんが買ってくれたのだ。

ブザーが鳴った。お母さんは買い物に行き、お父さんは会社に戻ったのでぼくが一人でお留守番だった。ぼくはふみ台に乗ってのぞき窓を開けた。外には真理とかんけりの子たちがしょんぼりと下を向いて立っていた。

夕方の児童公園でみんなはぼくに頭を下げて、声をそろえてあやまった。

「ごめんなさい」

ぼくはなんだか照れてしまって、だまってもじもじと下を向いていた。

「あたしたちのこと、なんで言わなかったの」

真理が小さな声で聞いた。彼女はちょっと気のどくになるくらいしょげている。なんといってもあの事故の原因はじぶんにあるのだから。真理は下を向いてべそをかいた。

「ねえ、なんで言わなかったの」

「だって……」

(男は弱いものいじめはいかん。特に女の子を泣かせたり、友だちを困らせては駄目だ)

墨田の時の、先生の言葉はいつだって正しかったのだ。ぼくは顔をあげた。

「だってぼく、友だちが困る顔、見たくなかったから」

はっとした顔で真理がぼくの顔を見つめた。ぼくはまた下をむいた。どこか遠くのほうでおとうふ屋さんのラッパの音がしている。

(ここにも下町と同じ、おとうふ屋さんがいるんだ)

ぼくはそう思って少しうれしくなった。今まで気づかなかっただけなんだ。

下をむいているぼくの目の前に真理が手を出した。

(え?)

「いじわるしてごめんね」

ぼくが顔をあげると、真理は少し笑ってそう言った。

ぼくはちょっとはずかしかったけど真理の手をにぎった。初めてにぎる女の子の手はとても柔らかかった。みんなも手を出して、ごめんなつよしといいながらぼくとあくしゅをした。

ぼくはちょっと鼻の奥がつうんとした。最後に、これやるよ、と言って一人が手を開いてみせた。手のひらのうえにはピースラムネがのっていた。これならぼくもいつもだがし屋で買って食べていたやつだ。

この町にきて、きょう初めてぼくは笑った。


つぎの朝、階段の下で集合すると、ぼくたちは何事もなかったように学校へいった。横断歩道に緑のおじいさんの姿はなくて、道のむこうにおじいさんの台だけがぽつんと道ばたに置いてあった。

おじいさんのいない横断歩道。

道路にはタイヤの跡と白いチョークで描いた数字がのこっていた。信号は青だったけど、真理は時間をかけて左右を確かめ、それからわたった。ぼくは歩きながらきのう車が飛び出してきた左後ろをふり返ってみた。左のかどに無人野菜販売所があるのは知っていた。

でも無人野菜販売所のかげに畑へ続く細い道があるのは、木のかげになっていたのと、今までぼんやりしていてぼくはぜんぜん気づかなかった。緑のおじいさんの目がぼくらの左を見ている時間が長い理由がやっとわかった。機械の信号機にはできないこともあるのだ。

雨が降る日がふえて、梅雨になった。緑のおじいさんが退院した、と先生がぼくに教えてくれた。

雨の降っていない日に、ぼくは真理とふたりでおじいさんをお見舞いに行くことにした。おじいさんの家の住所は先生に聞くと今度はすぐに教えてくれた。おじいさんは、団地から西に行った雑木林のむこうに住んでいるのだという。

お年玉ちょきんを真理と出し合って、ぼくたちは団地にある商店街でお見舞い用にお花と果物を買った。じつはバナナも二本買ったのだが、がまんできなくなって、真理と一緒に一本ずつ途中で食べてしまった。

団地から少し離れると、まわりは本当になにもない。キャベツ畑や雑木林、小さな家がまばらに建っているだけだ。畑の真ん中の、荷車のわだちのぬかるんだあぜ道を真理とならんで歩いて行くと、雑木林のむこうにバラックのような長屋があらわれた。

どこからかまきを燃やすいい匂いがしている。

「あそこじゃない？」

紙に書いた地図を見て真理が指をさした。

「なんだかこわれそうな家だね」

近くまで行ってみると、お家はトタンや板でできて傾いている。黒っぽい色の平らな屋根には石がたくさん置いてあった。二人でぬかるみをよけて歩いてゆくと、痩せた犬が逃げながら吠えてゆく。一番奥にリヤカーがとまっている家がある。そのリヤカーにぼくは見覚えがあった。

家の前にはきれいなうすい水色をしたあじさいがたくさん咲いている。

「あ、ここだ」

小さい声で言って、真理は表札を読んだ。表札と言っても紙なんだけど。池上栄次郎と書いた紙ががびょうで貼ってある。緑のおじいさんの名前は池上栄次郎だったのだ。真理が戸を叩いて、ごめんくださいと言うと、中から、はあいと女の人の声がした。

ぼくは真理と顔を見あわせた。

がたぴしと音を立てて戸が開くと、若い女の人が出てきておどろいた顔をした。

「どちらさまですか？」

「あの、ぼくたちおじいさんのお見舞いに来たんです」

「おじいさん……ああ、わざわざすみません」

父は今、寝ているんですよ、と女の人は気のどくそうに言った。

（父……？）

たしか一人娘は交通事故で死んだはずでは。すると女の人はぼく見て、意外なことを言った。

「あら、君はまるよしさんによくテレビを見にきていた子じゃない？」

「え、まるよし？」

「私、あの酒屋さんの裏のアパートの二階に住んでるの」

その名前は忘れるはずもない。毎日のようにテレビを見に行っていた酒屋の名前だ。

ぼくはびっくりした。よく見ると酒屋によく電話を借りにきていた……そう、確か電話こうかんしゅとかいうお仕事のお姉ちゃんだ。

「ぼく、春にこっちに引っ越してきたんです」

「本当？　すごい偶然ね」

「二人は知り合いなの？」

真理もびっくりして笑った。

「お仕事がお休みの時には、ここに来て父の看病をしてるのよ」

その言葉を聞いて、ぼくたちはしんみょうな顔になって頭を下げた。

「本当にすみませんでした」

「いいえ。君に怪我がなくてなによりだったわ。父もそれが一番気がかりだったみたいで」

そう言って緑のおじいさんの娘さんは中に入るように言った。


「おじゃまします」

ぼくたち二人は長ぐつを脱いで、ぞうすいの匂いのする家にあがった。

土間にはおじいさんの地下タビがそろえてあった。戸口の壁には釘が打ちつけてあり、毎朝見ていた旗が二本下がっていた。よく見ると、ほかにも二本ずつある。それはビニールっぽいものでできていて、それぞれ、雨用、雪用と墨で描いた紙が釘の横に貼ってあった。

(天気で使いわけていたのか……同じに見えたけど、種類があったんだな)

真理がぼくの肩を指先で叩いた。

見ると、七輪が置いてある板の間のとなりのお部屋に、緑のおじいさんが布団を敷いて寝ていた。ぼくと真理は、おじいさんを起こさないようにそうっと歩いたけど、汚れた畳の下の板が、歩くたびにぎしぎしと音をたてた。

壁のやぶれ目に新聞紙を貼ったお部屋は、火鉢が一つしかなくてさっぷうけいだ。おじいさんのおでこにはばんそうこうが貼られていたけど、傷がふさがったのか、それは小さかった。お部屋はおせんこうの匂いがしていておじいさんは死んでいるみたいに見える。

おせんこうはお部屋のすみのたんすの上にある仏だんの中で燃えていたのだった。仏だんのすみに置かれた箱には毎日香と書いてある。そのむこうに着物を着た女の人の小さな写真がかざられているのが見えた。まだ若いときに亡くなったのだろうか、着物の女の人は、ぼくのお母さんくらいに見えた。

(そうか、トラックにはねられた人っていうのは……)

「あの、これ」

ぼくがぼんやりしていると、真理がお花と果物を娘さんにわたした。

「あら、わざわざすいません」

娘さんは頭を下げた。あわててぼくも頭を下げ、真理と呼吸をあわせると、

「このたびは、ほんとうにすみませんでした」

と、声をそろえた。あとは練習通りに、覚えてきたせりふをぼくと真理が棒読みでかわりばんこでしゃべった。

「おじいさんに怪我をさせてしまって、すみませんでした」

「これからは交通ルールを守って、よい子になります」

畑の方からふく風がガラス戸をがたがたと揺らしたけど、ふとんの中のおじいさんは起きることもなく、じっと目をつぶったままだった。


家を出て、畑の中の泥道をしばらく歩くと、後ろから娘さんが追いかけてきた。

「父が目を覚ましまして、これを持っていってもらうようにと」

娘さんは、そう言ってしわだらけの小さな茶色い紙袋をぼくたちにわたした。

「なんだろう?」

緑のおじいさんから何かをもらえるなんて不思議な気がしたが、ぼくたちふたりはとにかくお礼を言って頭を下げた。そして娘さんの姿が見えなくなると、ふたりで紙袋をのぞいてみた。中にはグリコのおまけつきキャラメルや子供向けのおかしがいくつか入っていた。

「なんでこんなおかしをおじいさんが持ってるんだろう」

「でも、これ古くないかな?」

真理はグリコのキャラメルの箱を手にとって不思議そうに言った。言われてみれば、どの箱のビニールもよれていて新品ではなかった。グリコのキャラメルも、あとで開けるとおまけがずいぶん前の古いものだった。

夏休みになった。

ぼくは真理と団地の仲間たちと今ではすっかり仲良しだ。つき合ってみると面白い友だちばかりだった。大きくなったらレーザー光線で世界征服をする、とまじめな顔でいつも言っている西宮くん、小学生なのにぎゃく三角形の体操少年、粂くん。とにかく女の子にモテる井上くん、相撲のことなら何でも知っている下山さん。

みんなはどこへ行くにも一緒だった。

下町には下町の良さもあったが、こっちにはまた別の楽しみもあった。雑木林はあちこちにあり、せみがうるさく鳴く中、ぼくらは自転車に乗って毎日のようにクワガタやかぶとむしをとりに林へ行った。麦わら帽子をかぶった真理は走ってきて木に飛びげりを入れる。しばらくするとクワガタが落ちてくる。前の日にみつを塗っておいて朝早くみんなでとりにくることもあった。

隅田川も荒川も工場排水で汚れていたけど、こっちの小川は澄んだ水にメダカやいろんな魚が泳いでいた。ザリガニもたこ糸にするめを巻きつければ、いくらでも釣ることができた。生き物好きなぼくにはここはパラダイスだった。

はんたいにこっちの子たちは、もんじゃ焼きを知らなかった。

「なんだこれ、気持ち悪い」

「食べ物なの?」

みんなを家に呼んで作ってみせると、わいわい大騒ぎになったが、おそるおそる口に入れてみると、みんなうまい! と言ってかんどうしてくれた。

団地の上から水風船を落としたり、パチンコでかんしゃく玉を空に向かって撃ってでたらめに道路ではれつさせたり。ぼくは男の子たちと毎日いたずらをして遊んだ。ポケットの中にはいつもばくちくと2B弾とかんしゃく玉、そしてクリップがたくさん入っていた。開いたクリップを指にかけた輪ゴムで飛ばすと面白いほどよく飛ぶ。そのクリップを持って団地の夏祭りの時、ぼくは友だちとやぐらの下にもぐりこみ、踊っているおばさんのおしりを狙って撃ったりした。汗をかくとプールで泳ぎ、夜はスイカを食べて花火大会。遊ぶことはいくらでもあった。

夏休みの宿題は真理の家で一緒にやった。真理は記憶力がすごい。ほとんどの勉強を教えてくれた。そして彼女はみんなをまとめる力があり、けんかのちゅうさいなどお手のものだった。将来はべんごしとかさいばんかんになれるのでは、とぼくは思う。しかもさいきんふしぎなことにぼくは気がついた。たまに、真理のことをなんだかかわいいぞ、と思えるときがあるのだ。

(これって、もしかして、あの初恋というやつだったりして)

鏡の前でお父さんのバイタリスをつけているところをお母さんに見つかり、あんた、坊ちゃん刈りに何つけてんの、とあたまを叩かれて笑われてしまった。

そして夏が終わり、東京オリンピックが始まると、みんなでテレビの前でバレーボールを応援した。東洋の魔女が金メダルを取った時は団地のそこいらじゅうの窓から大きな歓声があがった。しばらくぼくたちの間でも、大松かんとくの「おれについてこい」が流行した。マラソンはバスで府中までいって、はだしで走るアベベせんしゅを見た。

あるときぼくたちは、大人に見つからないようにみんなでこっそりと団地の屋上に上った。屋上にはちょっと寒い十一月の風が吹いていて、西にはちちぶの山、そしてはこねの山々や富士山もくっきりと見わたせた。みんな歓声をあげた。

「うわあ、気持ちがいいなあ」

「すげえ、あんなに遠くまで見える」

(自分が住んでいたところはどのへんだろう)

ぼくが東の方を見ると、かすんでいてどこがどこだかわからなかった。あの空の下に確かになつかしい場所があり、おおぜいの友だちがいるはずなのに。最近ぼくは墨田のことを思い出すことがだんだん減っていた。なつかしい思い出はきっとこの景色みたいに、遠くにかすんでゆくのかもしれない。

「おい、あんまりそっちに行くと落ちるぞ」

屋上のへりから身を乗り出しているぼくのシャツを、粂くんがしっかりとつかんでそう言った。そう、今のぼくのうしろには新しい友だちがたくさんいる。

「あ、あれ。東京タワーじゃん」

西宮くんが指をさした。東の空の下に、何かが西日を浴びて小さく輝いているのが見えた。それははるか遠くに見える東京タワーだった。

こうやって新しい土地で楽しい時間が過ぎていったけど、ぼくには気がかりなことがある。緑のおじいさんはあの日以来、戻ってこなかったのだ。自分がいながら事故を起こしてしまったことに責任を感じてやめてしまった、といううわさも聞いた。

(けがはとっくに治っているはずなのにな)

ぼくが次におじいさんを見た時、季節は冬になっていた。


十二月のある日曜日のこと。

お父さんとお母さんに連れられて、ぼくは、池袋のデパートへ行った。

すごく寒い日で、家を出るときに、ほんのすこしだけ雪がちらちらと落ちてきた。

お母さんはたくさん降るかもねといってたけど、池袋に着くころにはほんとうに大雪になってしまった。デパートでお買い物をして食堂に行ったあと、ぼくたちは地下に行った。ここには丸い台があって、ものすごくたくさんの小さな飴やお菓子がのっている。そこから好きなものを選んで買ってもらうのだ。

デパートの外に出ると、たくさん雪が降っていて、くるまがあちこちで動かなくなっていた。そこらじゅうでクラクションが鳴っていてうるさい。

お父さんとお母さんは、空をみあげて、あーあと言った。

「これじゃあ、マラソン大会は中止だな」

「それはそうでしょう。お気のどくさまねえ」

お兄ちゃんは今日は野球部のれんしゅうなのだ。野球といっても今は冬なので、多摩湖のまわりを走るマラソン大会なのだそうだ。朝、はりきって家を出たけど、この雪で多摩湖はいったいどうなってるのだろう。

目のまえで、雪なのにげたをはいた学生服のおにいさんが、すごいいきおいで転んであたまをうった。みんなが集まってきて、だいじょうぶか、だいじょうぶかと言っていたけど、ほんとうに痛そうだった。雪のおかげでデパートのおくじょうで遊ぶことはできなくなってしまったけど、いちめんの銀世界にぼくはわくわくした。

（ああ、うれしいな。明日はみんなで雪だるまを作って遊ぼう）

そんなことを考えていると、まず、電車が止まってしまい、だいぶ待ってようやく動いたけど、のろのろうんてんだった。

駅まで帰ってくると、こんどは待てどくらせどバスもこない。雪もこぶりになってきたし、ぼくたちは歩くことにした。駅前の靴やさんで長ぐつを買った。引っ越しのときに古いのを捨ててきたのでちょうどいいか、とお父さんは言った。ぼくたちはいてきた靴を袋にいれてもらい、雪の中を歩いた。


学校の前までたどりついた時にはもう夜になっていた。お父さんはオーバーの前をかきあわせながら白いいきをはいた。

「うう、寒い。こごえそうだ」

「ほら、つよし、お父さんのオーバーの中に入りなさい」

くるまは一台もいない。ぼくたち三人はくっつくようにしてタイヤのあとの中を歩いた。ぼくがなにげなく道の向こうを見ると、でんしん柱の電とうのあかりの下に、だれかがすわっているのがみえた。

（こんな雪の日に、なにしてるんだろう）

それは、緑のおじいさんだった。

雪は粉雪になってきたけどまだ降っている。それなのに道につもった雪にうまるように、おじいさんはひざに手をおいてすわっている。ぼうしもなくて、うす汚れたジヤンパーだけだ。

「ねえ、お父さん、お母さん」

ぼくがお父さんのオーバーのすそをひっぱって指をさすと、お父さんもお母さんもびっくりして立ち止まった。

緑のおじいさんが雪の中に両手をついた。

そこではじめて気がついた。おじいさんの目の前には、あったかそうなオーバーを着てソフトをかぶったおじさんと、傘をさしたおばさんがいた。ふたりとも髪の毛が白いから、ぼくの両親よりはずいぶんと年をとっているようだ。おばさんの横には赤いオーバーを着て長靴をはいた小さな女の子が立っていて、おばさんの服をしっかりとつかんでいた。

おじさんは少しねこぜで、丸いめがねをかけている。おばさんのほうはなんだかとても上ひんなかんじだ。ふたりともなんにも言わずに、ずっと、緑のおじいさんを見おろしている。おばさんの手に、ちいさな花たばがにぎられているのにぼくは気がついた。ぼくはびっくりした。緑のおじいさんがふたりに何か言うと、からだをふたつに折って、あたまをさげたのだ。

（おじいさんが、あやまってる）

すると、しばらくしてから、めがねのおじさんが、小さい声でぼそぼそいうのが聞こえた。

「もうこんなことはね、やめて下さい。私、去年も同じことを言いましたよね」

おじさんがしゃべっているのに、緑のおじいさんは頭を下げたまま黙って目をつぶっている。おじいさんの顔はなんだかとてもくるしそうだ。

「去年だけじゃない。おととしもそう言いました。その前も」

おじさんは小さい声でそういうとしゃがんだ。どうろのわきには、雪にうまった菊の花たばと、もうひとつ何かがある。おじさんの手がパンパンと雪を払うと、それはグリコのキャラメルだった。

ぼくがもらったふるいキャラメル、あれは……。

「私も妻もね、あなたに会うためにここに来るんじゃないんです。毎年この日にこの場所で、あなたの顔を見るのは私は不愉快です」

おじさんはそういうと、おじいさんの顔のまえに花束とキャラメルをおいた。

「これは持って帰ってください。娘もきっと喜びませんので」

(娘……娘ってことは?)

ぼくはなんだか胸がどきどきしてきた。二人が連れている女の子のお姉ちゃんのことに違いない。そのお姉ちゃんは……。

傘をさしたおばさんは、おじさんがしゃべってるあいだじゅう、白いハンカチで目のあたりをふいていた。でも、話しはじめた声は、しずかなふつうの声だった。

「毎年ここであなたのお顔を見ると、わたくしいつもこう思うんです」

おばさんの顔はやさしそうで、すこし笑っているようにぼくには見えた。

「あなたのような人がこの世に生まれてこなければ、わたくしたちの娘は今も生きていたんだなって。娘がこの世からいなくなっても、あなたはそうして年をとってまで幸せそうにのうのうと生きていらっしゃる。こんな不公平なお話があっていいのでしょうかって」

それはちがう、とぼくは思った。おじいさんは幸せそうにのうのうとなんか……。おじいさんを見ると、ひとこともいわずにただ、頭を下げている。雪がうっすらおじいさんの上に積もってもそのままだ。どうしておじいさんは何もいわないんだろう。思わず、ふらふらと前にでようとしたぼくの肩をお父さんとお母さんがおさえた。

おばさんが手にもっていた花たばをみちのわきにおくと、おじさんもならんでしゃがみ、ふたりはだまって手をあわせた。緑のおじいさんも、やせたからだをおりまげるようにして、頭を下げている。

それからおじさんは立ち上がると、行こう、とおばさんの肩をたたいた。おばさんはまたハンカチで目のあたりをふいて、ゆっくりと立ち上がった。そして、おじいさんのほうを見ることもなく、ふつうの声でいった。

「赤信号で娘が急に飛び出したのが悪い、団地を作るために寝ないでダンプを運転させた会社が悪い。あなたはなんでも誰かのせいにしたくて、それをわたくしたちにおっしゃりたくて、それでこうして毎年娘の命日になると、ここにいらっしゃるのでしょうね」

おじいさんは少し顔を上げた。でもすぐにまたおでこを雪に埋めるようにするのだった。おじさんとおばさんは、きたないものでも見るようにおじいさんをみおろすと、背を向けて歩き始めた。

ぼくはお父さんの手をはらっておじいさんのところへ走った。

「つよし！」

うしろで小さく呼ぶ声がしたけど、ぼくはとまらなかった。

近くで見ると、おじいさんのからだは寒さで小さくふるえていた。

からだを折っているから、背中からは汚れた肌着がはみだして、せなかが見えている。くつは右足だけが、まんなかあたりがすり切れて穴があいていた。

雪についたしわだらけの手のよこには、あの毛糸のぼうしがおちていて、雪できらきらと光っている。ぼうしを見たら、ぼくは緑のおじいさんがすごくかわいそうになってきた。これをかぶってはちまきをまいて、あめが降っても、かぜが吹いてもここに立って……。目のまえで雪のなかにうずくまってふるえている姿は、旗をふっている人とおなじ人にはどうしても思えない。ただのつかれたおじいさんだ。

ぼくが顔をあげると、少し先に止まっているくろい車からうんてんしゅさんがでてきて、あたまをさげるのが見えた。おばさんが傘をたたんだ。このまま、かえってしまったら……。

「おじさん、おばさん！」

おもいきってぼくが呼ぶと、ふたりはたちどまり、ふりかえった。おじいさんもぼくに気がついて、おどろいた顔でぼくを見あげた。

ぼくはしゃべるのはにがてだ。やっぱり下を向いてしまう。

四年五組の教室ではじめてあいさつした日のことをぼくは思いだしてしまった。

「ええと……おじいさんは、いえ、ぼくたちこの学校の子どもは……おじいさんのことを緑のおじいさんってよんでいるんですけど」

あの黄色と黒の台が、雪で白くなっているのが見えた。それはいつもおじいさんがのっていたあの台だ。

ぼくはまた下をむいた。

（がんばれ、ちゃんとしゃべらないと）

「緑のおじいさんは、まいにち、まいにち、ぼくたち子供のために、ここに立って、交通安全の旗を振ってくれているんです。ほんとうなんです台のところへいって、ぼくは手でそのうえにつもった雪をはらった。

「ほら、この台です。ここにのって、緑のはたと赤いはたを……」

なにをしゃべっていいのか、もうわからなくなってきた。ことばがうまくでてこない。ぼくはつめたいその台をなんどもなんども手でなでた。でもどうしてもことばがでてこない。

そのとき、道ばたにおかれている花たばが見えた。でんきのあかりがぼんやりとあたって、すこしかがやいていた。それはまるで、ぼくに気づいてほしくて、光っているような気がした。

ぼくはその花たばを手にとって、花びらがちらないように、そうっとゆびのさきで雪をはらってあげた。お花の名前なんてわからないけど、白くてきれいだなと思った。なんだろう。

小さな雪のかけらで、花びらがきらきらと虹みたいな色に光ってみえる。そのいろんな色の光のなかにいくつもふうけいが見えたような気がした。この虹の光はみたことがある。その時、ぼくはとつぜん気づいた。

(赤いオーバーの女の子……どこにいっちゃったんだろう)

おじさんとおばさんのところにはいない。お花のあったところを見ると、女の子がそこに立っていた。
色の白い、かわいい子だ。
赤いオーバーにも、長靴にもこんなに雪が降っていたのにぜんぜん雪が積もっても
いない。そして、女の子のからだはほんの少し光に包まれている気がした。
ぼくはふしぎとこわくもなんともなかった。
（そうか……。この子は、ずうっとここに……）
ぼくがあのくるまにぶつかりそうになったときのことも、あのときくるまがぼくを
すりぬけて見えたことも、ぼくは今、急にぜんぶなっとくした。
女の子はゆっくりとしゃがむと、小さな口を動かしてなにかを言った。
声は聞こえなかったけれど、なぜだかぼくにはその子のことばがわかった。ぼくは
うなずいて、顔をあげた。
「おじさん、おばさん」
ふたりは、車の横でじっと黙っている。ぼくは雪のうっすらつもったおじいさんの
せなかを見た。
「緑のおじいさんのしてくれたことは、ここにいる、この子がいちばん知っています」
女の子を見ると、こくりとうなずいてくれた。
「だって、この子はおじいさんといっしょにここに立って……ぼくたちをいつでも」

もうぼくにはこれいじょう、なにもはなせない。

「いつでも守ってくれているんだもの」

そう言ってもういちど女の子を見ると、そこにはもうだれもいなかった。ぼくは、花たばを持ったままくたくたと雪の中に座ってしまった。そうしておじいさんのとなりでぼくは雪に手をついた。雪はとても冷たかった。ここでずっと座っていることなんてぜったいにできっこない。だから……。

「だから、もう、おじいさんを許してあげてください」

ぼくは頭を下げた。なぜだかわからないけど、悲しくなってきた。下を向いてだまっていると、ぎゅっ……ぎゅっと、雪をふむくつのおとがちかづいてくる。だれかの手がぼくの肩の雪をやさしくはらってくれる。おそるおそる顔をあげると、丸いめがねの奥で、小さなやさしい目がぼくをじっと見つめていた。

「ぼうや、手をあげなさい」

しずかなやさしい声でおじさんはぼくに言った。

おばさんはおじいさんに近づくと、ごめんなさいね、と小さなふるえる声で言った。そして傘を落として、おじいさんの前の雪の中にひざをついた。

「あなたが悪いのでないことは、もちろんわかっているのですけれど」

そういっておばさんは手で顔をおおった。

「どなたかのせいにしていないと、わたくし」

おばさんは雪の中にぺたんと座りこむと、大きな声で泣き出した。おじさんは、その肩をしっかりと抱くようにして、下をむいている。

おじいさんはのろのろと顔をあげた。目はなんだか、どこを見ているのかわからない。あごが寒さでがくがくふるえていて、声はかすれて、ほとんど聞こえない。

「何をおっしゃいますか奥さん、そんなこといっちゃいけない。はねちまったのはあたしなんです、あたしを気のすむまでののしってくだされば結構です。悪いのは娘さんなんかじゃない、あたしが悪いんです。あたしが悪……」

おじいさんのことばのおわりは、のどのおくからしぼりだすような泣き声にかわった。雪はぼたん雪になって、またつよくふりだしてきた。

「このままじゃ風邪をひいてしまうわ。おうちに来てもらって着替えてもらいましょう」

いつのまにかぼくのうしろにいたお母さんはそう言って、コートをおじいさんにかけた。お父さんは、さあ、立って、とおじいさんのからだを起こしてくれた。

ぼくはお花をそっともとの場所においた。

街灯のあかりの下で、雪はそのお花の上にどんどん白くつもってゆくのだった。

冬休みが終わり、新学期が始まった。

寝ぼうをしたぼくはあわててシャツをズボンに入れながら階段をかけおりた。しかも今日はストーブ当番だった。早く行ってバケツでコークスを運ばないと。階段の下に行くと、真理は帽子をかぶってきちんとあごにゴムひもをかけ、ランドセルのベルトを胸の前で握り、足を少しひらいてしっかりと立っていた。

「遅いわよ！　集合は五分前。皆に迷惑をかけないよう、明日からは早く降りてきてください」

早口で言ったあと、

「今日からあなたが班長なんですから」

そうつけたした。そうだ。それも忘れていた。ぼくは、それでは出発しますと言って列の先頭に立って歩き始めた。

「あのね、鼻水を肩やそででふかないように。不潔ですから」

真理はうしろからそう言って笑った。

今まさにふこうとして、ぼくは途中でやめて鼻をすすった。

横断歩道の所にいくと……。緑のおじいさんがいた！

みんなびっくりして声をあげた。おじいさんは見覚えのない黄色い旗を高々とあげた。そこには「マテ」と書かれてあった。

「まてえええ！」

旗は一本増えていたのだった。全員がそれを見て足をとめた。二本の手で三本の旗。おじいさんはきっとかなり練習したにちがいない。あの家の前で。信号が赤に変わると、おじいさんは赤い旗をすばやく持ちかえ、高く上にあげて叫んだ。

「とまれええええ！」

そのままじっとして左右を見ている。もちろんぼくも左右を見た。しばらくして信号が青に変わる。おじいさんは二度左右を見て、左で目をとめた。

ぼくは三つ数えた。もうじき旗が緑に変わる。だけどぼくの予想ははずれた。たっぷりもうあと三秒たってから、おじいさんは緑の旗をあげて叫んだのだ。

「わたれええええ！」

すれ違う時、ぼくもおじいさんも目をあわせることはなかった。大ぜいの子供たちが続々と横断歩道を渡って校門に入ってゆく。

ぼくは振り返った。

赤い旗をあげたまま、緑のおじいさんが肩ごしにぼくを見ていた。

そしておじいさんはこう言ったのだ。

「何を見ている！　ぼやぼやしないですみやかに教室へいかんか！」

ぼくはランドセルをがちゃがちゃいわせて走った。
足もとで霜柱が音をたてて割れた。

さくらのたより

次郎　もも子　おど　おが　みな、げんきですか。

はん年ぶりの都会わ、大きなビルもふえ川の上にこおそくどおろもできてたいそうかわりました。けっきょく今年は昭和二十八年いらい十年ぶりの米の不作ということになってしまったので、秋田からの出かせぎれっしゃ、いつもよりまんいんでした。はんとしぶりに会うなつかしい顔にまじって、新顔のれんじゅうもずいぶんといた。それにしても、せびろにネクタイしめたじぶんら三反びゃくしょうのすがた、何がそんなにおもしろいのか、上野駅わ、新聞きしゃやテレビのニュースのれんじゅう、ぞろぞろきていた。そちらわ、十五日にアラレまじりの初雪がふったこと、こちらのしんぶんでよみました。

はんばの秋田しゅう、みんないつでもふるさとのてんきよほう気にしている。さけをのんでいて栃の海が北葉山によりたおされて、ようやく土のついたことはなしていても、来年のイネのこと心ぱいで、さいごわ今年ずいぶんやられたイモチびょうのはなしになってしまう。飯場わ来年の東京オリンピックのきょうぎじょうお作るげんばの中にあります。きょねんとちがってふろがあってありがたい。なによりじぶんのように四十七にもなると、でんしゃの乗りかえわからず、にがてなのでそれがないのわ大だすかりなのです。プレハブの十人べやで、神岡、大田、西仙北のれんじゅうともいっしょになった。

じぶんと太郎、いっしょなのでしんぱいいらない。太郎、年があけて十七さいだとゆうと　みなもっと大きくみえるがなあとわらっている。

はんちょうさんも、よくはたらく息子だとほめてくれたし、ふくしまや青森しゅうからもかわいがられている。はじめての都会だから太郎わ、くるまや人、チンチンでんしゃのおおさにおどろいているようす。まいにち穴をほったり、かたわくにコンクリうつしごとげんきにはりきっています。だからなにもしんぱいいらないです。

秋じまい、もみすり、まかせて出てきたが、からだにきおつけてください。

みなにかぜをひかさぬよう、くれぐれもたのみます。来月わいっかいめの送金、できるとおもいます。オリンピックのおかげで景気わずいぶんといいようなのでかせぎも、きたいできそうだ。

昭和三十八年　十一月十七日　清一

次郎　もも子　おど　おが　みな、げんきですか。

次郎のかいた作文、もも子の手紙とどいております。らいねんわ中学生だから、次郎の作文、りっぱにかけていておどろいた。出かせぎからもどっても次郎、自分の顔わすれてしまってよりつきもせず、お前のうしろにかくれていたころにくらべると、ずいぶんと大きくなったものだなあとおもいます。もも子、ふとんのあげおろしやごはんのあとかたづけもてつだっているとのことでかんしんした。ふたりへの手紙にも書いたけど、お前からもうんとうんとほめておいてやってください。出かせぎの家の子わ、甘ったれるだの、悪くなるとかゆうものもいるが、そういうことにならないようにきおつけてやってください。こちらわアメリカだいとうりょうのあんさつじけんでテレビも新聞もおおさわぎです。

工事わじゅんちょうで、大きなりっぱなきょうぎじょうになるようです。

太郎、祝日に、仲間と東京タワーけんぶつえ行ってきた。せかい一のたかさだとたいそうこうふんしてさわいでいた。おがに手紙を書けとなんどもいっているのだが、どうやらそんな時間もないくらい、まいにちげんきにはたらいている。しごとのおぼえもはやいのだとはんちょうさんも、本やといの人たちもほめている。だからなにもしんぱいいらないです。したく金のあまりと、一かいめのお金、送金します。しょくひやふとん代ひかれて少なくなっているが　太郎のぶんもあわせるとまずまずか。けんせつ会社わ正月のボーナスをだしてくれるとゆうはなしもあります。だからこううんきの払いがおわったら、ちょうしの悪いふんむきおあたらしくできるかもしれない。もも子、来年わ七五三だから、きものやおび、買ってやりたいものです。それからこっちでわ、ぼおせき会社が女のはたらきてをずいぶんとさがしているそうなので西木村の和子におしえてやったらどうだろうか。もしその気があるようなら三吉さんにもきいてもらうのではなしてみてください。
しばはこび、もみがらやき、冬ごもりのしたく大変だとおもうがよろしくたのみます。火のしまつに気おつけて。みなにかぜひかさぬよう　くれぐれもたのみます。

昭和三十八年　十一月三十日　清一

次郎　もも子　おど　おが　みな、げんきですか。
年末わ、大雪になるらしい。くれぐれも気おつけてください。
全てい紛争ゆうびんスト、なかなかおわらず、小包や手紙おくれているとまわりで話している。だからこの手紙がとどくより先に、じぶんたちが正月休みで秋田へもどってしまうかもしれないと、みんな笑い話にしている。さきがけ新報で、ちん金不払い記事読んだとおまえの手紙にあったけれど、それはしんぱいないです。しょくあんをとおしてこっちにくるものなどほとんどいない。せわ役の三吉さんはずっと声をかけてくれていてきごころもしれてる。不払いにあうのは出かせぎのまだ日のあさいものたちばかりなのだからしんぱいいりません。だからお前が読んだという赤羽の電話ケーブル工事の不払いのようなことにわならない。なにもお前わしんぱいしなくてよいのです。

それから、正月のボーナスのはなし、まちがいだったようで、それはでない。でもほかの会社とおなじで、正月帰りのうんちんやみやげ代はでるそうなのであんしんしています。ただ、火事をださないように飯場にはだんぼうがないのだけれど、明細を見るとだんぼうひがひかれているので、それはおかしいから、三吉さんからも会社に話してくれるとのことです。

仙北村の栄作、気のどくなことをした。あそこはうちよりかぞくが多いし、出かせぎからもどった兄がすいぞうこわして長くふせっている。だからだいぶむりをしてざんぎょうしていたそうなのです。夜中の道路工事わ酒によった車がとびこんでくることが多いから、きけんだし、あの初台の現場は先月もこうそく道路のはしげたが落ちて人が死んだばかりで、上野で会ったのがさいごになってしまった。いくらお前の妹の菊枝が帰されたといっても、縁がまったくないわけではないのだから、おどとよく相談して、少しはつつんだほうがよいかもしれない。じぶんと太郎わ、そんなあぶないしごとでないのだから、何もしんぱいいらないです。しんぱいないです。三十日の夜にわ今月ぶんの金をもって太郎と帰ります。

雪かき、道ふみたいへんだと思います。みなにかぜ、ひかさぬようよろしくたのみます。

昭和三十八年　十二月十五日　清一

あっというまに十日がすぎて正月休みもおわってしまった。こっちにもどってすぐ手紙出すのもへんな話だけれども、お前とゆっくり話すじかんもなくて、さいごの日はけんかして口もきかないままだったので手紙お書くことにした。お前わ自分がむっつりしてふきげんだとゆうけれど、自分もつかれていたし、帰ってものんびりするまもなく、まいにちまいにち雪ほりと道ふみばかりでは、だれだってきげん悪くなるのはしかたがないことだ。お前は出かせぎにでるのはやめてくれとゆうけれど、自分もあと何かいこれるかわからない。それにこううん機や農きぐだって農協のあっせんしてくれる冬しごとをしていたのでは買えなかったのだからきかいのないくらしに戻るのはとうてい無理な話なのはお前もわかっているはず。太郎のことだって出かせぎに出て、男はいちにんまえになるのだと自分わ思っている。うちで冬のあいだ道ふみ雪ほりさせても金がはいるわけでわなし、こうして都会さでるのわしかたないこと。けしてあぶないしごとでわないことだし、なれてくればもう少し金もあがる。だからもうすこしがまんしてくれ。なにもしんぱいいりません。それからおがのこともだいぶとしよりなのだから、もっとおおめに見てやってくれ。としをとればみんなわがままになるのわしかたがない。三十年ちかくいっしょにいて、なんで今になってお前があれこれぐちをこぼしだすのか自分にわまるでわからない。寄合いだってなんどもいうように女なのだからだまってそこにすわってればいいだけのこと。そんなに気にやむことなんてない。それより、もも子のべんきょうもたまには見てやってほしい。

お前が切手はってじゅうしょを書いたふうとうたくさんもたせてくれたから、ずいぶんと助かっている。こっちはポストはあるが切手を買いにゆくひまがない。みんないいおがっちゃだなあといっているので、お前にわかんしゃしている。

太郎と自分のしゃしんをとってくれた人がいて、飯場に持ってきてくれたので、どうふうします。大場という人で、しゃしんかんのふくろをみたらじゅうしょが向島になっていた。向島はたしか、清次がすんでいるのでわないかとおもったのだがどうだろう。そのうちじかんをみて、清次のこともしらべてみる。

次郎　もも子　おど　おが　みなにかぜをひかさぬよう、よろしくたのみます。

雪かきの雪、おとなりのほうえくずれぬよう、くれぐれも気おつけてください。

昭和三十九年　一月十二日　清一

次郎　もも子　おど　おが　みな、げんきですか。

秋田出の清国、ゆうしょうできなかったが、ぎのう賞をもらい、まいにちおうえんしていた飯場の秋田しゅうおおいにわいた。清国の雄勝町は、妹の好江のとつぎさきだから、すもうずきの好江のていしゅ、きっとおおよろこびの顔みえるようです。

太郎おととい十七さいになりました。飯場のみんなから、祝い酒だとむりやりのまされたが、飲んでもけろっとしている。いくら飲んでもへいきなところ見ると、だいぶいけるくちのよう。たのもしいことだ。力しごとのせいか、こちらへきてからうでも少しふとくなった気がするし、かえるころにわきっとお前もおどろくくらいたくましくなることとおもいます。

清次のことだけれど、日ようびに浅草のえんげいホールによってみた。中へわはいらずに外から見たのだけれども、ちゃんとなまえが書いてあったのできっとげんきにはやっているのだとおもう。二ツ目になっていた。清次のことをいえばきっとお前はまた泣くのだろうけれど、くにを出てもう九年なのだからもうすこしようすをみて、めがないようなら、くにに帰るようにいってみようとおもう。真うちになるのわむずかしいとゆうことだし、お前がゆうとおり長男なのだから、くにではたらいてほしいものだ。清次のこと、もちろん太郎にはだまっていようとおもう。かえりに、みなのぶじを祈って浅草寺でさいせんいれてきました。

さて、なにかの手ちがいのようで、今月の金はうけとれなかった。たぶん会社のけいりのなにかのてちがいではないかと三吉さんもはなしている。だからしんぱいないとおもう。なあに、ちょ金してるとおもえばよいことでわないかとみんなもわらっているので、しんぱいありません。来月にまとめてふたつきぶんもらってそう金するのでしんぱいすることわなにもない。たび、くつしたまだあるので買うひつようもないからまだへいきです。

夫婦出かせぎの家で火を出して子どもたちがやけしんだきじをよんだ。くれぐれも火のふしまつに気おつけて　みなげんきでたのみます。やねの雪、こまめにおろさねば家がつぶれてしまうのでよろしくたのみます。

雪、おとなりのほうえくずれぬよう、くれぐれも気おつけてください。

昭和三十九年　一月三十一日　清一

次郎　もも子　おど　おが　みな、げんきですか。

飯場が変わったので、ふうとうのじゅうしょをみてほしい。三吉さんいなくなってしまい、どうやら不払いのようで、みんな別の飯場に分かれることになった。会社わ、先月のおわりにつぶれてしまったようです。少しでもお金をもらえるよう、なかまが会社にかけあっているのでいずれ、もらえるのだと思う。

太郎とじぶんは、これからは現場もべつになる。太郎はなるべく秋田しゅうのおおいところにしてもらったのだけれど、そこのしごとはじぶんのとしではむりなのでべつべつになった。

でもしんぱいいらないです。こんどの千畑村の手配師はしんらいできる人なので、しんぱいいわいらない。また手紙かきます。

とりいそぎ、ほうこくまで。

昭和三十九年　二月十六日　清一

次郎　もも子　おど　おが　みな、げんきですか。

もし、前のはんばに送っていたならばそちらの手紙、こちらにとどきません。秋田にもどるのではないだろうか。

いろいろおどろかせてすまなかったが、もうしんぱいないです。

太郎、御成門とゆうところの近くのこうそく道路ではたらいています。おなじ村の大竹の兄といっしょの飯場になったようなのであんしんです。

日ようびに会いにいったらこうそく道路わ見はらしもいいし、東京タワーが近くにみえると大よろこび。若くてすばしこいし、力もだいぶあると大竹の兄もかんしんしていたので、何もしんぱいないとおもいます。ああゆう明るいやつだから、もうみんなからかわいがられているのだそうで、酒を一本おいてよろしくたのみますと同じ部屋のみんなにあいさつしておいた。

じぶんわ田端とゆうところの工場がいで穴ほりをしています。宿とげんばのあいだわトラックでおくりむかえがあるのでよいのですが、宿わテレビもないし、三こうたいせいのため、みんなが寝ている時にラジオをつけることもできないからそれだけがわずらわしい。

前のはんばわ貸しぶとんが一日二十円だったけれど、こちらは三十円です。こんどわまえより金がやすいのでざんぎょうしています。

でも、若い頃、おどといっしょに出かせぎにいった営林しょのしごとを思えばなんでもないのでしんぱいいりません。むかしの冬山の木のばっさいのつらさをおもえば東京の出かせぎのほうがなんぼか、わりがいい。もっともっとざんぎょうしたいが、本やといの責任者、早く家にかえりたいようで、みんなもおこっている。東京で家を持ってもいっしょうお金をかえしつづけるので、ご先祖さまがのこしてくれた土地や畑わ、ありがたいことだとあらためておもう。

東京わ今日雪でしたが、ふるさとにくらべりゃかわいいもんだべ、とみんなわらっている。

今月ぶんをそう金します。太郎のぶんわ春にかえるときにまとめてもたそうと思う。おど、おが、次郎、もも子、かぜをひかさんようおねがいします。

あと二月で太郎とふたりでふるさとえ帰る日がきます。太郎、次郎ともも子にみやげを買ってかえるとはりきっている。

昭和三十九年　二月二十九日　清一

手紙、とどきました。

太郎のこと、大竹のにょうぼうからきいたとのこと。しんぱいかけたくないから、もう少しようすをみてからおしえようとおもっていた。

じぶんわとっかん工事つづいていて休めなかった。病院にいってやることもできない。かいしゃにいくらたのんでも、休ませてもらえなかった。

事故の二日あと、大雪でしごとやすみになり、いそいで病院にいったが、とちゅう坂みちでチンチンでんしゃがとまってしまい、雪の中を新橋の病院まで歩きました。

太郎、あたまを強くうってしまったから、まだねむったままです。

なんべんも、なんべんも、大きな声で名前をよんだけれど、目をあけてくれない。

お医者が言うにわ、いしきがもどるかどうかわからないとのこと。

かくごしておいてくれと、ゆわれた。

お前が、あれだけしんぱいしていたように、秋田にのこしたほうがよかった。

太郎までざんぎょうしていること、自分はしらなかった。ゆるしてくれ。

むりしてざんぎょうさせなければ、足場から落ちることもなかったかもしれない。

ゆるしてくれ、ゆるしてくれ。
悪いことわつづくことあるので、くれぐれもみんなちゅういしてくれ。

昭和三十九年　三月十五日　清一

もも子がクレヨンでかいた絵、とどきました。

正月にみやげでもってかえったクレヨンでかいてくれたとのこと。はんばのかべにはって、朝も、よるも、おきたときも、ねるときも、まいにち、まいにち見ています。くりかえし、くりかえしみています。こうそく道路と東京タワー、そのまえにいるのわ、あのしゃしんのじぶんと太郎だな。ヘルメットのきいろも、じかたびもじょうずにかけている。太郎もじぶんも笑っている。くびにてぬぐいをまいて、うれしそうに笑っている。また、太郎といっしょに笑えたら、どんなにいいのだろう。そんな日がきたらどんなにうれしいだろう。あしもとには花がさいている。うしろにさくらもさいている。春の絵なんだろうな、きっと。よくかけているから、もも子うんとうんとほめてあげてください。まいにち、まいにち、手をあわせておがんでいます。東京わ、きょう春いちばんというつよい風がふきました。

工事が休みになったので病院にいってくる。もも子の絵、太郎のかべにはってきます。次郎とお前たちがいっしょうけんめいこさえたつるも、さげてくる。あとすこしで出かせぎ、おわりです。

昭和三十九年　三月十七日　清一

少ないけどそう金します。
太郎、まだねむったままです。
つるはし、スコップ、重いです。
手がふるえてしまって、手紙おもうようにかけない。ゆるしてくれ。

昭和三十九年　三月三十一日　清一

でんぽう、きっとおどろいたこととおもいます。
ああゆうことわ早くしらせたほうがいいとおもったので、でんぽうおうちました。

きょう、太郎の飯場にでかけてゆき、太郎の荷物、ぜんぶせいりしてまとめました。

へやの秋田しゅうもてつだってくれ、飯場おかたづけた。

みんな、おいおい声をあげて泣いてくれました。

いま、この手紙わ、太郎のびょうしつでかいている。

太郎、自分のよこのベッドの上で、おがに手紙おかくと笑っています。

ききうでのほうわよく動くので、ほんとうによかった。

お医者がゆうにわ、なん月かすると歩くこともできるようで、反対がわの手もかんぜんとはいかないけれど、そのうち動くようになるとのこと。

若いということわ、ほんとうにたいしたものだ。目をさましたのわきせきなのだそうだ。太郎のとなりのベッドに中川さんとゆう人がいて、小さな工場をもっているしゃちょうさんなのだそうです。その中川さんが、じぶんが秋田に帰ったあとのことわぜんぶまかせてくれといってくれた。そうなったら太郎、中川さんの工場ではたらいて、そして元気になったら家に帰ればよいとはなしています。

もも子やお前たちの気もちがつうじたんだな。ありがとう、ありがとう、しんぱいかけてほんとうにすまない。まどの外はいちめんのさくらで、そのむこうに東京タワーがみえる。もも子の絵とおんなじだ。

太郎、目を覚ましたとき、もも子の絵を見て、ふしぎなことゆうのでおどろいた。この絵とおんなじ、夢をみていたとのこと。きょうぎじょうもほとんどかんせいしたし、こうそく道路もつながった。東京わ、どこもかしこもオリンピックいっしょくです。四月三十日、二十一時上野はつ秋田行き、急行羽黒でかえる。みやげ、楽しみにして下さい。

もも子　次郎　おど　おが　みなげんきですか。

千代、お前ひとりにくろうかけてすまなかった。

しんぱいかけてすまない。

昭和三十九年　四月十九日　清一

呼び出し電話の恋

ドブ板を踏み鳴らして走っているうち、信吉はドブに足を突っ込んで前のめりに転んだ。足が空を踏んだ瞬間、昼間婆ちゃんが町内会のドブ掃除で板をはずしていたことが信吉の頭を一瞬よぎったが、なにしろ走る勢いがよすぎた。仮に手前で思い出したとしても、七歳の反射神経では間に合わなかったはずだ。だからドブ板の上を走った時点で信吉を襲うことになるこの不幸は約束されていたのである。

小石まじりの地面に手をついて立ち上がると、板塀にドブ板が三枚たてかけてあった。板にはそれぞれ「よしだ」と筆で名前が書いてある。電信柱の電球の灯りにぼんやりと浮かんだ文字を信吉は恨めしそうに見つめた。

「大雨で流されるとさ、探しに行くのが一苦労なんだよ」

そう言って婆ちゃんはドブ板の裏に一枚一枚「よしだ」と名前を書いて干している。

六年前の昭和三十三年に狩野川台風というのが来て墨田は水に浸かり、なくなったドブ板を探すのに婆ちゃんは本当に苦労したらしい。それ以来ドブ掃除のたびに書き直すのだ。信吉の家は酒屋だ。字が乾くまで干していて客が来て、世間話に夢中になっているうちに夜となり、この三枚だけ戻し忘れたのに違いない。

「トサカにくるなあ、こんちくしょう」

二月である。ドブに突っ込んだ足は冷たい。しかも掃除したはずなのにこのドロドロはどういうわけなのだろう。信吉は嫌な臭いの真っ黒な泥をズックに入れたまま全力で走りだし、坊ちゃん刈りの前髪を風になびかせ、右に曲がると物干しの柱につかまって反動をつけ、そのままの勢いで汚い木賃アパートの階段を駆け上がった。

信吉は兄弟の中でも、父親の栄吉似で子供のくせにギョロ目だ。眉毛がやや吊り上っているせいで、口をへの字に結ぶと普通にしていても不機嫌そうに見える。今は本当に不機嫌なのでその眉もいっそう吊り上って見えた。

アパートの階段の横には『緑風荘』と書かれた板が釘で打ちつけられている。電球が一個だけ灯る暗い通路には、左右三つずつ戸があった。信吉は二階にあがると迷うことなく左から二番目の部屋の前に立ち、戸を乱暴に叩いて叫んだ。

「池上さん、電話ですよ！」

戸は安っぽい合板で、叩くとべこべこと音がする。信吉はクラスでも背が低い方だから、飛び上がって何度も叩いた。

「電話ですよ！　池上さん！」

信吉は後ろを振り返った。階段までずっと泥の足跡が続いている。一瞬しまったと思ったが、このさい信吉にとってこんなことはどうでもよいことだ。一刻も早く家に戻らねば。

「はあい、ご苦労様です」

中から女の人の声がするのを確かめて、信吉はまた階段を駆け下り、物干しの柱につかまって反動をつけて砂利道を左に曲がると、ドブ板の上を……そしてまた同じ場所でドブに足を突っ込んで転んだ。板塀ぎりぎりにドブ板の上を走るのが理屈の上では家までの最短距離なのだ。

「ああ、もう鉄人が帰っちゃう！」

毎週日曜日、鉄人28号の放送時間に決まってかかってくる呼び出し電話を信吉は恨んだ。


信吉はまるよし酒店の三人兄弟の末っ子だ。

このあたりの住人は電話など誰も持っていない。だから緊急の電話の呼び出し先はこのまるよし酒店になっていて、その呼び出し係は一番下の信吉と決まっていた。

少し前までは一つ歳上の姉の良子がその役だったが、信吉が小学校へ入学する頃から当然のように代が変わり、このわずらわしい仕事はこの家でもっとも地位が低い信吉に引き継がれたのだった。信吉の下には犬のダンしかいない。

良子は面倒から解放されてうれしそうだったが、信吉はこの役を恨んでいる。

「きちんと先さまにご挨拶しないと駄目よ」

などと良子は信吉を前にいちいち先輩風を吹かせる。信吉はそれも嫌なのである。

まるよし酒店は狭い店の奥がすぐに六畳の茶の間になっていて、そろばんや大福帳を置いた木の台のところに黒電話があった。だから、呼び出し電話は茶の間にいる七人家族全員の前でとることになる。話の内容は筒抜けだ。だからみんな受話器を手で押さえ、小さな声で短く話す。終わればさっさと頭を下げて帰っていく。

信吉が走って取り次ぎにいくのは、たいていは学校の緊急連絡網だったり、職人の雇い主からの仕事上の連絡だ。だから近くにいても話していることを家族は特に気にせずテレビなど見ている。だが、裏のアパートに住む池上さんにかかってくる電話は別だ。池上さんは二十歳くらいの暗い感じの女性で、この人に電話がくるようになってからというもの、彼女が帰ったあとしばらく家族は池上さんの話題でもちきりになる。

なんといっても雰囲気が謎めいている。声が小さくて電話の内容もはっきりしない。いつも背を向けて丸椅子に座っているからよく見えないが、結構な器量良しだと母の芳江は言う。池上さんは電話に出ると、ほとんど聞き役で、小さな暗い声で何度もあいづちをうち、その合間でたまに「……そんな無理を言っては」だの「もう少し辛抱してください」などと恋愛映画の中で女優が言いそうな台詞を言うのだ。それも毎回だった。

もともと暗い雰囲気の人なので、どうしても若大将シリーズのような明るい恋というよりも、その反対の印象が一人歩きしていくのは仕方のないことであった。

「あれは、かなわぬ恋ってやつだね」

婆ちゃんは断定する。電話がかかってくるとまっさきに電話をとるのも婆ちゃんだ。

「相手もね、なんだか小さい声でぼそぼそしゃべる陰気な男なんだよ。どちらさまですかって言っても黙ってるしさ。今時の若い人たちときたら何を考えているんだろうねえ、全く」

居間では爺ちゃん、父の栄吉、母の芳江がこたつに入って飯を食べている。テレビの前には信吉と姉の良子、そして近所の子供が何人か。店の入り口の一角は立ち飲みができるようになっていて、たまにそこで近くの長屋の職人だのちんどん屋だのが酒を飲んでいる。

そんな状況下での「かなわぬ恋の電話」なのだった。

家族の中で唯一、池上さんの電話の中身に興味がないのは信吉だ。

信吉にとっては電話の中身など問題ではなく、日曜日の鉄人28号の放送時間になると池上さんあての電話がかかってくること、それが大問題なのである。

この電話がかかってくるようになったのは、去年の十二月頃のこと。日曜日の放送時間の途中、それも正太郎君がリモコンを操作するあたりで電話が鳴ったりする。信吉は鉄人が大好きだ。去年の秋から鉄人のテレビ放送が始まり、それに信吉は夢中なのだ。あの丸い胴体にとんがった鼻。なんといってもあんな大きなロボットを子供がリモコンで操縦して悪と戦うのだ。そんなすごいことがあっていいのだろうか。

浅草のデパートのおもちゃ売り場で買ってもらったブリキの鉄人は鼻が黒いゴムで、胸にはちいさな四角い窓がついていた。足は電池を入れる関係で現物とは全く違うぶかっこうな大きさをしていたが、信吉にとっては全く問題のないことだった。動くおもちゃは足が大足なのは常識なのだ。鉄人の鼻の黒いゴムがとれてなくなった時には信吉は三日間あらゆる場所を探し続け、最後に昼寝をしている飼い犬の後足の肉球のすきまにはさまっているそれを見つけ、嬉しくて思わず泣いた。それくらい信吉は鉄人が好きなのだった。

日曜日の放送時間になると近所の長屋のテレビのない家の子も集まってきてみんなで鉄人を見る。あのオープニングの曲が始まり、ビルの間のサーチライトに鉄人が浮かび上がると、全員で大声で主題歌を歌うのだった。

放送中に電話が鳴って呼び出しのために家を出てしまうと、一番の問題はあたりまえだが、そこの筋がごっそり抜けることだ。

帰ってみると敵に奪われたはずのリモコンが戻っている。いなくなったはずの鉄人がいる。強敵ニコポンスキーがもう倒されている。例をあげればきりがない。

見せ場を見ずして大団円となると、抜けた部分をいちいち友だちに聞くしかないのだが、子供の大ざっぱな話をもとに本物の物語を想像するのは困難だった。

第二の問題としては、翌日、学校で話についていくことができないことだ。近所の子供が同じ組にいるわけではない。だから不正確な話をもとに自分なりに作ったストーリーで話をあわせていくと、途中で話が合わなくなり、なんだおめえ見てねえじゃねえかと馬鹿にされ、しまいには信吉は「うそきち」というありがたくないあだ名までつけられる始末だった。

池上さんは、あとでていねいに挨拶に来る。

そんな時は自分の働く工場で作っているメリヤスのシャツとか、社名の入った手拭いとかを、どうぞみなさんでお使いくださいと言って置いていくのだった。お礼の定番、徳用マッチを持ってくることもあった。

話好きの母の芳江があれこれ聞くのだが、乗ってこない。いつでも寂しそうな笑顔でそれでは失礼いたします、と帰っていく。

「池上さん、紡績工場の電話交換手なんだって」

情報通の信吉の母は帰ったあと、ちゃぶ台で夕飯をかこみながらそう言った。

「でもね、電話交換手が電話を持ってないのはおかしかないかい？」

「電車の運転手さんだって電車を持ってるわけじゃないでしょ」

「それはまあ、そうだけどさ」

婆ちゃんが言うのも、もっともな話だ。工場とはいえ、電話交換手という仕事は花形商売で、稼ぎは決して悪くないはずなのである。裏の木賃アパートに住んでいることと自体がなんだかおかしな話なのだ。

「金だね、あれは」

婆ちゃんは話し出したら止まらない。

「電話交換手なのにあんな汚いアパートに住んでさ、あれは絶対男に金を貢いでいるのさ。だからあんな暗い顔をして。よく見りゃ睫の長い器量よしの娘さんじゃないか。それを洋服だってなんだか地味だし。あれはね、古着だよ。だから、我慢しろだの無理を言うなとか言ってるのさ。金を貢いでるんだよ。間違いないね」

「子供の前で他人様のことをああだのこうだの言うのはもうやめろ！」

最後は、黙って酒を飲んでいる父の栄吉が怒りだすまでそんな話が続くのだった。

「姉ちゃん、日曜だけは代わっておくれよ」

「嫌よ。そんなの自分勝手」

鉄人28号の時だけ姉の良子にかわりに行ってくれと頼んだが、信吉はにべもなく断られた。

「そもそも、あんたはちびだから女心ってものがまだわからないの」

そんなことを聞いてはいないのだが、良子は自分も八歳のくせにそう言ってすましている。信吉は髪にリボンをつけられて、近所の女の子と一緒にどれだけおままごとのおもちゃにされたことか。だからこれくらい聞いてくれてもいいのにと不満だった。

電話のかかってこない日曜日もたまにある。

でもそれはそれで落ち着いてテレビを見ていられないのだ。テレビに没頭したいのに頭の片隅ではかかってくる電話にそなえていないといけない。どうにかならないかと信吉は考えぬいたあげく、

「僕、なんだかお腹が痛い」

とこたつにもぐりこんで予防線を張ってみた。こう言っておけば姉ちゃんが呼び出しにいってくれるに違いない。すると母が心配して、あれこれ聞き、じいちゃんが赤

痢じゃないのかと言って騒ぎになった。最後に姉の良子は横目で信吉を見ながらさも心配している口調で父に言ったのだ。

「信吉、大丈夫かなあ。こんな所で起きていて。かわいそう」

「じゃあ二階で寝かせとけ」

と、いうことになった。

仕方なしに二階へ上がる信吉を見て、良子は意地悪く笑った。その日は電話もなく信吉の作戦は大失敗で、結局鉄人も見られないしご飯も食べられなかった。信吉がいようがいまいが、近所の子供たちは集まってくるので、自分の家なのに、階段の上で腹ばいになって音だけ聞いて近所の子供の喜ぶ声に七転八倒する信吉であった。またある日曜日には、電話が鳴った時に、思い切って
「僕、行きたくないやい！」

とはっきり言ってみた。すると父に拳固で思い切り頭を殴られた。良子はすかさず、わがまま言ってはだめよ、と姉さん風を吹かせるのだった。


一方、これは信吉だけの問題というわけではなかった。

テレビを見に来る近所の子供たちにとっても同じ問題なのだ。落ち着かないことにおいてはみんなも一緒だ。なんだか気が散るし、やはり信吉が戻るまではどことなく

肩身もせまい。家族は池上さんの声を聞こうとしているから電話の時は大騒ぎをして見ることもできない。

「まずはさ、家から池上さんの部屋までどうやったら早く着けるかだ」

組で一番勉強のできる坊主頭の圭介は言うことが違う。圭介は学校の廊下で、ストーブ当番が落としていった石炭のかけらを拾って下に並べ、家とアパートを作って最短の道筋を説明した。それはなるべく板塀にそって走り、曲がり角は外にふくらまないということだった。

店を右へ出たら、四つ角を右に曲がり、まず板塀にそってドブ板の上を走る。さらに右へ曲がる時には物干しの柱をつかんでその反動を利用して一気にアパートに向かって直角に曲がり、そのまま階段を登る。この時、階段の左はじを走れば、左の部屋には一番近いはずだ、と言った。それをわざわざ石炭を並べて説明したのだった。少し考えてみれば当たり前のことなのだが、信吉はこの時は尊敬の目で圭介を見たのだった。

まるよしの前に、鼻水を垂らした子供たちが五人集合した。信吉のほかはいつも家に鉄人のテレビを見に来る長屋の子供たちだ。圭介はその子供たちを前に、もう一度走る道筋を説明し、信吉を先頭に店から裏のアパートまで走ってみる、と言った。

信吉一人がやれば済む話だったが、そこは仲間だ。商店街を歩く買い物のおばちゃんたちは酒屋の前に集合して鼻をたらした子供たちを笑って見ている。

「まずはゆっくり走って、コースを確認する。では、出発！」

そう言って圭介は信吉の背中を押した。信吉の後ろは圭介でそのあとを子供たちがぞろぞろとついて走る。はたから見たらおかしな光景だった。何事かと、店で飼っている老犬のダンまでもが途中まであとをついてきた。

「まがれ、右」

手を腰にかまえて、列は四つ角を右へまがった。

「まずは、ドブ板！」

確かにドブ板の上を走った方が距離は短い。べこべこと音をさせて皆で上を走る。

「前方、アパートの手前には電信柱！　ドブ板五枚手前でこれをかわす」

圭介は電柱の手前で一、二、三、と数えて五で左によけろと言った。信吉はそのとおりにして、後ろの子供達も同じように動いた。

「それから右へ飛んで、またドブ板に戻る。それからアパートの手前で、物干しの棒を持ってぐるっと回る」

全員が信吉に続いてドブ板を走ると、右へ行き、石炭倉庫で聞いた通り、物干しの柱をつかんでぐるっと回転した。一斉に揺らしたもんだから、三段の物干しざおにかかった洗濯物が竿ごと全部落っこちた。

「まずい！　逃げろ！」

後ろで、こら待て！　と言う声がしたが、こういうことには慣れている。後ろも見ずに全員蜘蛛の子を散らすように一目散に逃げた。


神社の境内の木々は、寒々しい枝をどんよりした冬の空に広げていた。

どんなに寒くても平気な子供たちは、さい銭箱の階段に座って駄菓子を食べている。

「とにかくさ、あのコースを走るとしても、やっぱ足が速くないとな」

駆けっこが早い一郎がそう言って、瓶のかたちをした麩菓子のてっぺんに小さなストローをさした。中にはラムネの粉末が入っていて、それをスースー吸うのだ。

「おいら足が遅いからさあ」

歯をねちゃねちゃにしてあんずジャムを食べながら信吉はため息をついた。

「だから、ジャンケンで順番に呼び出しに行けばいいんじゃないかな」

信吉の提案に対して、全員無視というわかりやすい反応が返ってきた。信吉の家に来るのはテレビを見たいからで、呼び出し電話の係をするためなどではないのだ。

ザラ玉飴で猿みたいにほっぺをふくらませて紀夫が言った。

「早く走れるように信吉をきたえよう」

「さんせい！」

信吉の意思とは無関係に計画は進んでいく。さい銭箱までの約十段をうさぎ跳びで昇ることになった。信吉にうさぎ跳びをさせているあいだ、みんなは鉄人28号の主題歌を歌って励ました。ビューンと飛んでくてーつじん、にじゅうは、ち、ごう！

歌の終わりはそこまでの鉄人をたたえる歌詞とは無関係に、突然スポンサーの名前が続く。誰も不思議に思わず、子供たちはいつも大声で、グリコ、グリコ、グーリーコーと最後にのばすのだった。

うさぎ跳びをしながら、信吉は、自分がなぜこんなことをしてまで、と思ったがやめるわけにはいかなかった。練習をして足を速くするという考え方には、ある種説得力があった。事実、このあと毎日続く練習のおかげで、春の運動会のかけっこで一等賞の鉛筆をもらう日が来るのだが、信吉は今はまだそれを知らない。

信吉がおねしょをした罰で店の前を箒で掃いていると、裏の木賃アパートに住む木島が、電信柱の蔭から、おいでおいでと手まねきした。木島は落語家だ。まだ二ツ目というものらしいがそれが何のことか信吉にはわからない。眉毛が離れてカエルみたいな口をしている。一度まるよしの店先で落語をやったことがあるが、全然面白くなくて、その時はみんな帰ってしまったのだった。

信吉は近くの駄菓子屋に連れて行ってもらい、もんじゃをごちそうになり、三角アメをひかせてもらった。鉄人28号の銀色の大判丸メンコまで買ってもらって信吉は大喜びだ。

「あのね、ちょっと教えてほしいんだけど」

メンコのはじを折って手になじませている信吉に、木島は声をひそめて聞いた。

「なに？」

「ほら、あの電話交換手のお姉ちゃんのことだけどさ、誰から電話がかかってきてるのかな」

何でこんなことをこの人は聞きたいのか信吉には全くわからない。

「そんなのぼく、知らないやい」

たくさんおごってあげたわりにはつれない返事で、木島は慌ててあのね、と言った。

「どんなことでもいいんだけど。ほんとに何か知らない？」

ううん、と考えて、信吉は大きな声で叫んだ。そういえば婆ちゃんが言ってた。

「男にみついでるんだって！」

池上さんへの呼び出し電話はしばらくかかってこなくなった。

婆ちゃんをはじめ、家族は詮索して、炬燵に入るとその話ばかりになる。珍しく、爺ちゃんまでもが意見を言った。

「先方は転勤をしたのかもしれんな」

転勤と聞いて、信吉の母はなるほどね、とうなずいた。

「銀行の人とか転勤が多いって言うものね」

「じゃ、銀行の人に貢いでいるってことかい」

話はどんどんおかしな方向へ進んでしまうのは、その本人がいないからいたしかたない話ではあった。それにしても姉の良子までもが、いっぱしの想像を披露するのだった。

「もしかしたら、相手に好きな人ができたのかも」

単純ではあるが、それはいかにもありそうな話ではある。三世代の女たちの話は尽きることはない。


日曜日のその時間になると立ち飲みの客も増え、あろうことか、テレビの前には長屋の子供にまじって、落語家の木島まで座っているのだった。六畳の部屋は人でぎっしりだった。大人はみんな、噂の電話を待っている。

「木島さん、あんたも鉄人28号が好きなのかい？」

「鉄人ったって、話の大まかな流れは落語と変わりゃしません」

婆ちゃんが不思議そうに聞くと、木島は何事も勉強ですからと、すました顔で火鉢に手をかざしている。

立ち飲みの常連、中川社長は、みなさんの話に水をさすようで恐縮ですがと前置きをして笑った。

「これはね、愛だの恋だのではありませんな」

「それじゃあ社長、なんだっていうのさ」

全員の疑問を代表してちんどん屋の平吉さんが聞くと、中川社長の答えは単純明快だった。

「金の取り立てでしょう。あれはしつこいんです。このところ電話がかかってこないのはたぶん、池上さんがまとまった金を返したんでしょうな」

町工場とはいえさすが経営者だった。その説明だと全て合点がいく。


長屋の路地でバケツにトコを作ってベーゴマをしていると、信吉のところへまたも木島がやってきた。信吉は木島に気づいたが、面倒くさいので気づかないふりをすることにした。男巻きでひもを巻くと、信吉は圭介とチッチのチ！　と掛け声をかけて勢いよくベーゴマを投げ入れた。トコには水を打ってあるからコマはいい音でうなりをあげて回る。信吉のコマは圭介のコマを弾きだして勝った。

信吉はベーゴマをやらせたら誰にも負けない。いつでもポケットは戦利品で一杯だ。実は、中川社長の工場の機械でかどを磨きに行っている。もちろんみんなには秘密だ。信吉が帰ろうとすると、そばに寄ってきて木島は鉄人のワッペンを何枚か信吉に握らせた。

「何か用？」

木島はちょっと手を出してごらん、と言った。信吉が手を広げると、マーブルチョコレートの丸い筒のフタをぽんと音をさせて抜き、ざらざらと五粒ほどカラフルなチョコを手のひらに載せた。こんな高価なチョコは自分で買うことは到底無理だ。信吉は突然笑顔になった。それを見て、すかさず木島は言った。

「今度の日曜日にね、上野の高座に上がるって池上さんに伝えてくれないかな」

「どうして自分で言わないの？　隣のお部屋でしょ？」

木島はなぜか照れた顔をして、大げさに自分の胸を押さえるしぐさをした。

「あのね、お兄ちゃんはね、池上さんを見ると胸がちょっと苦しくて」

信吉はわかった、と言った。こんなチョコを食べさせてもらっておいて断る理由なんてあるはずもない。信吉はもう一度手のひらを広げるのだった。

土曜日の夜に鉄腕アトムを見ていて信吉は池上さんに何日か前に聞いた木島の伝言

を伝えるのを忘れたことに気づいた。柱の日めくりを見て、あっと声をあげた。

「いけね、明日だ」

信吉は、急いで裏のアパートに行くと、池上さんの戸を小さく叩いた。

「ごめん下さい、池上さんいますか？」

隣の木島に聞こえたらまずいので今日は小声だ。いつもとは違う気配に、池上さんはあわてて戸を開けて顔を出した。乱暴に戸を叩いて叫ぶ子供が、今日はどういうわけか妙にしおらしい。

「はい、ご苦労様。なあに？　坊や」

「あのね、お姉ちゃん。木島さんがね、明日上野の寄席に出るから来てって」

「え、明日？」

頼まれたことを忘れていた後ろめたさを隠すために信吉は言葉をついだ。

「胸が病気らしいんだ。苦しいんだって」

「胸の病気？　本当？」

池上さんの顔がさっと曇り、信吉は何かとんでもないことを言ってしまったことに気づいて黙って下を向いた。それがさらにまた池上さんの不安をあおったようだ。池上さんの声がにわかに緊張をおびたのが子供ながらにもはっきりとわかった。

「だいぶ、お悪いのかしら」

胸の病気と言ったらそれは不治の病だ。黙って信吉は走りだすと、階段を駆け下りた。信吉はこれ以上かかわるのは危険な気がしたから逃げただけなのだが、問いに対しての答えとしては、これ以上に不安な終わり方はない。この時、池上さんがどう思ったかは信吉にはもちろんわかるはずはなかったのであった。


次の日、テレビの前に子供たちにまじって座っている木島は小さい声で信吉に
「今日、池上さん、寄席に来てくれなかったんだけどね。ほんとに伝えてくれたの?」

と、扇子を使いながら不満そうな顔をした。

「知らないやい。ぼく、ちゃんと言ったよ」

木島の顔を見ないようにして信吉は口の中でもごもご言った。鉄人28号がはじまり、正太郎君がリモコンのレバーをつかんだところで電話が鳴った。

「来たよ!」

思わず、良子が叫んで立ち上がった。

まるよし酒店に居合わせた全員の間に緊張が走り、今まで中川社長とパチンコの話をしていた立ち飲みの平吉さんもあわてて煙草を消した。何も煙草まで消す必要はないのだが。婆ちゃんは素早く受話器を握ると「はい、まるよし!」と言った。言った瞬間に口がみんなにむかって「きたきた」と声を出さずに動いた。

待ちに待った池上さんへの電話だった。

婆ちゃんは受話器を手で押さえて「早く、早く」と言った。

信吉は飛び出したときに履きやすいよう、ズックをやや離れたところに置いてある。これも圭介の助言だった。そのせいもあって走って飛び降り、ズックを履いてそして走り出すまでの一連の動きには少しのよどみもない。

信吉は店を飛び出すと、全速力で店の角を右に曲がった。そしてドブ板を踏み鳴らして走ってゆくと、電信柱の手前の板のないドブに足を突っ込んで転んだ。

板塀につかまって立ち上がると、目の前にドブ板が三枚たてかけてある。板にはそれぞれ、よしだ、と筆で名前が書かれていた。


呼び出しを終えて戻ってきた信吉は泣きながら店の前でズックを洗うはめになった。ドブの中のヘドロは嫌な臭いで、店の外で洗えと父の栄吉に怒鳴られた。洗うと中から丸々と太ったミミズがどうしたわけかつぶれもせず出てきたのには驚いた。信吉は泣きながらも、これはしめたと思い、あわててバケツに入れた。釣りに使える。

信吉がズックを洗い終えテレビの前に座るのと同時に、サンダルの下駄を鳴らして、池上さんがやってきた。

「いつもすみません」

小さな声でそう言って頭を下げると、池上さんは、大福帳の横の黒電話の上に縦にして置いてある受話器を手にとった。そしてみんなに背をむけると小さな木の椅子に座り、手で受話器をおおって背を丸めたのである。

「もしもし」

テレビでは正太郎君がリモコンで操作する鉄人が、最後の大暴れをしていたが、子供以外の耳はもちろん全部池上さんの電話に向いている。

いつものように、もしもしと言ったあとは、池上さんはひたすら聞き役だ。小さな声でうなずいたり、ため息をついたりしている。鼻をすする音がした。どうやら池上さんは泣いているようだ。母はテレビの音量つまみをひねって少し音を小さくした。

「あっ」

信吉たちは一斉に声をあげたが、無駄だった。婆ちゃんはお茶碗を持ったまま、少しずつ、少しずつ電話のほうへにじりよる。木島も不自然に身体を傾けて、池上さんの声を聞いている。

テレビを見ていた信吉と仲間たちは、「小さな音」というこれまで経験したことのない過酷な条件の中での鉄人観賞となった。音の小さい鉄人はいつもよりも迫力がなくて盛り上がりに欠け、つまらなかった。しかも番組の一番の盛り上がりに来て、その部分の音が盛り下がるのだから始末が悪い。

「……お願い。我慢して下さい」

池上さんはそう言ってハンカチで目頭を押さえた。母がさらに音量を下げたため、テレビの音はほぼ完全になくされてしまった。

信吉たちは、音のないアニメがこんなにつまらないものだとは思ってもみなかった。そして音を消して見ると、実は口が同じ動きをくりかえしていることや、同じ絵がもう一度使われていたりと、ささいな欠点ばかりが目についた。子供たちは不満そうな顔だったが、ただで見せてもらっている手前あからさまな態度はとれない。その分信吉を見る目は、誰もが、お前なんとかしろ、と訴えている。

電話はあっけないくらい突然終わった。

池上さんが受話器を置くのと同時に母は再びテレビのボリュームを上げ、中川社長と平吉さんは「でさ、やっぱり釘だよ、釘」と、何事もなかったように再びパチンコの話を始めた。

「失礼いたします」

池上さんは来た時と同じように小さい声で言って頭を下げると、足音もたてずに店を出ていくのだった。

その姿が店を出て右に曲がると、店の中は一瞬にして緊張が解けた。

「我慢してって言ってた。あんなこと金貸しに言わないと思うんだけど」

母の芳江がそういうと、みんな中川社長を見た。社長はそれじゃまた、と店を出ていった。婆ちゃんは口を手でおおって声を低くした。

「聞いたかい？　一度親御さんに会いたいって言ってたよ」

一体いつまでこんなことが続くのか。どん底に落ちた気分になる信吉だった。しかし谷の底は山の始まりだ。運命は意外なところから好転するのであった。

浅草の映画館に信吉は父の栄吉と一緒に映画を見に行った。

黒澤明監督の「用心棒」の再上映だった。三船敏郎扮する素浪人が対立するやくざ同士をけしかけて争わせるという痛快時代劇だった。

「あっ」

その映画を見ている時、突然信吉は、今回の電話騒動を終わらせる名案を思いついて声を上げた。映画館の中である。父は口の前にしいっと指を立てて声をひそめた。

「静かにしろ」

「ごめんなさい」

父の栄吉に叱られて信吉は慌てて口を押えた。なんでこんなにいいことを自分は思いついたのか。どうして思いつかなかったのか。

次の日曜日。

信吉は明るいうちに念のためドブ板を見ておくことを忘れなかった。あのような惨事は一度でたくさんだ。その点、小学二年生とはいえ周到だった。自分の考えを圭介や一郎に話すと、二人ともそれはいい考えだよと驚きの声をあげ、さっそく練習をした。

そして電話がかかってくると、信吉は待ってましたとばかりに家を飛び出し、裏のアパートの階段を駆け上がって、左から二番目の戸を叩いたのである。

「池上さん、池上さん」

電話ですとは言わない。いつかの時のように戸があいて池上さんが怪訝そうな顔を出した。

「電話ですか?」

信吉はううん、とかぶりをふった。

「いつもの電話の人がね、来週のこの時間にそこの神社の境内で待ってるそうです」

圭介たちと練習したように大嘘をすらすらと言うと、さいなら、と言って階段を走り下りた。信吉は店にとって返すと黒電話をつかんだ。

店の中にいる人間全員が驚いた顔で信吉を見る。信吉が受話器をつかむということは、それは池上さんが部屋にいなかったことを意味している。同時に今日はとりたてて何事もなく平凡に一日が終わるということでもあった。

信吉は大きく息を吸うと、練習通り受話器に向かって一方的にしゃべった。

「もしもし、池上さんは、来週のこの時間に神社で待っていると言ってます」

がちゃんと乱暴に電話を切ると、信吉はふうと大きな息をついた。

「信吉」

婆ちゃんはおばけでも見たような顔で口をとんがらせた。

「本当にそんなこと言ってるのかい？」

「本当だい！」

「いよいよ、大団円じゃな」

爺ちゃんが腕を組むと目を閉じて唸った。


あっという間に次の日曜日がやって来た。

信吉は友だちと一緒に鉄人28号を見た。こんなにゆったりとした気分で見る鉄人は久々だ。落ち着いて見るとやっぱり面白かった。

「どうなったんだろうねえ、池上さん」

婆ちゃんは湯のみ茶碗を手に、表を気にしている。表を見たって池上さんが報告にやってくるわけじゃない。大人たちはああだのこうだの言って騒いでいるが、信吉にはまったく関係ない。唯一秘密を知っている友人たちだけが、信吉を見て親指をたててウインクをした。

二人は今頃神社で会っている頃だ。

テレビの中では正太郎君がリモコンをつかんだ。

その時、電話が大きく鳴った。

「はい、まるよし」

電話に出たおばあちゃんは受話器を手で押さえ、目を丸くして口をぱくぱくさせた。

「いつもの人なんだけどね、駅にいるんだけど、神社がどこにあるのかわからないって」

父がすかさず言った。

「電話で説明するより行ってやった方が親切だ。信吉、案内してやれ」

信吉は泣きながら部屋を飛び出し、はだしのまま表に出ると駅へ無我夢中で走った。まるよし酒店のあるあたりは三つの町がちょうど隣合せになっている。だから同じ駅で降りても、神社は三つあった。どこの神社か言わずに電話を切ってしまったのは自分だ。こんな間違いを犯すなんて、なんて馬鹿なんだろう。駅まで走って五分。相手は駅前の踏切の横の煙草屋の電話の所にいるそうだ。

近づくと、薄暗いところに男が立っているのがぼんやり見えた。

「こっちこっち！」

信吉は遠くから手を振って叫ぶと、後ろも見ずに走って引き返した。今ならまだ鉄人が終わらないで間に合う可能性がある。

信吉が走ると、後ろから砂利を踏んで走ってくる音がする。


神社に着いて、はいここですと振り返って、信吉は初めて男を見た。

男は……。

男というか、坊主刈りの少年だった。

信吉の兄と同じ十五歳くらいだろうか。痩せた身体に薄汚れた白いうわっぱりを着て、ほっぺたは赤くてひびわれ、鼻の下には鼻水のためか赤いすじがついている。

少年は小さな、おどおどした目で池上さんを探していた。信吉が見ると池上さんは、木の下にある錆びたブランコにぽつんと座っていた。

「あそこ」

指をさして教えると、信吉は少年に背をむけた。

それじゃ、さようなら、と言って家に向けて走りだすと、途中でいきなり狛犬《こまいぬ》の蔭から手が出て背中をつかみ、信吉は茂みに引っ張り込まれた。神社の入り口の茂みの蔭には家族が全員しゃがんでいた。木島もいた。少し離れたさい銭箱の蔭には中川社長や平吉さんまでいる。

信吉が口を開けると、お婆ちゃんが「しぃーっ」と指をたてた。

とにかく早く家に戻りたいのである。だが、信吉は隙を見て立とうとして父の栄吉に頭を押しつけられ、地面にはいつくばった。良子がすかさず信吉を後ろから押さえつけた。


少年は少しうつむきかげんに、のろのろと池上さんに近づいてくる。

冬の夜は、寒い。それなのに薄汚れたうわっぱりを着て素足にちびた雪駄。細くて弱々しいすねが丸出しだ。しきりに鼻をすすっている。どうやらどこかの板場の見習いのようなのである。

少年は池上さんの隣のブランコに腰を下ろした。キイ……。錆びた鎖が鳴る。

「ごめんな、姉ちゃん」

坊主頭は小さな声でつぶやいて、両手で鎖をつかむとうなだれて下を向いた。

池上さんは前を向いたまま弟を叱った。

「駄目だって言ったでしょ。何度も電話しちゃ。呼び出しのお家に迷惑なんだからね」

叱ってはいたが、池上さんの口調はどこか優しい。

「この時間がお前の休憩時間なのはわかるけど、姉ちゃんに電話する時間があったらもっとほかのことに時間を使うんだよ。たとえば本を読むとか」

　少年はとまどったように姉の顔を見た。弟の顔はとても本を読むような顔ではない。池上さんは「漫画を読むとか」と言いなおした。

　姉と弟はそれきりしばらく黙っていた。よくよく見れば、鼻筋のあたりが似ている。池上さんは木のサンダルのつまさきで地面をいじりながら、少し強い口調で言った。

「一人前になるまで頑張ろうって姉ちゃんと約束したよね。だからもう少し辛抱しなくちゃ駄目。姉ちゃん何度もそう言ってるでしょう」

　少年は何か言いたげにちょっと池上さんを見たが、また悲しそうな顔で下を向いた。

「みんなあんたが憎らしくてきびしくしているわけじゃないんだから。そういうのは修業って言ってね、みんなが通る道なの」

　そして、婆ちゃんが「親御さんにご挨拶」と聞き違えたもとの言葉を言った。

「この前も言ったけど、親方さんにはこんど姉ちゃんがご挨拶に行くから」

　弟は答えるかわりに、足をつけたままブランコを揺らした。手足がひょろ長く、アンバランスなのは少年がまだ成長途中にある証拠だ。そんな子供に、これ以上説教も似合わない。池上さんはため息をついて上を見上げた。

　頭の上の夜空には冬の星がまたたいている。

　池上さんは、小さなきれいな声で、見上げてごらん、夜の星を、と歌った。

弟は鼻をすすりながら、黙って姉の歌を聞いていた。錆びたブランコの鎖の音だけが小さく鳴っている。池上さんは髪をかきあげて、でもね、と明るい声をだした。

「ひさしぶりにお前の顔が見れて、姉ちゃんほっとした」

そう言って笑うと、池上さんは立ちあがった。そして財布から畳んだお札を出すと、弟の手をつかんで握らせるのだった。

「少ないけど、これで漫画とかおやつを買いな」

弟は細い指で札を握りしめたまま、黙っている。

姉は弟の前にしゃがむと、顔をのぞきこむようにして、優しく言った。

「お母ちゃんの三回忌にはお休みがもらえるように親方に頼んでみるから」

その時まではがんばるんだよ、小さな声でそう言うと、弟の手をぽんぽんと叩いて微笑んでみせた。弟は小さくコクンとうなずいたが、ブランコの鎖を握ったきり立とうとはしない。姉はハンカチを出すと、小さな子供にそうするように、鼻を拭いてやった。

どこかで夜泣きそばのチャルメラが鳴っている。

「ほら。駅まで姉ちゃんが送っていってあげるから」

池上さんは立ち上がると、弟の顔の前に手を差しだした。

細い、きれいな指だった。

弟はブランコから立ち上がって姉の手をつかんだが、不意にしゃがみこむと、背中を丸めて泣きだした。

池上さんは並んでしゃがむと、弟の痩せた肩を優しく抱いてやった。そうして弟が泣き止むまで、姉は何も言わず、いつまでも肩を寄せ合って座っていた。

きっと池上さんは、幼い頃から何かあればこうして意気地のない弟をなぐさめてやる優しい姉だったのに違いない。弟はやがてぐすぐすと鼻をすすると言った。

「姉ちゃん、おれさ」

弟は何か言おうとしたが、しゃくりあげ、言葉にはならなかった。

「さあ、行こ」

姉は弟を抱きかかえるようにして立ち上がらせると手をつないだ。弟は姉より背が高い。二人は手をつないだまま、ゆっくりと駅に向かって歩きだした。

茂みの蔭では皆、鼻をすってもらい泣きをしていた。

姉の良子はカーディガンのそでで涙をふくと、信吉をぎゅっと抱きしめて頭を撫でた。強く抱きしめられて苦しかったが、信吉はあんまり悪い気はしなかった。何がおきたのかよくはわからないが、自分の計画がなにかとても良い結果を招いたらしいことは、なんとなくわかった。

いまごろ鉄人28号も一仕事終えて飛んでったところだろうなあ……。

信吉は夜空を見上げた。鉄人の主題歌のエンディングが信吉の頭の中でゆっくりと鳴った。

グリコ、グリコ、グーリーコー……。

それにしてもこんな時、グリコの歌詞は似合わない。

でも、エンディングにはやっぱりこれしかないのだ。

真夏の夜の中華そば

がたごと揺れるベルトコンベアーには、平べったい小さなプラスチックの箱がたくさん載っていて、休む間もなく流れてくる。これを素早くとり上げて透明なプラスチックのふたをはめ、五十個ずつ段ボールの箱につめてゆく。それが私と君ちゃんの仕事だ。

ハエ取り紙のぶら下がった薄暗い工場の中では、流れてくる箱のラインをはさんで五人ずつ、首や頭にタオルをまいたおばちゃんたちが向かい合せになって箱づめをしている。みんな流れる汗で顔が光っていて、おしゃべりをする人なんていない。もっとも工場の中はどっすんどっすんと一日中機械がお餅をついているような音を立てていて、話そうとしても声なんか聞こえないのだけれど。

工場、といっても吾妻橋のビール工場や曳舟の石鹸工場みたいな大きな工場じゃなくて、ここは墨田のどこにでもあるような小さな町工場。土手の下にある工場の門には木の板に有限会社大石製作所と太く書かれている。

ここで働いている十代の女の子は私たち二人だけだ。そばかす顔の君ちゃんは痩せてて三つ編み、私は髪はひとまとめにして後ろでしばってる。

メダマの恵子、と幼馴染の富男があだ名をつけたくらいだから、私は黒目が大きい女の子ということになっている。君ちゃんと私は二人ともおそろいの白の体操着にトレパン。中学の校章は入っているけど、これは中学時代の体操服で、今は高校生です、ということにしてある。そもそも私と君ちゃんが高校生ですと言い張って中学生最後の夏休みをこの工場の臨時雇いとして過ごすことになったのは、君ちゃんがどこからか聞きつけてきた「いい話」のせいだ。

「いい話があるの。仕事は簡単でね、お金もすごくいいんだって」

学校からの帰り道、君ちゃんはそう言って目を輝かせた。でも君ちゃんの「いい話」はいつだって「いい話」だったためしがない。いつか黒板消しを作る仕事だと言っていたのに黒板を作る仕事だったことがあり、男でも大変な力仕事を二人で手伝うはめになったことだってある。まあ、あの時に比べれば、確かに仕事は簡単だ。暑すぎて倒れそうなことを別にすれば。

君ちゃんも私も同じ長屋に住んでいて、はっきり言って二人とも同じように貧乏だ。中学を卒業したらどこかの工場へ就職することになる。受験勉強がない分、夏は家計を助ける貴重な臨時収入のチャンスなのだ。

プラスチックの箱は、どんなに段ボール箱に詰めてもなくなることなんてない。黒いベルトに乗り、休憩のブザーが鳴るまでこれでもかこれでもかとやってくる。

この小さな箱は別のどこかの工場に送られ、そこで東京オリンピックの記念メダルとかいうものが入るのだそうだ。オリンピックは三ヶ月後。生産がぜんぜん間に合わないんだよ、と工場の社長さんは毎日大騒ぎだ。

社長の大石さんは作業着を着て黒い腕カバーをしていて、おばさんたちからは「ばんさん」と呼ばれている。伴淳三郎に似ているのがその理由だ。ひまさえあればバルサンの入ったポンプ式の噴霧器を持って、あちこち歩きまわり、せっせとポンプを動かしては殺虫剤を噴いている。ハエや蚊がケースにはいらないようにがんばっているのだそうだ。

緑色だったらしい色のはげて錆びたトタンの建物の中は、地獄の暑さだ。仕事をしていてもぼっとしてくる。ちょっと油断すると、頭の中では冷えたサイダーの泡がコップの中ではじけ、ベルトコンベアーに載ったガラスの器にシャリシャリと音を立ててかき氷が山盛りになってゆく。そんな時は、おそらく私たちの様子がどこか変なのだろう。きまって古株のおばちゃんが怖い目でこっちを見ている。そのおばちゃんはがっちりとした肩をしていて、ちょっとやそっとじゃ壊れそうにない頑丈な感じだ。

もう倒れそう……。そう思ったところでブザーが鳴って箱を載せたベルトが止まった。待ちに待ったお昼休み。おばちゃんたちは腰を叩いたり、腕をまわしたりしながら、わいわいと部屋を出てゆく。

急に機械の音が止むと、蝉の声が窓の外から聞こえてきた。ずっと鳴いていたのが機械の音で消えていただけなのだが、なんだか暑さをもりあげるために、わざわざ交代で鳴き始めたような気分になってくる。

おばちゃんたちは詰所で家から持ってきたお弁当を食べる。希望すればお弁当の配達も頼むことはできるんだけど、私たちは最初の日で食欲を失った。

「でもさ、君ちゃん。このままだと私たち倒れちゃうかもね」

「そうだよ。明日からは無理にでも食べないと」

君ちゃんと一緒にふらふらと暗い工場の外に出ると、一瞬目がくらっとするくらいの太陽。それでも工場の中よりは涼しい気がするし、じっさい木陰はそうなのだ。

どこかで社長さんがポンプをキコキコ動かす音がする。たぶん裏に掘ってあるゴミの穴に噴霧しているのに違いない。

乾いた土の地面の向こう、門の外には鮮やかな緑の土手があって真っ青な空に白い入道雲がもくもくと湧いている。かわりばんこに井戸のポンプをがちゃがちゃさせ、井戸水で顔を洗った。

「ああ、冷たい！」

めいている。

「生き返るよねえ」

私たちは手拭いをしぼって顔を拭くと、井戸のそばの木の下にある壊れた木のベンチに並んで座った。井戸のわきには物干し台があって手拭いや作業着が青い空にはためいている。

チリンチリン……。鈴の音が聞こえてきた。遠くの土手の上を、赤い旗をたてたアイスクリーム売りの自転車が通る。土手の向こうは昔の水練場だ。

「ああ、食べたい！　ホームランバー」

体操着を両手でばたばたさせて風を入れながら、君ちゃんは目を閉じた。自転車を追いかけて買いにゆくだけの元気は、今の私たちのどちらにも残っていない。

「あの白い冷蔵庫のさ、フタを開けて頭を突っ込んだらどんなに涼しいんだろうね」

私も真似して体操着をばたばたさせると、そうだよねえと君ちゃんはため息をついた。アイスクリーム売りと入れ違いに、帽子をかぶって腰に手拭いをぶら下げた酒屋の小僧さんが自転車に乗ってやってきた。自転車を停めると、手拭いで汗を拭いながらこっちを見ている。

「ねえ、恵ちゃん、あれ、まるよしのトンビじゃない？」

「あ、本当だ。何見てんだろ」

君ちゃんに言われてよくよく見れば、確かにまるよし酒店の富男。富男はみんなからトンビと言われている。そのあだ名をつけたのは幼馴染の自分だ。

「いやだなあ、こっち来てほしくないよね」

「ほんと。あいつ余計なことしゃべりそう」

トンビはお父さんの栄吉さんと喧嘩をして家出をしたりしたこともあったけど、最近ではまじめに家の手伝いもしているのだと聞いている。

「あ、自転車とめて石段降りてくる」

薄汚れたランニングシャツ。よれよれの帽子を脱いで、腰の手拭いで汗を拭いた顔は、間違いなくトンビだ。中学生は坊主刈りが多いのに少しかっこつけている。後ろは刈り上げているけど前はやや長い。

切れ長の目がいいとかいう女子もいないことはなかったが、自分から見たらただの細目だ。しかもいつもふざけたようなにやけた顔をしていて耳だけ大きい。三年生になったら急に背が伸びて、手足の釣りあいがなんとなくとれていない。面倒くさいことになったな。なんだってこっちに来るんだろうか。しっしっ。

あと一軒お得意さんの御用聞きをすませたら帰って昼にしよう。そう思って大石製作所に来てみたけど、木陰のベンチで体操着をばたばたさせてる女たちは、あれはもしかするとメダマの恵子とガリの君江なのだろうか。

でもここで働いているとは思えない。だって中学生の臨時雇いなんて新聞配達くらいでたぶん禁止だし。いや待てよ。わざわざ家からこんなに離れた所で働いているところを見ると、もしかして年齢をごまかして……。

犬を追い払うみたいにこっちに向かって手を振っているのは、確かに恵子だ。そのとなりでこっちを指さして何か言ってる奴はやっぱり君江に違いない。

あんまりかかわりあわない方がよさそうな気がする。さっさと御用聞きをすませて帰ろう。自転車を停めて石段を降りると、恵子が土ぼこりを上げて走ってくる。最近大きさが変わったと男子の間で評判の胸を見ないように、あわてて目をそらす。

恵子のやつはなんだか汗だくで、首に手拭いなんて巻いている。膝に手をおいてハアハアしたところをみると、普段あんなに元気な女のくせにかなりお疲れのようだ。

「ねえ、何しに来たの？　帰って。お願いだから」

恵子は顔をあげて、怖い目で見た。この大きな黒目が昔から自分は苦手なんだよな。それで自分がつけたあだ名が「メダマの恵ちゃん」。最近じゃ器量良しなんて言われていい気になっているようだが、広いおでこもきつい眉も、自分から見たらただの口うるさい姉貴のようでうっとうしいんだこれが。

「うちのお得意さんなんだぜここは。俺、御用聞きにきたんだ」

「そう？　じゃあ仕方ないけど。でも、あたしたちと同じ学校だとか言わないでね」

「へえ、お前らここで働いてるの？　年齢ごまかして？」

言わなければよかったと思ったけど遅かった。いきなり両手で耳をつかまれた。

「余計なことを言わないの。わかった？　何も聞かなかった、何も見なかった。いい？」

「わかった、わかりました！　痛えってば」

「お得意さんをひとつなくしたくなかったら、早く帰ることね」

メダマの恵子はあかんべをするとまた走って、井戸のところへ戻っていった。

あいつ、いま自分を脅した。きっと小学校の時に見られた駄菓子屋の万引きの事だ。

いや、花火でうっかりボヤ騒ぎになって逃げた神社のことかもしれない。ああ、耳が痛い！　何もあかんべまですることないだろうに。


花王フェザーデラックスシャンプーは、二つで十円。

粉は粉でも今まで使っていた髪洗い粉よりだんぜん泡立ちがいい。これも北十間川の近くの工場で作っているんだって。髪を洗いながら君ちゃんがそう教えてくれた。墨田はなんでも作れるすごい町だ。

「ねえ、恵ちゃん。トンビのやつ、社長さんに私らのこと話してないかな」

「平気平気。あいつの痛いところは山ほどつかんでるもん。私らがこんなに強いのは……」

「あたり前田のクラッカー！」

髪を泡だらけにして声をそろえると、私たちは笑った。

工場の帰りには必ず家の近くにある丸亀湯に寄ってから帰る。それが二人の日課で、お風呂上りに飲む一本のラムネはこの夏、唯一にして最大の日々の楽しみになりつつある。お湯と石けんのいい匂い。桶の音。長屋や工場の人が子供を連れてやってきて、この時間になるとお風呂屋さんの天井にはにぎやかな音が反響する。大きな富士山のペンキ絵の前で浸かるお湯は、これはもう天国だ。私たちは一日中ちぢこまって手を動かし続けているせいで、今まで使っていなかった筋肉やすじがあちこち痛む。手足を伸ばして首までお湯に浸かると一日の疲れがすっと身体から抜けてゆくような気がしてくる。

「あ、花火」

「ほんとだ」

どこか遠くで花火があがる音がする。

私たちはお風呂のふちに頭をのせてその音を聞いている。音は高い天井の少し開いている窓から聞こえてくるのだ。母ちゃんがまだ生きていた頃、手をつないで家族で行った両国の花火大会はおととし終わってしまった。がまんできなくて誰かが小さいやつを上げているんだろうな、きっと。

「ねえ、恵ちゃん、聞こえない？」

君ちゃんが耳を手のひらでおさえて目をきょろきょろさせた。私も耳をおさえてみる。実は聞こえるのだ。花火じゃない音。一日中どっすん、どっすんという音の中にいるせいか、工場の仕事が終わって家に戻ってもしばらくは耳の奥のどこかでどっすん、どっすんと音が鳴っている気がする。

こんな生活を続けていたらどうなっちゃうんだろう、私たち。

ああ、早く日曜日にならないかな。実は君ちゃんには内緒だけど、私にはこんどの日曜日にとっても素敵なことが待っているのだ。だからもうちょっとの辛抱。

「ねえ、恵ちゃん、歌おうよ」

「そうだね、歌おうか」

私たちは、お風呂の中で最近流行っている九ちゃんの、上を向いて歩こうを歌った。そう、上を向いて歩けば、もうじきいいことがやってくる。苦あれば楽あり！

となりの女湯から聞こえてくるあの歌声。歌っているのは、もしかして……。

ぼんやり考えながら湯船から上がろうとしたら、いきなり大事なところを指でデコぴんみたいにばちんと叩かれ、あまりの痛さに股間をおさえてお湯に沈んだ。

「かぶってるね、今日も」

「その声は……あきら先輩」

いつの間にお湯に入っていたのだろう。あきらさんは四つ年上の十九歳で、昔ながらの長屋のガキ大将がそのまま大きくなって不良になった。毎度の挨拶がわりになったこの習慣だけはどうかやめてほしいのだがいつも不意をつかれる。

あきらさんはベニヤ板を作る工場で働いていて、今はやりのカミナリ族。工場の仕事が終わると水平乗りとか後ろ乗りとかいう大技でバイクにまたがり、清澄通りや出来たばかりの高速道路を集団ですごい音をさせて走り回っているらしい。

カミナリ族はお金持ちのぼんぼんの集まりで、あきらさんは貧乏人のくせに力でそいつらをねじふせ、子分に従えて王国を築いているのだという。バイクはもちろん貢物だ。

「なあ、富男。メダマの恵子のことだけどよ」

そう言ってあきらさんは渋い顔を作ると、髪を湯でオールバックに撫でつけて笑った。あきらさんは高倉健にそっくりな二枚目だが、残念なことに笑うと前歯が一本ない。

「さっきガリといっしょに風呂に来るのを表で見たんだわ」

自分のぶ厚い胸の前で両手をぽっこりと山にしてみせ、冬の間はわからなかったがいつのまにかでかくなってやがる。おめえ気づいたか？　と言った。

「え、それがどうかしましたか？」

「夏祭りによ、一緒に行こうって、おめえの方からもうまく誘ってみてくれや。俺は仕事が忙しくてなかなかそんなことまで手がまわらねえんだ」

言い終わるやいなや、思い切り肩を叩かれた。おめえの方からって？　なんで自分で誘わないのかなと疑問に思うのだが、もちろんそんなことは言えない。選択肢はひとつ。はいわかりました、だ。

「はい、わかりました」

子供の頃からほかの町の子供との野原の戦争でもずいぶん救ってもらっているわけだから、これはもう理屈ではないのだ。

「女って奴はよう、ちょっと見ねえとすぐに変わっちまうんだよなあ。こんな汚ねえ長屋でよ、灯台もと暗しってやつだな。おめえはいいよな。メダマと仲良しで」

「あきら先輩、それは誤解です。仲良しじゃありませんって」

仲が良かったのはうちの母ちゃんとメダマの母ちゃんだ。だからメダマとは普通に小さい頃から裸で一緒にたらいで水浴びもした。でもこいつは昔から大の苦手だ。あの太い目線というか、ぴかぴか光るでかい黒目でじっとにらまれると、なんにも悪いことをしてなくってもごめんなさいとついあやまってしまう。

しかも一方的に、あたしトンビのお嫁さんになってあげるとか言っては、あれこれおせっかいを焼かれて、ほんと迷惑だった。

メダマの恵子は母ちゃんが死んじまったあとは赤ん坊だった弟の面倒からおやじさんの飯の世話、洗濯から何からしゃかりきになって一人でこなしている鉄の女だ。

その点はすごいなと思う。

でも、自分から見たらただのケチでおせっかいな、それでいて人の話を最後まで聞かないそそっかしい女だ。このへんの男がわあわあ騒ぐのを見ると、メダマのどこがそんなにいいのか自分にはわからない。だいいち自分はサユリストだ。メダマなんか図鑑でいえば吉永小百合ちゃんとは分類されている巻がまず違う。

「んじゃ頼んだぜ、富男」

そう言ってあきらさんはお湯の中にすっと消えた。

熱い湯船とぬるい湯船は下にあいた四角い穴でつながっている。小さい頃は潜ってよくそこをくぐった。運動オンチの自分は一度そこに尻をひっかけて溺れたことがあり、それ以来二度と潜っていない。あきらさんは未だにそんなことを得意になってやっている。

それにしてもめんどくさいことを頼まれたもんだな。ちっこい庭がある板の間の脱衣場で涼みながら、ラムネのビー玉を栓抜きでぽんっと叩く。じゅわーっと泡が溢れ、

あわてて口をつけると、

「痛っ」

やられた。たまに割れてんだよな、この丸いとこのガラスが。

「かぶってるねえ、今日も」

そのセリフに反射的に股間をかばうと、メダマの恵子の弟の進がパンツいっちょうでへらへら笑って見上げている。いつ聞いていたんだろう、あきらさんの言葉。

「おいこら、そんなことぜったいに姉ちゃんに言うんじゃないぞ」

「じゃあ、ひとくち」

「仕方ないなあ。お前たち姉弟で脅しやがって。ひとくちだけだからな」

そう念をおしてラムネをひとくち飲ませてやると、たちまち他のガキどもがわらわらと集まってくる。ああ、今日はついてない。家に帰ってシャボン玉ホリデーでも見て、早く寝よう。扇風機までぶっこわれてこっちを向いてくれない。ほんとにもう。


トンビの奴、とうとう暑さで頭がおかしくなったようだ。

朝、君ちゃんと土手を歩いていると、酒屋の自転車で追いついてくるなり「行こう夏祭り」だって。それからとんでもないことを言いだした。

「あのさ、恵子。昨日、風呂行ったろ？　そん時ちょっと、お前の胸がさ」

「ばか！」

途中まで我慢して聞いていたけど、思いきりほっぺたをひっぱたいてやった。ざまあみろ。トンビの奴、バランスを崩して自転車ごと土手の下にごろごろと落ちていっちゃった。

それにしても、何てハレンチなことを言うやつなんだろう。ちょっと胸が？　行こう夏祭り？　自分が何を言ってるのか、わかっているんだろうか。だいいち何だってトンビとなんか祭りにいかなければならないのだろうか。

昔からさえなかったけど、ほれぼれするくらいさえない男に成長したものだ。小さい頃はうっかりお嫁さんになってあげるとか言ってしまったけど、とんでもない話だ。

「ねえ、恵ちゃん、胸がどうしたって？」

「知らない。なに言ってんだか」

君ちゃんと下を見ると、トンビの奴、頭でも打ったのか、ぜんぜん動かない。

痛い。これは何をするものなのか、セメントの四角い小さな棒がちょこっとだけ土手の草の中から出ている。そこに頭の横をいやってほどぶつけた。

違うんだよ、お前と夏祭りに行きたいのは自分じゃなくてあきらさんだってば。人の話は最後まで聞いてほしいんだよ。早とちりのメダマ女め。

まだ土手の上でおっかない顔してこっちを見ている。まったく見世物じゃあるまいし、君江まで一緒になって見てるんだからなあもう。トサカにくるぜ。

ああ、失敗した。

それにしてもあわててしゃべると言葉の順序がおかしくなるのは何故だろうか。言いたいことを整理する前にしゃべりだすといつもこうだ。クラスで一番勉強ができる島田が、君の文法は日本語というより英語に近いんだね、といつか真面目な顔で言ってたっけ。

あ、なんかぐにゃってした。え？　これはもしかして犬の……？　なんてこった！　おしりでふんじゃった。これから一日、あっちこっち御用聞きに回るってのに。どうすりゃいいんだろか。

「ねえ、トンビの奴、頭でも打ったのかな」

君ちゃんはちょっと心配そうな顔で下を見ているけど、私はぜんぜん何とも思わない。

「あ、見て見て。服を着たままざぶざぶ川に入って行くよ」

指をさす方を見てみると、確かにトンビの奴は、川に入って、へんなかっこうでしゃがんでいる。馬鹿だ。ほんとうに馬鹿。頭を打った酒屋の小僧が川でしゃがんでおしり洗ってる。私と君ちゃんはお腹を抱えて笑った。

あちこちの工場で始業のサイレンが鳴り始めた。古株のおばちゃんの怖い顔がよぎる。

「大変だ。こんな馬鹿にかまってられないよ！　行こう、君ちゃん」

「うん、走ろう！」

川の向こうにいっぱい立ってる工場の煙突の煙が全部まっすぐ上に昇り始めた。風力ゼロだ。ああ、今日も暑くなりそう。

やれやれ、東京オリンピックか。

うちのまるよし酒店にもきのうＷｅｌｃｏｍｅと書かれた丸い日の丸シールが商店組合から配られた。これを店の入り口に貼っておくんだと。

「もしかしたら外国のお客様が来るかもしれねえからな、こうしちゃいられねえ」

「そうだねえ、それじゃ表のガラスもきれいにしておいた方がいいね」

父ちゃんははりきり、ばあちゃんはいそいそと店の汚いガラス戸を拭いたりしている。町工場だらけのこの商店街に外国人が来ることなんて絶対にない、自分はそう思うんだけど。

さいきん浅草とか錦糸町あたりじゃＴＯＫＹＯ１９６４とでっかく書いた五輪マー

クのちょうちんをぶら下げたパチンコ屋や、万国旗をぴらぴらと広げた乾物屋とかをよく見かける。街は猫も杓子も東京オリンピック一色。もうじきギリシャのオリンピアとかいうところから聖火とかいうものが日本に向けて出発するんだと今朝のニュースで言っていた。

「火ってのは、どうやって海を渡すんだろうね」

母ちゃんが言うと、じいちゃんは畳の上にあおむけになって海老ぞってみせた。

「背泳ぎだろう。聖火を濡らさんように、こう手に持ってな」

ももひきまるだしで大真面目な顔だ。父ちゃんが勉強しろ勉強しろって自分に言うのがよくわかる。学がないってのは悲しいことだよ、本当に。

なんでも十月十日の開幕の三日前には清澄通りを聖火リレーのランナーが走るらしい。墨田からも五十人くらいの中高生がいっしょに走るんだそうだ。厩橋《うまやばし》から江東区との中継点のみろく寺橋までの二キロの距離。うちの中学じゃ、一年生の時に千五百で区の新記録を出したメダマの恵子に白羽の矢が立ったことがある。

でも、リレーの練習のために家の仕事を休むことなんかできませんとか言って断ったと、もっぱらの噂だ。まあ福引きで当たったテレビを現金に換えろと食ってかかった女だ。あいつにとっちゃじぶんちの生活優先で国民の祭典どころじゃない。

それにしても東京中、みんなでよってたかって道路やビルを作ってる。

隅田川の墨堤の上もずらりと高速道路の橋げたができてしまったし、浅草線は残念なことにどうやらオリンピックまでには全部がつながらないことがはっきりした。地下鉄の無理な突貫工事のおかげで近所の中川社長の奥さんの実家は土の中に陥没したというのに気の毒だ。今も運河の横を自転車で走っているけど、そこら中で工事、工事、工事だ。

おまけに暑い。頭がくらくらする。コールタール臭い。蝉もうるさい。上を向いて、ハアと目を閉じた瞬間……景色がさかさまになって、工事中の穴に自転車ごと落ちた。よりにもよって今日はソースを配達中だった。中で働いていたヘルメットのおじさんたちに、売り物のソースを頭からたっぷりぶちまけてしまった。

「この野郎、俺たちは焼きそばじゃねえぞ！」

「どこ見て走ってんだ、あほう！」

さんざっぱら頭を殴られた。朝は犬のウンチで終わりはげんこつだ。今日もついてない一日だったたな。ほんとに。

ざっときた夕立ちのせいですこし涼しくなった。

長屋の細い路地にもいい風が吹いて、軒下の釣りしのぶの風鈴をちりりんと鳴らす。

蚊取りせんこうが香って、小さな橙色の裸電球がぽつぽつ灯り始める。夏のこの時間が私は一番好きだ。隣町の神社だろうか。どこか遠くで盆踊りの太鼓が鳴っている。

今日は父ちゃんも残業がなかったのでひさびさに親子三人でお夕飯。私は井戸水で冷やしておいたきゅうりを包丁で切っている。

お魚の焼けるいい匂い。長屋は窓も戸もぜんぶ開いているし、四畳半と六畳は続いているから、どこもかしこもまるみえだ。家の前の路地では向かいの石出のおばちゃんが、さらし竹に朝顔がつるを巻きつけた植木棚の横に座って、七輪でお魚を焼いている。お皿に焼けためざしをのせて、おばちゃんは戸口から顔をのぞかせた。

「悪いねえ恵ちゃん。そっちにぜんぶ煙がいっちゃって。はい迷惑料」

「ありがとう、おばちゃん」

それじゃと言っておナスを一本あげると、おばちゃんはうれしそうに笑った。

「あら、これじゃ得しちゃったじゃないの」

私はきゅうりを塩でもむと小鉢に入れてちょっとだけお醤油を垂らし、今焼けたばかりのめざしと一緒にちゃぶ台の上に運んだ。

「お。いいな、きゅうりか」

ラジオの浪曲を聴きながら父ちゃんは背中でそう言った。父ちゃんはランニングにステテコ姿で畳に横になって団扇を使っている。きゅうりの塩揉みは好物だ。見なくても匂いでわかる。

「はい、お仕事ご苦労様」

井戸水で冷やしておいたビールを手拭いで拭くと、すぽんと栓を抜いた。

「ビール？」

父ちゃんは音を聞いてびっくりして起き上がるとあたしの顔を見た。うちの父ちゃんは佐田啓二似だと長屋のおかみさんの間では評判だ。

「今月は臨時収入があるからね」

「そうか、そりゃすまないな。ありがとう」

まるよし酒店でもらった三ツ矢サイダーのコップにこぽこぽとビールを注ぐと、ほろ苦い香りが狭い部屋に広がった。父ちゃんはコップにあふれた白い泡に口をつけると、目を閉じてごくごくと喉を鳴らして飲み、ふう、こりゃうまい、と笑った。

それから団扇を使いながら、あの人な、と小さな声で言った。

「秋にはここに来ることになった」

それだけ言うとコップの残りのビールを大事そうにゆっくりと飲んだ。

「うん、わかった」

私もそう答えてお夕飯の支度に立った。煮立ったお鍋の中からおだしの煮干しをすくう。秋までには畳もきれいにして恥ずかしくないようにしておかなくちゃ。早く「きれいにするもの・新しくするもの一覧表」を作ろう。そのための資金作りに毎日工場へ行っているのだ。

「ただいまあ！」

まるよし酒店でテレビを見ていた進が大声をあげながら、靴を飛ばして飛び込んできた。

「あっ、父ちゃんお帰り！」

「進！　舌を見せてごらん」

腕をつかむと進はあかんべえと舌を出す。思ったとおりオレンジ色だ。

「あんた、また粉末ジュースなめたね。駄目って言ったでしょご飯前は」

手を払いのけると進は、渡辺のジュースの素ですもう一杯！　とおどけて歌った。

それからまな板の上のナスを見て、なんだよ、またナスの味噌汁かようと不満そうに言った。

「こら、ちょっと待ちなさい」

逃げようとするところをつかまえて髪の毛をつかんでみる。これはもう切りどきだ。

「明日姉ちゃんがバリカンしてやるからね」

そうと言うと、いやだい！　と頭をおさえてぐるぐる走りまわり、また外へ飛び出した。

「ほんとにもう、しょうがない子」

どうせ食べたら今日も花火。遊んでばかりだ。

私はおひつにうつした炊きたてのご飯を小さなお茶碗に盛り、箪笥の上に置いてある形ばかりのお仏壇にそっとおそなえした。それから毎日香の箱からお線香を出してマッチで火をつけ、縦にすっと振って火を消す。おだやかな白檀の香りにつつまれると、なぜだかふっと心が軽くなる。りんを鳴らすと、私は目を閉じて手をあわせた。どこかで風鈴が鳴っている。

もうすぐお盆だ。

それが過ぎたら、新しいお母さんがこの家にやってくる。


酒屋というのはみんなそろって飯を食べることなんかまずない。誰かが食べてる時には、誰かが店に出て客の相手をする。誰かが店に出ている時には、残りの誰かが何か食べている。

うちは全部で七人いるから、いつでも誰かが何かを食べていることになる。じいちゃんは一度食べたことを忘れてもう一度食べたりするからさらにややこしい。

しかもさっきまで近所の小僧どもがテレビを見てたりするから、そうなるともう誰が誰で、何をしているのかさっぱりわからないぐらい賑やかなのだ。店を閉める時間もいい加減だし、中元歳暮の時期は忙しくてめちゃくちゃだ。母ちゃんなんかはめんどくさくなって飯を食わないこともある。そこへもってきてうちは店の入り口の一角が立ち飲みだ。誰かしら、ろくでなしの飲んべえが酒を飲んでいる。こんなふうにしたのはなんのことはない、父ちゃんが仕事中も自分で一杯やるための合法的な仕組みなのだと最近やっと気がついた。飲み客の相手をしながら、ちょいと一杯。味噌をはかり売りしながら、ちょいと一杯。

それからこのまわりに住む連中は電話を持っていない。店の電話が緊急呼び出しになっているから裏の木賃アパートの連中なんてみな常連だ。

飯を食いながら人の世の道理をじいちゃんがしゃべってるすぐその前で、電話に向かって水商売のお姉さんが泣きながら誰かを罵倒していたりする。

「ただいま」

「おや、お帰り。ごくろうさん」

店に帰った自分を出迎えたのは、女形姿の平吉さんと近くの町工場の中川社長だ。二人は安い焼酎ですでにできあがっている。平吉さんの仕事はちんどん屋さん。白粉が汗ですごいことになっており、顔が崩壊している。

「富ちゃん、ちょいとお聞きかい？」

平吉さんは、妙な女形言葉で流し目をくれた。

「え、何がです？」

「ほら、今出てった進ちゃんのお姉ちゃんの事」

と、口をとんがらかしてウインクする。どうも話す内容としぐさとがつりあわない。

「進の姉ちゃんって、メダマの恵子ですか？　あいつが何か？」

「あの子ったらね、ガラス御殿の御曹司と良い仲らしいのよ」

ガラス御殿とは、恵子の陸上部時代の先輩が住む、墨田では珍しい豪邸のことだ。父親がガラス会社の社長なのでガラス御殿と呼ばれている。平吉さんとはいってもお客なので、自分はいちおう愛想笑いをしてみせた。

「へえ、あいつにもそんないい噂があるんですか」

「そうなのよ。あたしの仕事先のパチンコ屋さんの息子さんがね、今度の日曜にガラス御殿の御曹司の誕生日会に呼ばれていて、その子のレッスンの時に偶然聞いたわけよ」

レッスンとは平吉さんが吹いているサキソフォーンのことで、平吉さんは頼まれると楽器を教えることがある。平吉さんは今はちんどん屋さんだが、戦争中は軍楽隊の隊員だったそうで、暇なときは河原で音階の練習だけを朝から晩までやっていることもあるプロ中のプロなのだ。その時の顔は真剣で、今とはぜんぜん違う。

平吉さんは急に片手でぶつしぐさをしてみせ、あんたとられちゃうよ、恵子ちゃん、と言ってあははと笑った。

「夏は開放的だからねえ、富男君。気をつけないと」

中川社長も真顔でそんなことを言う。ばかばかしい。さあ、早く銭湯に行こう。

貧乏人の恵子とガラス御殿の御曹司じゃ釣りあいがとれないに決まってる。というよりメダマが誰とひっつこうと、そもそも自分には関係ないことなんだけど。


栄一郎先輩の家は大きい。人呼んでガラス御殿。

静かなお屋敷は緑にかこまれ、どこまでも長い塀が続いている。大きな石でできた門柱には「柴田」と金属のプレートがはまっている。門は青銅色でつたがくるくるまきついたような模様。私が入れてもらったのはその横の小さい門だ。中には私が住んでいる家より大きな、門番のおじさんの小屋まである。

うっそうとした大きな木の植わったお庭の芝生の中を、まがった白い道が玄関まで続いていて、今日のお客様のものだろうか、何台もぴかぴかのスポーツカーが停まっているのが見える。森繁の社長シリーズの映画の人たちが撮影に使わせてほしいと下見に来たという噂もあるくらいで、たしかに映画に出てきてもおかしくない立派な家だ。

栄一郎先輩のお父さんは社長さんで、ワイエスなんとかという最新式の飛行機に乗って外国へもしょっちゅう行くのだそうだ。会社は丸の内にあるんだけど、いつでも工場を見れるように家はこっちにあるんだよ、といつか先輩が言っていた。

私が中学一年の時、先輩は陸上部の三年生。一年生の半年しか陸上部にいなかった私に、そのあともいろいろ親切にしてくれて、毎年誕生日会にも呼んでくれる。

今日は十七歳の誕生日を祝うパーティだ。プレゼント無用、それが先輩の決めたルール。気取らないし、物静かで運動も勉強もできる。どこかの誰かさんとはぜんぶ正反対だ。お手伝いさんに案内されて輪をくわえたライオンの扉を開けて中に入ると、にぎやかな音楽が聞こえてくる。たしかこれは、ジャズとかいうやつだ。

大きな階段がある一階のフロアの左手にはドアの開いた大きな部屋があって、先輩の親戚の人たちや高校の陸上部の人たちが大勢でわいわいとおしゃべりをしている。

受付で名前を書くと、女中さんがクラッカーをくれた。

「あとでみんなで鳴らすので使って下さい」

男の人も女の人もみんなきれいなお洋服を着ていて、私はちょっと入るのが恥ずかしい。私はというと、いっちょうらの白いワンピース。たぶん先輩は覚えていないだろうけど去年のお誕生日会の時とおんなじものだ。背が少しのびたぶん、丈が少し短くなった。

みんな綿のズボンのすそをまくってくるぶしを見せたり、すねまでしかないズボンだったり、女の人は首にネッカチーフを巻いたり、ぺったんこの靴をはいて細くて長いスカート。頭に三角折にしたハンカチーフをかぶっている人もいる。もしかしてこれが今はやりのみゆき族というやつなのかな。すぐ目の前の男の人たちはぴちっと分けた短い七三の頭で、やっぱりエムジーファイブよりバイタリスだよね、とか話している。頭につける油のことかな。ちなみにうちの父ちゃんはポマードだ。

大きな暖炉の前で誰かと話をしていた先輩は、私を見つけて手をあげてくれた。すぐに私に気づいてくれたのは、もしかしたら私が来ることをずっと気にして待っていてくれたのかもしれない。私も少し手をあげると、先輩は人の間をまるで泳ぐようにすいすいと歩いてくる。

白のVネックのセーターが日焼けした顔によく似合う。背が高くて眉はきりっと黒く、髪は少し波立っている。中学時代から若大将と呼ばれていたくらいだからハンサムだ。普通の男子とはぜんぜん違う。全速力で校庭を走る姿は女子のあこがれの的だった。

「お誕生日おめでとうございます、先輩」

「来てくれてありがとう」

静かな声でそう言うと、先輩は私の服を見た。

「君も白い服なんだ。僕と同じ。偶然だね」

先輩は白い歯を見せて笑った。きっと私がこれしかもってないから、さりげなくあわせてくれたのかもしれない。そう思うと嬉しくなってきて、工場での苦労が吹き飛んでしまう。

　もっとおしゃべりがしたかったけど、急に音楽が大きくなってお手伝いさんたちが四人がかりで大きなケーキを運びこんできた。いっせいにクラッカーが鳴った。私もあわてて糸を引いたけどみんなよりだいぶ遅れて鳴り、注目を浴びてしまった。でもそのせいで先輩が私のほうを見て笑ってくれたからまあいいか。大きな拍手が沸き起こる。なんだか私と先輩の二人のための会みたいな勝手な想像をしてしまう。

　みんなでハッピーバースデーの歌を歌うと、それを合図にどんどんお料理が運ばれてきた。普段見ることもない豪華なお料理。椅子やテーブルはなくて、これは立食パーティーとかいうのだそうだ。そのあとバンドの生演奏でみんなでツイストを踊った。踊り方はよくわからなかったけど、みんなの真似をしてやってみるとすごく楽しい。私は先輩と向かいあって踊った。

　運動神経抜群の栄一郎先輩は踊りも上手だった。

　楽しい時間はあっという間に過ぎてゆき、踊り疲れると先輩は外のテラスの涼しい木陰に私を連れ出した。蝉は鳴いていたけれど、気持ちのいい風が広いお庭を吹き抜けてゆく。やはりというか、先輩は二人だけになるとすぐに私に聞いた。

「聖火リレーの併走、断ったんだって？」

代表に選ばれたことを先生から聞いた時には嬉しかったけれど、練習もあると聞いて家の仕事ができなくなることがわかり、仕方なく断ったのだった。でも先輩にはそうは言えない。私は一年生の時に陸上部を辞める時と同じ理由を言った。

「ええ、やっぱり膝の調子があんまりよくないんです」

木の葉が先輩の顔の上で、涼しそうな影を揺らした。

「残念だな。僕も高校の代表で走るから、恵子ちゃんと走りたかったのに」

まさか家の家計を助けるために働いてるもんで、とか言いたくないし、あいまいに笑ってごまかしていると、

「僕にできることがあったら何でも手伝うから言ってくれ」

真剣な顔で見つめられた。先輩に見つめられると胸がどきどきした。そして私が思いもよらないことを先輩は言いだした。

「今度の日曜日だけど、時間はあるかい？」

えっ……これってもしかしてデートの誘いってやつなのかな。あんまり驚いたのでとっさに何て答えていいのかわからない。ああ、もう少しましな答えがあったはずなのに。こんな時、映画みたいな気のきいたセリフは出てこない。思わず、私は言ってしまった。

「あたり前田のクラッカーです！」

ええと、二丁目の坂田さんちは大黒ブドー酒で、小林さんとこはトモエ焼酎と。逆だったかな。ちょっと待てよ。

運河の横を考えごとをしながら走っていると、橋のところになんだか黒いぴかぴかの車が止まって後ろの座席からメダマの恵子が降りてくるのが見えた。

へええ。貧乏人があんなぴかぴかの車から。おまけに気どった顔でさいなら、とか手を振ってる。あ、後ろの窓から顔を出したのは柴田ガラスの御曹司。やっぱりさいなら、とか手を振ってる。

平吉さんの話はやっぱり本当だったんだ。ケチな女は金持ちにひっつくってことなんだな。ああいやだいやだ。いつもよりおめかしまでしちゃって。貧乏人はこれだから浅ましい。なになに？　窓ごしにまだ何か嬉しそうにしゃべってる。

どうせ歯の浮くようなセリフを言っているんだろうな。よし、こうなったら活動写真の弁士だ。

(今日は楽しかったわ)

(いや、僕だって)

(また会ってくださる？)

(もちろんさ)

（あたしまだ帰りたくない）

（駄目だよ、そんなわがまま言っちゃ）

ほら、早く次をしゃべれってば。……あ？

「あっ！　チンチン電車に酒屋さんの自転車がはねられた！」

「本当だ。大丈夫かな？」

「すごい。一回転して立ち上がった」

誕生日会が終わると、栄一郎先輩はお家の車で近くまで私を送ってくれた。さよならを言おうと思ったら、まがってきた都電に酒屋さんの自転車がぶつかったのだった。

「よかった、立ち上がった。怪我はなさそうだね」

栄一郎先輩はほっとした顔をしている。やっぱりいい人だ。

「あれ？　あの顔」

よくよく見たら、頭をかいてぺこぺこしているのは、あれはトンビ。チンチン電車とぶつかるなんてどこ見て走ってるんだろあいつ。車掌さんに怒られてぺこぺこあやまってる。「いったいどこ見て走ってるの？　たいそうのろまじゃないか、君は」だって。

ああ、おかしい。でも先輩の手前、笑うわけにはいかない。心配そうな顔でいるのは笑っちゃいそうで本当につらい。

「知り合いなの？」

「ええ、近所の酒屋の小僧さんなんです」

せいいっぱい心配そうな顔をしてみせる。幼馴染とかいうのはなんだか恥ずかしいので黙っていた。それにしても馬鹿だ。いっぺん死んでみればよかったのに。やじうまがたくさん集まってきて、自転車を起こしたりしている。

「あ、総理」

総理は昔からこのへんにいる乞食のおじさんだ。すごい髭面で堂々としているので「総理」とみんなから呼ばれている。トンビを助けにきたのかと思ったら、お酒のびんとソースを持ってっちゃった。トンビは追いかけようとして、車にクラクションを鳴らされまくっている。泣きっつらに蜂って、このことなんだろうな。

あ、こっち向いた。

なにを怖い顔してあたしをにらんでるんだろあいつ。もしもし、鼻血出てますよ。ズボンがやぶけてパンツが丸見えですよ。ああ、おかしい。まったく、なにやってんだか。

ああ、最悪の夏休みだ。

メダマのやつ、道のむこうで御曹司と並んで憐れむような顔でこっちを見てた。いや、あれはぜったい笑うのを我慢している時の顔だ。そうに決まっている。

自転車が壊れて酒とソースを盗まれたおかげで、ここ何日かの稼ぎは消えた。まったくこういう時の父ちゃんは親子だってのに、俺は経営者だからそこらへんのことはきっちりさせてもらいてえんだ、とか急に言い出すもんだからたまらない。おまけにあきら先輩には、夏祭りの交渉失敗の罰でバイクを洗わせられるはめになるし。

痛てて。やっぱりこれは骨でも折れてるんじゃないのかな。馬みたいな顔をしたお医者は、十日たってもまだ痛かったらあばらあたりが折れてるかもしれないね、とかのんびりした口調で言ってたっけ。そんな医者の見立てってあるのかなまったく。

折れてて肺とかにささっちゃったら遅いような気がする。しかもあばらあたりってそんな大ざっぱなのって。チンチンっていっても相手は本物の電車なんだぜ。

あっ……ながれ星。しまった間に合わなかった。それにしてもきれいな天の川だなあ。こうやって土手に寝っころがって星を見てるのが一番だ。歌っちゃおうかな。サユリストだし。星よりひそかに雨より優しく……あの娘はいつも歌ってる……。

いい歌だな。いつでも夢を……いつでも……なんか臭い。おっとまた犬のフンがこんなところに。夢がないなあ。いつでもそこいらに転がってる。風呂屋も終わっちまってるし、気がついてよかった！　今日ひとつだけあった、これが唯一いいこと。

ああ、最高の夏休みになりそうな予感。今日はびっくりしたな。最後にトンビのショータイムのおまけつき。おかしかった。先輩も心配しながら最後は思わず吹きだしてたっけ。なんだか私たちのために、わざわざピエロが出てきて盛り上げてくれたみたい。それにしても、思い出すと胸がどきどきしてぜんぜん眠れない。

早く日曜日にならないかな。あこがれの栄一郎先輩と初デートだ。まさかこんなことになるなんて。あたしが頑張ってるから、神様がごほうびをくれたのに違いない。

こうして目を閉じると昼間聞いた先輩の声が聞こえてくる。先輩……。

ぶーん……ぶーん……。

って、この音はもしや。まったくもう！　やっぱり蚊帳の中に蚊が入ってるじゃないの。蚊帳に入る時はうちわで身体をはたいてからさっと入れっていつも言ってるのに。父ちゃんも進も何度言っても男どもはおおざっぱだ。進のやつはすいかばかり食べて何度もおしっこに起きるからこいつが犯人に決まってる。シッカロールくさいなあ。暑苦しいからもっとあっちいけってば。ほら、もう刺されてる。おっと、一匹つぶしてやった。どんなもんだ。あ……まだいる？　かゆいかゆい。どこ飛んでんだろ。これじゃほんとに眠れやしない。

今日も朝から太陽がぎらぎらしてる。

汗を拭き拭き長い塀の日陰を選んで自転車を走らせていると、大きな門の前に出た。あ、ここが柴田のガラス御殿ってやつか。でっかいなあ。ここの御曹司とメダマがねえ。あいつうまいことやったもんだ。貧乏人が幸せになる最大の早道は、そう、玉の輿だ。

自転車をとめて手拭いで汗を拭いていると、道にできた木の陰の中をまさにその張本人が走って来るのが見えた。スカッとしたスポーツマン。そうか、御曹司は聖火リレーのおともで走るとか平吉さんが言ってたっけ。だから毎日走って練習ってことに違いない。

「毎度どうも」

「御用聞きの方ですか？　裏の勝手口にどうぞ」

目があったとたん、仕事中なもんでつい頭を下げて酒屋の口調で言ってしまった。どうしよう、口をもごもごさせていると御曹司は白い歯を見せてにっこりと微笑んだ。

「もしかして君は恵子ちゃんの知り合いの酒屋さん？」

なんて爽やかな笑顔だろうか。これじゃメダマがころりとなるのもわからないことはない。

「え？　何でぼくを知ってるんですか？」

「このあいだ都電とぶつかったよね。大丈夫だった？」

「ああ、あれを見られてましたか。そうなんです。メダマ、いや、恵子とは幼馴染でして、まあ兄妹みたいなもんですかね」

ほんの一瞬だけど、御曹司の顔に雲の影がさして表情が見えなくなった。

「兄妹？　そんなに近い関係なの？」

なんだか余計なことを言ってしまったようだ。兄妹と言ったとたん御曹司は急に真面目な顔になってしまった。まずい。さっさと退散しないと……。

「いえいえ、それは言葉のあやってやつで」

「暑いでしょう。うちに寄って冷たいものでもどう？」

御曹司はさわやかな笑顔でごく普通にそう言った。冷たいものを？　この自分に。

ああ、何ていい人なんだろう！


古株のおばちゃんが倒れた。

いつも私たちを怖い目でにらんでいたあのおばちゃんだ。段ボール箱を持って立ち上がったとたん、手から箱を落としてベルトコンベアーの横に膝をついたのだ。

社長さんはお医者を呼ぼうとしたけど、おばちゃんは少し休めば大丈夫だと言ってきかない。だから君ちゃんと私も手伝っておばちゃんに肩を貸し、みんなで木陰のベ

ンチに寝かせてあげた。社長さんは私たち二人の肩を叩いて拝むと、

「君たち、悪いけどしばらくついててあげて」

と、言った。それから工場に戻りながらおばちゃんに声をかけた。

「安代さんもさ、もうじき赤いちゃんちゃんこなんだから。あんまり根《こん》つめないでね」

おばちゃんの名前が安代だということを私たちは初めて知った。

「私、お水を汲んでくる」

「うん、わかった」

私は井戸へ走り、君ちゃんは手拭いでおばちゃんをあおぎはじめた。

外の方がだんぜん涼しいから、不謹慎だけどついでに休める。井戸の水を汲みながら私は思った。あの暑さだ。どうしてみんな大丈夫なのか不思議だったけど、やっぱりしんどかったのだ。ましてあの頑丈そうなおばちゃんですらこうだ。水をこぼさないように重いバケツを持って走ると、地面はかたく乾燥しきっていて、乾いた土ぼこりがあがる。ここしばらく夕立もこない。

私が冷たい水で手拭いをしぼって額に載せてあげると、君ちゃんはさっきおばちゃんが床でぶつけた膝をさすってあげた。

「ありがとう。あんたたち偉いね、中学生なのに」

いいえ、どういたしまして、とおばちゃんに頭を下げてから君ちゃんと顔を見合わせ

る。中学生？

「そんなこと誰だってわかるさ」

おばちゃんはおでこの手拭いに手を置いて笑った。

「工場の方もね、わかってても人手がたんないからさ、あんまり細かいことは言わないの」

それからおばちゃんは意外なことを言った。

「みんな黙っているけどあんたたちのことは応援してるんだよ」

「ほんとうですか？」

「ああ。誰だって家に帰れば子供がいるからね」

でも、おばちゃんちは洋傘を売り歩いている旦那さんと、じいちゃんとばあちゃんの四人ぐらしなんだそうだ。帰れば自分を待っているのはじじばばと内職さ、と笑う。

「このところちょこっと寝不足でね。歳はとりたくないもんだ」

ぶっきら棒に言うと、おばちゃんは目を閉じた。

木に蝉がとまってみんみんうるさくなき始めた。その中におーしんつくつくもまざって蝉の大合唱。遠くの空のどこかをごおんごおん……と飛行機の飛んでゆく音がする。話すこともなくなってしまい、私と君ちゃんは黙って空を見ていた。

社長の噴霧器の音がどこからか聞こえている。

よりにもよってあの怖いおばちゃんといっしょにこんなところにいるのは気づまりになってきた。そのうちきっと小言を言われるんじゃないか。きっと君ちゃんもそう思っているはずだ。それは顔を見ればわかる。そろそろ工場の中に戻りたい。

飛行機の音だけがいつまでも響いていた。いいな、飛行機は。自由に空を飛べて。私はのんきにそんなことを考えていた。

「いやだねえ、飛行機は。あの音を聞くとぞっとするよ」

おばちゃんはそう言って静かに目を開けた。それから長いこと私たちの顔をかわるがわる見ると節くれだった指を折って、ひいふうみいと数えだす。それから唐突に言った。

「ちょうどね、あんたらぐらいだな」

「え?」

何か聞き間違えたかなと思って顔を見ると、おばちゃんは優しい目で私たちを見ていた。

「一人はあんたみたいに目が大きな子だったたね。もう一人はあんたみたいに痩せてた」

声が少しかすれた。

「わたしにもね、娘がいたんだよ、二人。ずっと昔に」

そう言うと、おばちゃんは額の手拭いを裏返しにするふりをして乱暴に目を隠した。

私たちは何も言えず、下を向いた。君ちゃんは膝をずっとさすり続けている。いつもおばちゃんがちらちらと私たちの方を見ているのは知っていた。でもきっと怒ってるんだろうなと勝手に思って、目をあわせないようにしていたのだ。でも、怒ってるんじゃなかった。へまばかりしながら働いている私たちを見ておばちゃんは……。私と君ちゃんは、そっとおばちゃんの手を握ってあげた。私たちにはそれしかできない。

「ありがとうね」

おばちゃんは私たちの手を握り返してきた。

「ひとつ頼みがあるんだけど」

「え？」

「もうちょっとこうしていてくれるかい」

私たちは、うなずくだけで言葉が見つからない。この人をここに一人置いてゆくことなんてどうしてできるというのだろう。

この町のおばちゃんたちは、みんな偉いのだ。何があってもみんな元気に生きている。あたしたちだって暑いのなんのと、ぜいたくなことなんて言っていられない。

涼しいなあ。

天井にプロペラの化けものみたいなのがあって、ゆっくりと回っている。ここはすごい部屋だ。このサイドボードにずらりと並んでいる洋酒の数。ラベルの中で帽子をかぶった外人さんがにっこり笑って歩いている。意味はよくわからないけど、うちの店の棚に置いてある三楽オーシャンの瓶とは大違いだ。

このテーブルの上の箱に並んでいるのは、葉巻ってやつだ。一本持って帰ろうかな。いや、まてよ。あの壁にかけてあるばかでかいツノの鹿の首。案外あの目のところがスパイのカメラとかになってて……。

「お待たせして悪かったね」

突然ドアが開いて御曹司が入ってきた。

「よかったらおかわりでもどう？」

そう言ってふかふかのタオルで濡れた髪を拭きながら目の前のソファに座った。

「いえ、もう結構です。ごちそうさまでした」

いくらなんでも人様の家でカルピスばかり三杯も飲ませてもらうのはちょっと恥ずかしい。尻ポケットに葉巻をねじこみながら、自分は愛想笑いをして何度も頭を下げた。やってみてわかったのだがこれは父親の遺伝だ。あんなに嫌いだった父親の動きが、酒屋の帽子をかぶっただけで頭で考えるより先に出るのだ。

それで、と御曹司は微笑むと、タオルを置いて身を乗り出した。

「恵子ちゃんのことなんだけどね」

またか。

恵子のやつ、御曹司の前では貧乏なんておくびにも出さず、さぞかし気取っているんだろうな。恵子ちゃん、恵子ちゃん、恵子ちゃん。さっきからそればっかりだ。だんだん面倒くさくなってきた。もうはっきり言ってしまおう。

「メダマのことはさっきさんざん説明した通りです。とにかく貧乏なんで、そのために聖火リレーも断っちゃったんですよ。走ってる余裕なんてとてもありません」

「そうか。そうだったのか」

御曹司はため息をついて腕を組んだ。その顔がまたにくらしいほどかっこいい。

よしよし、こうなったら全部言っちゃえ。コップの底に残ったカルピスをのこらず飲むと、笑わないように気をつけて深刻な顔をしてみせる。

「だいたい恵子はですね、高校生ですと嘘までついてきたない町工場で箱詰めなんかやって金を稼いでるんです。これじゃありレーの練習なんて無理ですよ」

「お金のことで高校へも行かないというんだね？」

「ええ。なんせ貧乏人ですから」

自分でしゃべりだしたのに、しゃべればしゃべるほど、なぜだか腹が立ってくる。

小さい頃からずっと一緒に育ってきたのに恵子はいつの間にか、自分一人だけ別の世界に行こうとしている。

（お嫁さんになってあげるとか言って、無理やりほっぺにチューしたくせにさ）

自分は少し本気で意地悪な気分になってきた。

御曹司はしばらく考えていて、ちょっと待っていてくれたまえ、と言うと部屋を出て行った。くれたまえ、か。この言葉を普通に使える人は自分のまわりにはいない。

待っている間に部屋の窓から下を見ると、テニスコートがあって、そこで御曹司の妹だか姉たちがテニスをしていた。見たこともない模様をした、ばかにでかい犬がお座りしてボールを右に左に顔で追っている。行ったことはないけど、軽井沢ってきっとこんなとこなんだろうなあ。しばらく見とれていると、ドアが開いて御曹司が戻ってきた。

そして一冊の本を差し出すと、これを恵子ちゃんに渡してほしい、と言った。

「前から貸してあげるのを約束してたんだ。渡してくれればわかるよ」

「え？　自分が渡すんですか？」

「使いだてしてすまないけど、君たち兄妹みたいな間柄なんだろう？」

そう言って御曹司は「ＶＡＮ」と書いてある紙の袋に本を入れてていねいにたたみ、自分に渡した。何を持ってくるのかと思えば本ですか。別世界に住む人たちの考えていることは理解できない。ちぇっ。今日もなんだかしけた一日だ。最後はキューピット。ああ、なんだかむしょうに腹がたってきた。

君ちゃんと二人、夕焼けの土手を歩きながら、九ちゃんの上を向いて歩こうを歌った。なんだか今のあたしたちにぴったりの歌だ。どこかでお豆腐屋さんのラッパが鳴っている。土手の下にどこまでも続く低い屋根。あちこちで煙があがり、晩の支度が始まっている。土手の石段を降りて夕陽の差し込む長屋の路地を歩くと、風呂敷にマントのちびたちが手に棒を持って狭い路地を走り回っていた。

「おかえり、姉ちゃん!」

棒切れを持ってすれ違ったのは弟の進だ。あいつ、ちゃんと洗濯物を取り込んどいてくれたんだろうか。お豆腐も買っておいてくれたのかな。

朝顔に夏椿。どこも大事に育てられた鉢植えが棚に並んでいる。石のごみ箱にガラスをはめて水を入れ、金魚を泳がせている家もある。路地は細くまがりくねって人と人がやっとすれ違う幅しかないけど、長屋の路地にはここにいるだけで元気がわいてくるものがいっぱいつめこまれているのだ。

「おかえり、お二人さん」

「ご苦労さんだねえ」

ステテコに腹巻のおじさんたちが、縁台で将棋を指しながら笑った。あたしたちを見ると、開けっ放しの窓や玄関からおかえり、とみんなが声をかけてくれる。今日はいろいろあったけど、どうやら無事に終わったらしい。

「じゃあね、君ちゃん。また明日」

「うん。それじゃ」

手を振って私たちが別れようとしたその時。

「大変だよ、大変だよ！」

向かいに住む石出のおばちゃんが買い物籠を片手に、手を振って走ってきた。

「どうしたの、おばちゃん」

「まるよしの富男ちゃん、警察に捕まったんだって！」

「警察？」

警察と聞いて、あっと言う間に細い路地は人でいっぱいになった。

「捕まったって、トンビは何したの？」

「あきらちゃんがね、富男ちゃんを後ろに乗せてバイクで走り回っていてさ、パトカーに追いかけられて」

おばちゃんはそこで息をととのえ、手で汗を拭いた。

「さんざっぱら派手な追いかけっこをしたあげく捕まっちゃったんだってさ」

何をやっているんだろうか。あいつはいったい。

「恵ちゃん、芳江さんとこに行っておやりよ。あんたのうちはあたしが見とくからさ」

石出のおばちゃんの言葉にうなずくと、私は走って路地をぬけ、商店街のまるよし酒店に行った。私を見るとダンが立ち上がって尻尾を振ったけど、今はかまってやれない。

まるよしのおばちゃんは、どこかに電話をしていた。私の顔を見ると電話を切り、

「ああ、恵ちゃん。今ね、お父ちゃんが警察に行ってるけどあたしも何がなんだかよくわかんないんだよ」

と、声を詰まらせた。

「いったいどうしたの?」

「御用聞きから店には戻らなくてね、途中であきらさんと会ったらしいのよ」

奥の居間ではおじいちゃんが難しい顔で腕を組み、目を閉じている。

「信ちゃんと良ちゃんは?」

「おばあちゃんがお風呂に連れてったところ」

聞けば夕飯の支度もまだらしいので、作ってあげることにした。おばちゃんは、悪いねえほんとにもう、と言いながら、やってきたお客に笑顔を作った。私は店の隅で焼酎を飲んでいる職人さんたちに、今日はもう終わりにしてくださいい、と声をかけておいて居間に上がった。

「おじいちゃん、大丈夫だからね。心配しないで」

「いつもすまんねえ、恵ちゃん」

肩を叩くと、おじいちゃんは暗い電球の灯りの下で、寂しそうに頭を下げた。

まったくトンビのやつ。家出をしてみたり、警察に捕まったり。いつもみんなに迷惑かけて、本当に何を考えてるんだろう。家族を悲しませるなんて馬鹿だ。大馬鹿だ。


おまわりさんっていうものは、おまわりさんというだけでぜったいに勝てやしない。そのうえ一人でも充分なのに四人にかこまれたら最悪だ。すいませんあっしが殺しました、とかつい言ってしまいそうだ。

別室につれてかれたあきらさんは近ごろ世間をにぎわしている中学生の窃盗団のおかしらだと思われているようだ。さしずめ自分は手下ってとこらしい。自分は木のカウンターの中の事務机の椅子に座っている。ま、手下はこの程度の扱いだ。

「この葉巻はどこで盗んだんだ、え?」

おまわりさんは、尻ポケットでつぶれていた葉巻を手に、三度目になる同じ質問をした。

「拾いました」

「つまりお前は、ハバナに住んでいるわけだ」

三度目になる同じ嘘を言うと、三度目になるつまらない冗談をおまわりさんは言った。頭をかかえるふりをして横を見ると、自分がここに来る前からいたスリのお爺さんが、若いおまわりさんに警官の心得みたいなことをまだ偉そうに説教している。反対側を見ると、さっきまで騒いでいたヒロポン中毒のお姉さんが長椅子に横になってのびていた。

それにしても腹が減った。御用聞きの終わりに踏み切り近くの店の前でうっかりかき氷を食べたのが運のつきだった。

「新しいバイクだぜ。どうだ、乗ってみてえだろ」

かき氷をまだ半分しか食べていない自分の前にバイクが止まった。歯が一本ない口でニヒルに笑うと、あきら先輩は自分を後ろに乗せてたちまちエンジン全開だ。

いやもう、怖かったのなんのって。この秋開通する新幹線だってこんなに早くないと思う。景色がもうれつな勢いで後ろに通りすぎてゆく。チンチン電車やトラックの間をじぐざぐに走ってカミナリみたいな音で爆走だ。

そのうちパトカーがサイレン鳴らして追いかけてきたけど、そこからがあきら先輩の、独壇場だった。明治通りから浅草通りをあっという間に走りぬけ、言問橋の上でタイヤを鳴らしてUターンし、パトカーを振り切って三つ目通りを砂利を跳ね飛ばしてじぐざぐに走りまくる。

大脱走のバイクで走り回ったマックィーンの顔を高倉健にすげかえるとかなり近い。道ばたの爺ちゃん婆ちゃんが、はじから耳を押さえて腰を抜かしてたっけ。

新しいパトカーがサイレンを鳴らしてぞろぞろやってくると、あきらさんは、トンビしっかりつかまってろ、こっからが本番だぜ！　と叫んだ。うそ。今までは練習？もう許して下さい、そう叫んだけど、さらにスピードがあがった。そのあとのことはあんまり記憶にない。気がついたらパトカーの中だった。なんでも新しいバイクなんで途中でガソリンが終わってしまったのだそうだ。

ああ、生きててよかった。本気で撃たれるかと思った。

それにしても、さっき父ちゃんが来たらしいんだけど、今日は息子さんは帰れません、と言われてしょんぼり帰っていったそうだ。父ちゃんごめん。でもなんにもしてないわけだからすぐに帰れるに決まってる。

地上三百三十三メートル。東京タワーは世界で一番高い。

そしてここにあこがれの先輩と並んで立っている私は、世界で一番の幸せ者だ。

「そうよ、世界一だ。こん畜生め」

エレベーターの中からふらふらふらと私たちにくっついて歩いている酔っ払いのお爺ちゃんがそう言って大きなげっぷをした。

「こんなでっけえもんをよ、一年半でこさえちまったんだからとんでもねえやな、え？そうは思わんかい、お姉ちゃん」

いちおう背広は着てるけど、よれよれだ。くたびれたソフトをかぶって、しわだらけの顔には涙目がくりくりしている。人でごったがえしている中で酒くさい息であれこれ解説するからたまらない。これじゃせっかくの初デートがぶちこわしだ。

私たちはなんとかお爺ちゃんをまこうとするのだが気がつくと横にいる。先輩はにこにこ笑いながら、お爺ちゃんの説明にいちいちうなずいている。やっぱりいい人だ。

「この展望台の上によ、第二展望台ってのがね、もうじきできるんだよ。そうなりゃあんたね、こいつはもうアメリカぐらいは見えるようでがんすよ」

爺ちゃんはふらつきながら胸をはった。それから何を思ったのか、急にしゃくりあげ、泣きはじめた。酔っ払いはこれだから始末におえない。

それにしてもすごい眺めだ。展望台から見た東京の空はかすんでいて、まわりになんにもないから高いというよりもどこまでも広い、という感じ。先輩は、見てごらんといって真剣な目で遠くを見た。

「震災と空襲、二度も焼野原になったなんて信じられないよね。こんなに早く復興するなんて、人間の持つ不屈の力って何て素晴らしいんだろう」

私は先輩の言葉にうなずくだけだ。

「僕もいつかは父さんの仕事をついでこの社会をもっと豊かにしたいと思っているんだ」

ですって。そう、やっぱり先輩はかっこいい。私は景色より先輩の顔に見とれてしまった。

「ほら、あそこが僕たちの町だよ」

栄一郎先輩は東を指さした。手首で高そうな時計がきらりと光る。遠くの町はうねうねとした川にかこまれ、今日は工場の煙突から煙が出ていないはずなのにどんよりと灰色にかすんでいる。

「恵子ちゃん。なんだか、元気ないね」

先輩はちょっと心配そうに私の顔をのぞきこんだ。

「いいえ、そんなことないです。そう見えますか？」

私は無理に笑ってみせた。

でも、ほんとうは遠くの町を見たときに、ちょっぴり悲しくなったのだ。

あの空の下のどこか。今もコンクリートの建物の中で膝をかかえて座っているトンビがいると思うと、なんだか素直に楽しめない。別にあいつのことが可哀想なわけじゃない。おろおろしているおばちゃんたちが可哀想なのだ。今、目の前にトンビがいたら思いきりビンタだ。結局夕べは警察から帰ってこれなかったのだそうだ。いくつになってもやっぱり私がいないと駄目なやつ。ほんとうに馬鹿だ。なんでああなのかな。ほんとうに馬鹿。ほんとうに……。

「大馬鹿野郎！」

突然お爺ちゃんが手すりをつかんで、しゃがれた声で叫んだ。まわりに、なんだなんだと人が集まってきた。お爺ちゃんはしわだらけの口をぶるぶるさせている。いったいどうしたというのだろう。

「アメ公の大馬鹿野郎！　残らず焼きやがって。こん畜生！」

お爺ちゃんは口から唾を飛ばし、両手でばんばん手すりを叩いた。

「兵隊でもねえ女子供までみんな焼きやがって。こん畜生め、かえしやがれってんだ馬鹿野郎！　かえせ！」

お爺ちゃんは、叫び疲れたのか、急に床に崩れるように座った。座ってもまだ、かえせかえせ、こん畜生め、とつぶやいている。近くにいた立派な背広を着たおじさんが優しくお爺ちゃんをなだめている。着物を着たおばさんは自分のハンカチを出して、涙やよだれを拭いてあげた。お爺ちゃんを冷たい目で見ている人は、誰一人としていない。

戦争が終わってまだ二十年もたっていない。きっとここに立つと同じ気持ちになる人もいるんだろうな。みんな黙っているだけなんだと思う。

東京タワーが見せてくれる東京の景色はひとつじゃない。ここに立った人の思いの数だけ、違った東京の姿が見えるのだと私は思った。

また騒ぎだしたお爺ちゃんはとうとう係の人たちに連れていかれた。

「また来たの、お爺ちゃん。ご飯にしようね」

優しく言う係の女の人の声が遠ざかっていった。なにごともなかったようにみんな、再び景色を眺めはじめる。なんだかもう私は景色を眺める気もなくなってしまった。そんな私の気持ちを察したのか、先輩は明るい声を出した。

「歩いて下りてみようか」

「え？　こんな高い所からそんなことできるんですか？」

「ちょっと時間はかかるけどね。それとも怖い？」

私はふくれっつらをして、先輩をぶつ真似をした。

「ああ、ごめんごめん」

私たちは笑いながら、小さなドアを開けた。

外に出ると、夏だというのに肌寒いくらいの風が吹いている。鉄骨の間から少しだけ見える街はガラス越しに見るよりはるかに小さく見えた。

「そうか、膝の具合が悪いんだったよね」

階段を下りかけて、先輩は心配そうに私を見た。

「いえ、今日は大丈夫です。下りましょう」

「じゃ、ぼくにつかまって」

先輩が手をさしだした。それがあんまり自然だったので、私もふつうに手をさしだした。そうして先輩と私は初めて手をつないだ。先輩の手は柔らかくて、温かかった。しばらく黙って手をつないで階段を下りると先輩は言った。

「ごめん。さしでがましかったかな？」

え……？　さしでがましいって何だろう。胸がどきどきしていてよくわからず、

「いえ、そんなことないです」

下を向いたまま私は言った。恥ずかしくてとても先輩の顔は見れない。デートに誘ってくれたことを謝っているのだろうか。だとしたら、そんなこと全然ないのに。

「がんばっている君の力になりたいんだ」

そう言って先輩は少し指に力を入れた。そんなふうに思ってくれていることが、ただただうれしくて、私も手を握り返した。夢みたいだ。このまま階段がどこまでも続けばいいのに。

だけどあいにく階段は下りだ。どんなに東京タワーが高くても、その先には地面しかない。

夕方、呼ばれて警察にやってきたメダマの恵子は少し青ざめていた。

白いワンピースを着て、手には東京タワーと書かれたみやげものの紙袋を持っている。髪には小さなリボンがついていた。自分のことは見ようともしない。

「そこに座って下さい」

おまわりさんが優しく言うと、はい、と小さくうなずいて恵子は木の椅子をきしませた。

「あの……」

「これに心あたりはありますか」

恵子が何か聞こうとして顔を上げると、おまわりさんは机の上に一冊の本を置いた。

「氷壁」と、表紙にある。それはガラスの御曹司が自分に持たせた本だ。捕まった時にとりあげられてそのまんまだった。そしてこれが自分がここから帰れなくなった理由の本だ。恵子は少しとまどったようにそれを見ている。

「この本は柴田栄一郎さんという人があなたに渡してほしいと、ここにいる吉田富男君に渡した本だそうです。そうだろ、吉田君」

自分が答える前に、恵子は、あ、と小さく声をあげた。

「はい、いつか貸してあげると先輩が私に約束してくれたんです。でもなんで先輩がトンビに」

そう言って恵子は初めて自分を見た。

その大きな黒い瞳は何か救いを求めているような色をしていた。こんな恵子の顔を見るのは初めてだ。なぜだか自分は、少しどきっとした。

小さい頃からいつでもおせっかいやきで、恵子はお姉さん風を吹かせていた。もっとも自分はなんども助けられていたのも事実だ。川でおぼれた時には竹のぼうきれをのばしてずっと河原を走って助けてくれたし、喧嘩にまけて泣いている自分を探しにきて手をつないで夕焼けの道を帰ったこともあった。いつだって助けてはくれたけど、自分に助けを求めたことなど……。

恵子の目から逃げるように顔を伏せると、開いてみてくださいと、おまわりさんが恵子に言った。

恵子はゆっくりと本に手を伸ばした。

手にとって、表紙を開き、細い指先で一枚一枚めくってみる。はらり、机の上に何かが落ちた。電球の灯りの中に落ちたのは一万円札だった。

恵子は凍りついたような顔でさらにページをめくった。お札が机の上に散らばった。手が震え、そして最後に恵子の手から落ちた本が机の上で大きな音をたてた。かすかに震える唇から、聞きとれないほど小さな声が漏れた。

「どういうこと」

机の上に散らばった一万円札を見て恵子は長いこと黙っていた。そして目をあげると、はっきりとした口調でおまわりさんに言った。

「はい。本は先輩が私のために富男君に預けたものだと思います。お金は何かの手違いです」

自分はその声を聞くと、おそるおそる顔をあげてみた。恵子は、手をきちんと膝に戻し、いつもとかわらない顔に戻っている。

「お金と本は私から柴田先輩にお返ししたいと思いますので先方への連絡はしないでください。警察からの電話ではご迷惑がかかるので」

「わかりました」

恵子が一息に言うと、おまわりさんは少しほっとした顔で笑った。それから自分の肩をポンとたたくと、言った。

「よかったな、疑いが晴れて」

何言ってんだよ、勝手に疑ったのはそっちの方だろ、まったく。

「じゃ、ちょっと待っていて下さい」

おまわりさんはお札をまとめて袋に入れると机の上の書類に何か書き始めた。恵子は少し下をむいて、じっと黙っている。とてもじゃないけどメダマの顔なんて見れるわけがない。自分も下をむいてみたけれど、長い沈黙に耐えられなくなっておそるおそる顔をあげた。

恵子は普通の顔で自分を見ると、意外なことに少し笑った。

「もうおばちゃんたちに心配かけてはだめよ」

「うん、わかった」

自分があそこでぺらぺらしゃべらなかったらこんなことにはならなかったはずなのに、恵子は何も聞こうとはしない。やっぱり鉄の女だな、メダマは。もう何でもないような顔をしてら。恵子は何かを探すように、まわりを見た。

「あ、女性用はドアを出て右のとこです」

「すみません」

気づいたおまわりさんが指をさすと、恵子は音を立てて椅子から立ちあがると、背すじをのばして部屋を出て行った。

ああ、助かった。ほっとして力が抜けた。ぜったいビンタのひとつは飛んでくると思ったんだけどな。なにごともなくてほんとによかった。

まがったままになった椅子を直そうとして、自分は椅子の上に恵子が置いた東京タワーみやげの袋に気がついた。その水色の袋を見た瞬間、自分はどうやらとんでもなく大きな過ちをおかしてしまったことに気づいて茫然とした。

恵子は机の下で、よほど強く紙袋を握りしめていたのだろう。そのせいで袋はしわになり、「東京」という文字がくしゃくしゃになっていた。汗で濡れて少し破けてさえいた。きっと気持ちを落ち着かせるために、必死になって力いっぱい袋を握りしめ、泣きたくなるのを我慢していたのに違いない。普通でいられるはずなんてなかったのだ。

くしゃくしゃになった思い出が、椅子の上にある。

自分はなんてことをしてしまったのだろう。恵子が戻ってきても自分には慰める言葉なんて見つかるはずもない。いったいどれだけ深く傷ついたのか見当もつかない。

栄一郎先輩に本とお金を返してお礼を言うと、私は、送ろうか、と言う先輩の申し出をていねいに断って、夜の道を一人歩いて帰った。できるだけ笑顔で話せたつもりだ。砂利を踏む音を聞きながら、おそらくこれで最後になるだろう先輩との会話を思い出す。

本はもうほかで借りて読んだところだったのでと言った。だから先輩を傷つけずにすんだと思う。こんなささいなことは先輩はきっとすぐに忘れてしまうはずだ。

(僕も父さんの仕事をついでこの社会をもっと豊かにしたいと思っているんだ)

東京タワーの上で聞いた先輩の言葉。その言葉通りまっすぐに自分の道を進むはずだ。そして私などは、その道の端でたまたまみかけた名もないちっぽけな花だったにちがいない。電信柱に灯った暗い電灯が行く手をぼんやり照らしている。

(さしでがましかったかな……)

(がんばっている君の力になりたいんだ……)

あんなに優しく、温かく響いた言葉のひとつひとつが、いまは道のむこうの暗闇に力を失ってうつろに響いている。見上げると空いっぱいに星が輝いている。明日も天気だ。きっと工場の中はさらに暑くなっていくはず。がんばらないと。

上を向いて歩こう——か。

そんな素敵な言葉、いったい誰が考えたんだろう。よっぽどうちのめされていなければ思いつかない言葉に違いない。ちょっと星がかすんでぼやけた。

トンビのことは責める気なんてない。どっちにしてもいつかはこうなったはず。ちょっと自分が夢を見ていただけだ。あいつはそれに気づかせてくれただけのこと。

歩きながら、こんなことに負けてたまるか、と私は思った。ぜったい、ぜったい泣くもんか。さっき警察のトイレで鏡の中の自分とそう約束した。人から憐みをかけられるなんてこんりんざいごめんだ。かわいそうだなんて人から思われたくもない。泣いたら自分がみじめになるだけだ。

目をまっすぐ前に戻して胸を張って私は歩いた。

電信柱の下に自転車を持ってトンビが立っているのが見えた。

薄汚れたシャツによれよれのズボン。蚊や羽虫の飛ぶ、うす暗い電灯の下で、廊下に立たされた子供みたいにうなだれている。

足音に気づいて顔をあげると、真剣な目で私を見つめた。

そんな顔をしてトンビが私を見るのは初めてで、何故だか私はどきっとした。

「ごめん、メダマ」

子供の頃からいちばん自分の近くにいた奴は、小さな声でそう言うと下を向いた。

自分の中で何かがぷつんと音をたてて切れた。そして涙がとまらなくなった。


恵子は走ってくると、体をぶつけるように自分にしがみつき、大きな声で泣いた。勢いで自転車が倒れ、地面に落ちた東京タワーのみやげ袋からモーターボートのプラモデルと、丸い地球のカレンダーが飛び出した。

こんな時どうすればいいのか、わからない。手をぶらんとさせているのも変だし、女の子を抱きしめたことなんてあるわけもないし、できるはずもない。

電信柱におしつけられたまま、とにかくただ相手が泣きやむのを待つことにした。メダマは声をからしていつまでも大声で泣いていた。

そりゃそうだ。好きな相手から金を恵んでもらったら悲しいに決まってる。向こうに何の悪気もないぶん、よけいにこたえたんだろうな。でもこんなことになったのは全部自分のせいだ。

痛てて！　そんなに強く抱きついたらチンチン電車のあばらが。ああ、やっぱ折れてるかも。

腰にぶらさげた汚れた手拭いを差し出すと、メダマは泣きながら首を横に振った。

そうだよな、これ、洗ってなかったもんな。

おそるおそる背中を手でとんとんと叩いてやる。あったかくて、うすい背中だ。

妹がミルクを飲んだあと、こうやって叩いてゲップをさせたのを思い出したんだ。

とんとんと叩くと恵子はいっそう泣いた。少しは効果があったようだ。いや、逆か。

なんか、いい匂いがする。女の子の髪ってのは、なんだかいい匂いがするんだな。

石けんの匂いかな、これは。それにしてもよく泣くもんだ。メダマがでかいと涙ってのはたくさんでるのかな、もしかして。

そういえば小学生の頃だったか、一度だけこいつが大泣きしたことがある。

可愛がってた野良猫が道ばたで死んでた時だ。かちかちになって冷たくなった猫を撫でながらあんまり泣くもんだから、一緒に空き地に埋めたあと、なけなしの小遣いで近くの屋台で中華そばを食べさせてやったんだ。自分が恵子を助けた、あれがたった一度のお手がらか。

そうだ、メダマを誘って駅前で中華そばを食べよう。

いや、待てよ。真夏の夜に食べる中華そばなんて変かな。猫の時はあれは冬だったし。どう考えてみても熱いよな。でもきっとこいつだって腹が減ってるだろうし。なんたって悲しい時には食べるのが一番だ。でもなあ……。

「なあ、メダマ」

ちょっと泣き声が止んだ。

「中華そば食べに行こう。俺、おごってやる」

おそるおそる言ってみると、メダマは涙でぐしょぐしょになった顔を上げた。そして、鼻水をすすりながら何度もうなずくのだった。

その顔は笑っていた。

ほらね、やっぱり。

こいつの一番喜ぶことは、この富男さまが一番知っているのさ。

「ねえトンビ」

「なに?」

鼻水をすすりながら、また恵子は涙声になった。

「馬鹿じゃないの?……夏なのにあんなに熱いもの」

大きな黒い瞳がじっと自分を見つめている。しかたがないので指でほっぺたの涙を拭いてやった。恵子の頭のむこうの空に、花火が何発も何発も、音もなく大きな花を次々に咲かせている。

東京オリンピック開幕の三日前、十月七日は朝から小雨だった。

車が一台も通っていない清澄通りの両側は、見たことがないくらい多くの日の丸で埋まっている。家の屋根の上やビルの窓も人で埋まり、みんなオリンピックの聖火ランナーを今か、今かと待っているのだった。

「まったく、いつまで待たせりゃ気がすむんだよいったい」

「ほんとにねえ」

まるよしのおじちゃんやちんどん屋の平吉さんたちは、すでにお酒が入って上機嫌。もうお昼すぎだ。進は長屋の子供たちとテレビ局の車や報道の人たちの近くで大騒ぎをしている。今日は近所のみんなでチンチン電車に乗って墨田を通過する聖火ランナーの見物にやってきたのだ。まるよしはお店を休みにして、家族全員でやってきた。犬のダンまでている。おおば写真館のお爺さんもカメラをかまえて待っている。なんといっても大イベントなのだ。カメラもいつも首から下げているものと違って、なんだか長いレンズのついたやつ。どうやら気合いの入り方もふだんとは違うようだ。

落語家の木島さんは、同じアパートに住む電話交換手の女の人と並んで見物。二人はなんだか聖火のことなんかどうでもよくて、さっきからずっと親しげに話しこんでは笑っている。

中川社長さんは日の丸を手に持った小さな子供を肩車しているけど、その子はお孫さんではなく、自分が仲人さんをしてあげた田端に住む若い夫婦の子供なのだそうだ。その夫婦ももちろん一緒だ。奥さんは、子供のよだれが中川社長の頭に落ちないように、タオルで何度も拭いている。とても優しそうなお母さん。だんなさんと並んで日の丸の旗を振っているのは同じアパートの丸顔の大工さん。三人はどうやら顔見知りらしい。

それにしても……。

夏が終わっていろんなことがあり、気がつくともう十月になっていた。

まず、お盆が過ぎると、家族が増えた。お母ちゃん、と呼ぶのはまだぎこちないけれど、とにかく我が家に新しい母がやって来た。

父ちゃんの考えもあって、あんまり大げさなことはせず、二人で近所を回って簡単に挨拶をすませただけで新しい生活を始めた。新しいお母ちゃんはなんたって長屋にはいない美人だ。はじめは向かいの石出のおばちゃんも、ごきげんようとか慣れない言葉を使って緊張していたけど、お母ちゃんは人を笑わすのが上手な人なので、今ではすっかり長屋中の人気者だ。進ははじめからなついていたから、膝まくらでおとなしく耳をかいたりしてもらっている。私もお料理とかお掃除のちょっとしたコツを教えてもらった。小さなことだけど、おひつのお米をひとつぶたりとも残さないのには感心する。

その新しいお母ちゃんは石出のおばちゃんと、もう一人、お見合いの時に洋服を貸してくれたお友達と並んで日の丸の旗を振っている。

お友達は親子三人で、小杉からやってきたのだそうだ。お父さんは道端に座ってその女の子のあやとりの相手をしている。

そして、もうひとつ新しいこと。

私は中学を卒業したら、働かずに学校へ行くことになったのだ。

ある晩父ちゃんとお母ちゃんがちょっとここにおいで、と私を座らせた。

「今まで苦労をかけたけど、これからはお前が本当にやりたいことをやれ。父さんと母さんが一緒に働けば、なんとかしてやれる」

そう言ったのだ。

私は、働くと言ったけど、いつもは物静かな父ちゃんが初めて強い口調でこれからの時代はちゃんと勉強をしないとだめなんだよ、と言った。

本当にやりたいこと。そんなこと、考えたこともなかった。

何日も何日も考えて、死んだお母ちゃんと同じ看護婦さんの道を進もう、と決めた。

工場で涙を流していたおばちゃんや東京タワーのお爺ちゃん。私はいろんな弱い人の味方になって助けてあげたいと思ったのだ。その考えを言うと、お父ちゃんは黙ってうなずいた。お母ちゃんはにこにこ笑っていた。

お父ちゃんは、昨日の夜たずねてきたおじいさんと一緒に並んで立っている。おじいさんは電話交換手の人のお父さんなのだそうで、ずいぶん前にお父ちゃんの会社でダンプの運転手をしていたのだそうだ。ゆうべはずいぶん遅くまでお父ちゃんと話しこんでいた。なんでも昔起こした事故の示談というものがようやく成立したのだそうだ。どうもお父ちゃんにも責任がある様子で、何度もあやまっていたけど、最後は二人はほっとした様子で仲良くお酒を飲んでいた。夕べは娘さんの部屋に泊まったらしい。

新しいこと、もうひとつ。

一緒に中華そばを食べた夏の夜以来、私とトンビはあんまり顔をあわせなくなった。トンビのお店が忙しくなったことや、お互い受験勉強を始めたこともある。

でもどことなく私を避けているような気がするのはなぜだろう。学校が始まって教室で顔を合わせても、すぐに目をそらしてしまうし。

あいつは私のことをどう思っているのだろう。

あんなに泣いたのを見て、嫌いになったのかな。私はというと、ふと気がつくとあいつがどうしているのか妙に気になるのだ。

二日前の放課後、クラスの文集作りでたまたま一緒になった。二人で並んでガリ版を刷ったけど、その時だってよそよそしい顔だった。鉄筆に力を入れすぎて用紙を破いたのを見て私が、何してんのよ馬鹿って言ったら急に不機嫌な顔になって。そのあと下駄箱のところで一緒に帰ろうっていったのに、黙ってどんどん歩いていこうとする。それで私は言ってみたのだ。

「ねえトンビ。聖火リレー、一緒に見ようよ」

「聖火リレー?」

トンビはちょっとびっくりした顔で私のことをふりかえったけど、それからぎこちなくうなずくと馬鹿みたいに走りだした。

私は大きな声で、厩橋《うまやばし》のポストのところでね、と叫んだ。

それなのに……。もうじき聖火ランナーが来るというのにまだポストのところにいない。私は長屋のみんなや君ちゃんや学校のみんなから離れてポストのあたりをうろうろしている。ポストは橙色の丸いかたちで一つしかないから、間違えるはずもないのに。その時、わあっと、いっせいに歓声があがった。どうやら聖火が見えたらしい。

最初にやってきた白バイは長屋のあきら先輩だった。夏の逃走劇でその腕を見込まれ、今では白バイの隊員なのだ。

人垣が右へ左へ動き、おまわりさんたちが両手をひろげて制止している。私は探した。そして偶然見つけた。その顔は、道の反対側の人垣のすきまに見えた。馬鹿だ。なんで反対側なんかに。あいかわらず間抜けな顔できょろきょろしている。

私はここ！

ポストって言ったのに！


ロスコ……じゃないのかな。

おかしいなあ、メダマの奴、確かにロスコって言ったよな。ロスコ有限会社っていったらここしかないし。こんなにでかく看板に書いてあるから間違いようもない。

それにしてもなんだろ、この会社。地下足袋とか腹巻とかを売ってるらしいけど、ずいぶんとまあ、ムードのない所を待ち合わせ場所に選んだもんだ。

うわ、なんか声が。もう来ちゃったのか、聖火。あ、なんか橋の向こうに煙が見えてきた。ちぇっ、そそっかしい女だからな。どこにいるんだろう。ひい、ふう、みい、白バイが三台。あ、見えた見えた。あれが聖火か。後ろにぞろぞろ連れて走ってくる。しかたがない。もうあきらめて一人で聖火見物するしかないか。聖火リレーをいっしょに見ようと言われた時は正直うれしかった。いっしょに中華そばを食べた夏の夜以来、あいつはどことなくよそよそしくなった。なんだか自分を避けてるように見えた。自分もどうしたもんか顔を見るとなんだか妙な気分になって話せなくなっちまって。

あいつのことを考えると胸んとこがなんだか重くなってきて妙に苦しい。もちろん肋骨の骨折のおかげでしばらく巻くはめになったコルセットのせいもある。でもこれはなんだろう。母ちゃんは食べ過ぎだとか言ってたけど、それは違う気がする。

あれ？　道の反対側で両手であんなでっかい日章旗振ってる奴がいる。旗振ってるのは……メダマじゃねえか。何やってんだ、あいつ！

ほんとにおっちょこちょいの、メダマ女め！　ここだよ、ここ！

ロスコの前だって！　今から道なんて渡れやしない。

あ、気がついたみたい。

私は近くにいた勲章を下げたどこかのおじいちゃんに旗を返した。ああもう、なんて聖火見物なの。それにしてもバカ。あいつあんなに飛び上がって、あんなに両手を振って。さっさと渡ってきなさいってば。

なんだよ、あかんべえなんてして。大バカめ！

もう間に合わないじゃないか。こっちと向こうで離れて聖火見物なんてそんな間抜けな。あ——。白バイが来たってのに、誰か大通りを歩いて渡り始めたやつがいる。

あれは乞食の総理だ。

総理は聖火なんてぜんぜん気にしてないんだ。おまわりさんたちが笛を吹きながら走りだした。すごい騒ぎになった。よし、今だ。渡ってしまえ！

よし、今だ。もうこうなったら渡るしかない！　私は走り出した。

一斉にピピピピ！　と笛が鳴る。あ、トンビ。トンビも走ってくる。

広い道の真ん中でトンビは私の手をつかむと、歩道に向かって走った。おまわりさんが追いかけてくる。私たちは夢中になって歩道を走った。

「ねえ、見て！」

「何？」

「ほら、道のほう」

走りながら、横を見ると人垣の向こうに、オレンジ色の聖火が自分たちと並んで走っているのが見えた。

「早い！」

「東京オリンピックだからなあ！」

見当はずれのことを叫んでトンビが笑った。久しぶりに見る笑顔。私たちはしばらくお互いの顔を照れくさそうに見ながら走った。炎と煙が長々と流れてゆく。気がつくと、私たちはまだしっかりと手をつないだままだった。お店の力仕事のせいだろうか。トンビは、少しひんやりとしているけどしっかりと厚みのある手をしていた。この人は、いつの間に、こんな手になったのだろう。

メダマの手って、こんなに小さかったかな。この手に何度、つねられたりひっぱたかれたりしたんだろう。痛てて。そんなに強く握るなって。やっぱり力は強い。

「よし、中継地点まで行くぜ！」

「もちろんよ！」

おいらが叫ぶとメダマも笑った。見物していた相撲部屋のおすもうさんにぶつかった。

「こら！　気をつけろ！」

一度離れた手をまたしっかりとつかんで、ひきよせる。その拍子に一瞬だけどメダマの顔がすごく近くになった。その瞬間、メダマは走りながら真剣な顔で、何か短い言葉を叫んだ。ちょうど沿道の人たちが大声で声援を送ったので、その言葉は聞こえなかった。

「え？」

聞き返すと、そんなこと二度も言わない！　と怒られた。

もしかして、その言葉、自分が言おうと思っていた……。

沿道の旗がどんどん流れてゆく。

走る私とトンビの斜め前を、オレンジ色に輝く聖火が進んでゆく。本当はあそこを自分も走っているはずだったのだ。幸運が遠くに行ってしまった、とはじめは思ったけど、そのかわりに自分はもっと大切なものを手に入れたのかもしれない。

それは自分の一番近いところにあったのだ。

それにしても……。

トンビの奴、今なんて言ったの、なんてまだ聞いている。ああ、なに言ってんだか。

ほんとに、にぶい奴。私は耳に口を近づけて、大声で言ってやった。

「馬鹿って言ったの！」

「あっ、ひでえ！」

走り疲れて、息が苦しい。

でも……。

私たち、どこまでもいっしょに走っていけるといいな。

このまま手をつないで。

エピローグ〜もう一枚の写真〜

いつの頃からだろう。

『おばけの写真館』の前に座っていた老店主の姿を見ることがなくなった。

写真館の外の小窓に飾られた最後の写真は「聖火ランナーの前を横断する浮浪者」。

慌てふためいて道路に飛び出した警官たちの表情が、しばらくの間道行く人の話題になったのだが、その後新しいものが増えることはなかった。

写真館の壁もドアも薄汚れ、長椅子はやや傾いたままそこにある。

あれから何年も過ぎ、このあたりの道路も舗装され、家々も建て直される数が増えた。蒸気機関車は、高架になった線路下の鉄柵の中にひっそりと飾られている。

駄菓子屋に通っていた子供たちは、ひげが生えて声も変わり、おかっぱ頭でゴム段をしていた女の子たちも、いつの間にか髪を気にするきれいな娘さんたちに成長した。

そんな、ある春の日。

何枚かの古い写真が、本人たちのもとに届いた。

何のメッセージもない。写真だけだ。あるものは直接郵便受けに入れられており、またあるものは郵送で自宅や転居先に送られてきたのである。

写真館の近くの酒屋の郵便受けには一枚の白い封筒が入れられていた。代がかわって父親の後をついだ若い息子はその中から出てきた一枚の写真を見て驚いた。そこにはいつか姉の七五三の時に写した家族写真が入っていた。両親も、爺ちゃんも婆ちゃんもみんないる。だが、何度か見たことのあるあの写真ではない。試し撮りをした時のものだろうか、シャッターチャンスが違う。

それは今まで見たことのない一枚だった。

写真の真ん中には前足を揃えた黒い犬が、ほんのわずかに前足を浮かしている。その犬に向かってみんなの手がいっせいに伸びていた。記念写真とは違って、どの顔も笑顔だ。それを見た時、若い息子は自分の口の中に千歳飴が入っていたのを思い出して笑った。

兄ちゃんにも見せてあげよう。今は都内で仕事をしている兄のことをまっさきに思った。兄がこの家を出て、その後自分が店を継がざるを得なくなったことに、ずっとわだかまりを持っていた。見捨てられたような気にさえなっていた。だが、この写真を見た瞬間、胸がいっぱいになった。あの時全然気づかなかったけど、兄の手はしっかりと自分の肩におかれている。

この写真を撮る何日か前、家出をした兄を自分はデパートの望遠鏡から偶然見つけた。あの時自分がどれほど嬉しかったかを思い出したのだ。

久しぶりに電話をしてみよう。

もう一度兄の姿を見つけることができるかもしれない、信吉はそう思うのだった。


同じ頃。

浜松町の郵便貯金ホールの楽屋では、一人の踊り子がメークを直していた。彼女は大手バレエ団のプリマで、全国公演の今日が最後の舞台だった。

外から戻ってきたスタッフの一人が誰かと会話をしているのが耳に入った。なんでも幕間のロビーの混雑の中、年配のバレエの先生らしき人が小さな女の子たちにおにぎりを食べさせているのを見た、と言ったのだ。

「それがね、先生がおっちょこちょいで。一つ落としたら転がってっちゃったのよ」

それを聞いて踊り子は今すぐにでも飛び出して行きたい気持ちになった。それは自分に踊ることの楽しさを教えてくれたかつての恩師に違いない。

偶然にも数日前、バレエ団に自分あての一枚の写真が届いた。

そこには昔、公民館の発表会でみんなで撮った集合写真が入っていたのだが、どうやら並んで写す直前のものらしく、お互いの衣装を直しあう少女たちが楽しそうに笑っている。幼い自分の後ろに立ち、親しげに話している二人の女性に明美は目が釘付けになった。

ひとりは自分が裏切ってしまうことになったかおる先生。もう一人は自由が丘の草間先生だった。二人が知り合いらしいことを明美はこの写真で初めて知った。

実は草間先生はかおる先生のお弟子で、あの日草間先生はかおる先生に公民館に呼ばれ、これから踊る一人の女の子を自由が丘で面倒見てはどうだろうと言われたのだそうだ。それはこの写真を見た明美があわてて何年ぶりかに草間先生に電話をして、そこで初めて聞かされた話だった。

「一人だけ特別扱いすると他の子が可哀想だから黙っていてね、とかおる先生に言われたのよ」

草間先生は、もう時効だから、と電話の向こうで笑った。

三幕の始まる前の舞台のそででは、チュチュを着たダンサーたちがそれぞれ精神を集中させている。明美は一人、離れたところに立って幕が開くのを待っていた。

才能はあるけれど、人を寄せつけない冷たい人、というのが明美のかげでささやかれる言葉だ。自分を追う新しい才能に負けることなくプリマでい続けるのは容易なことではない。自分に厳しい分、明美は他人の踊りにも妥協することはなく、相手に容赦ない言葉を浴びせることもある。だから、誰もそばに近づかないし、いつでも孤独だった。

今も気難しい顔で目を閉じている彼女の近くに誰も近づこうとしないのはそういう理由だ。だが、目を閉じている明美の頭の中にあるのは、送られてきたあの一枚の写真だった。

明美は想う。初めてのトウシューズを買ってくれた父。黙って公演に行かせてくれた母。今では自分の後援会の会長をしてくれている文恵。明美は高校二年生の時、このバレエ団のオーディションに合格した。それを薦めてくれた草間先生。そして、その全ての始まりにいるのが、ずっと自分が裏切ったと思いこんでいた、かおる先生なのだ。

明美は一人ではなかった。みんな自分の歩いてきた道にいくつもの花として咲き、今も自分を見守ってくれているのだ。

オーケストラの華々しい序奏が始まり、緞帳《どんちょう》があがる。

第三幕が始まった。音楽に乗って舞台の真ん中へ飛び出した明美の目の前には、見渡す限り一面にみかんの白い花の咲く丘が広がっていた。なだらかな丘に続く一本道のむこうには青い海が広がり、船が浮いているのさえ見えた。それはいつか幼い日に公民館で見た、あの美しく、懐かしい風景だった。

麹町のテレビ局のロビーで、落語家は追いかけてきたマネージャーに呼びとめられた。その手には一枚の白い封筒があった。落語家は急いでいた。ろくに見もせず、バッグに無造作に封筒を入れるとすぐにタクシーに乗り、運転手さん悪いね、東京駅へ急いでやってくれ、と言った。実は彼は番組の収録が終わったら、とある女性と旅行に行く約束をしているのだ。それは雑誌の取材で知り合った若い女記者で、よく笑う明るい娘だ。

落語家は新幹線のチケットを確かめようとバッグを開けて交通公社の封筒を取り出した。そのはずみで足もとに一枚の白い封筒が落ちた。さっきマネージャーが渡したものだ。最近ではファンレターも多く、封筒の一枚や二枚いちいち気にもしていないが、その封筒の下には小さな文字で『おおば写真館』とあった。

落語家は怪訝そうな顔でそれを拾うと、封筒を開けた。

中から出てきたのはあの人形町の末廣の写真だった。だが、写っているのは、自分ではない。笑っている客たちだ。

それを見て、落語家は懐かしくて目頭が熱くなった。酒屋やちんどん屋もいてみんな大口を開けて笑っている。もうこの一席で故郷《くに》に帰ろう、そう思って上がった最後の高座だ。そして目をこらして見ると、客の向こう、柱にもたれてほんの小さく妻が写っていた。

妻とは最近あまり口も聞いていない。もともと物静かな、悪く言えば暗い性格だから、どうしてもタニマチとの楽しい宴席や噺家仲間、テレビ関係者との飲み会で帰りは遅くなる。そんな夫に怒りをぶつけるでもなく妻はじっと黙っている。それが逆に重荷だった。自分は今や売れっ子で、ちょっとその気になれば、ものにできる女性はいくらでもいるのだ。女房と畳はね、新しい方がいいんですよ。そんなお決まりのことを言っては深酒する毎日。

落語家は、バッグの奥に入っている薬の袋を見た。それは何とかという名前の漢方薬で、やれ高脂血症にどうの、肝臓にどうのという、何種類かの薬を妻が袋に小分けにしては、いつも自分に持たせているものだった。精力剤ならいざしらず、こんな効き目のすぐにわからないものなど、ありがたみもなく飲む気もしない。いつも飲んだふりをして知らん顔で捨てている。

今日もテレビの収録で熱海に泊まる、と言ったらいつものように黙って肌着やら何やらを揃えたあと、飲みもしない薬をせっせと袋に小分けにしてバッグに入れたのだった。

落語家は手の中の写真をもう一度、見直した。そのころ電話交換手をしていた若い妻は、確かに手で口を押え、笑っている。

あの時自分は、彼女が笑うとえくぼができることを発見したのだ。そして自分は……。

落語家は、長いこと写真を見つめたあと、言った。

「運転手さん、悪いね。車を返してくれ」


病院の廊下を一人の婦長が白い封筒を胸に歩いていた。

彼女の母の手術はもうあと二時間後に迫っている。それほど難しい手術ではないからと何度も説明したのだが、あんなに明るかった母はこのところ元気がない。身体が丈夫で風邪一つひかなかっただけに、こうして病院にいること自体が駄目なのだ。

自分が働く病院に母親を入院させたのはそういうこともあっての事で、こうすれば父も安心だし、なによりたまに顔が見られる。

一年前の手術の経過があまりよくなく、もう一度切ることが決まると母は日ましに黙っていることが多くなり、心を痛めていた。

病室に入ってゆくと、母はベッドの中で窓の外を見ていた。

足音に気づくと、母はこっちを見て、ああ、恵子ちゃんと力なく言った。また少しやつれている。きっと眠れないのに違いない。

「お母さん、驚かないでね」

そう言って笑うと、恵子は封筒を母に渡した。封筒は父の三郎が恵子に送ってきたものだ。

「何？」

「いいから開けてみて」

母はおっくうそうな手つきで封筒から一枚の写真を出した。

「いやだねえ」

一目見て、母は吹きだした。

恵子は母の隣に座ると、顔を寄せて一緒に写真を見た。それはいつかの見合い写真だったが、シャッターチャンスが違う。そこに写っている母は、体をひねってスカートの留め金をとめていた。

「いつの間に撮ったんだろう」

「あの時、これがはじけちゃったのよね」

恵子が言うと、母は笑った。それを見て恵子も笑いが止まらなくなった。ここは病室だ。まわりに気をつかいながらも恵子はいつまでも母と顔を見合わせて笑うのだった。あの時母は自分たちを笑わせてくれた。血がつながっていなくても、なんといってもこの母がわが家に来てくれたおかげで自分もこうして働いているし、家は明るくなったのだ。これからはずっと自分が支え、いつまでも元気づけてあげる番だ。そう恵子は思っていた。

明け方の竹芝の倉庫にあるスタジオの外階段の手すりに、ぐったりともたれて動かない男がいる。男は何箱目かわからなくなったハイライトの封を切ると、箱を指で叩いて一本くわえた。

立体アニメーターの助手は休みがない。もう一週間以上スタジオにこもったままだ。一秒二十四こまの立体アニメは、たったの十秒のために、二こまずつ撮影するとしても百二十回はキャラクターを吊った複雑な糸を調整して動かす。それをいつ果てるともなく撮影するのだ。今やっているのは子供の歌番組のもので三分間のフルアニメだ。セット変えのあとのライティング待ちでようやく一服する時間ができたが、何日も寝ていないのでまぶたが腫れてしまい、わずかな朝の光が目にしみる。

富男は煙草に火をつけると、部屋に置いてあった女の置き手紙のことを思いだした。こんな仕事だから相手とすれ違うのは当たり前で、恋はいつでも簡単に壊れてゆく。そうだ、と富男は尻のポケットから白い封筒を出すと、何度も見なおした写真を取り出した。写真は今は運送屋の社長をしているあきら先輩が、おばけ写真館のじじいから預かったんだといって持ってきてくれたものだ。

写真を見ながら、富男はそこに写っている女性のことを想った。

彼女は一度は医者と結婚したのだが、結局離婚したのだそうだ。いつかも金持ちの御曹司とくっついたことがあるから、きっと金持ち好きなのかとも思う。どうしているのかな、メダマの恵子。

写真は、日の丸で埋めつくされた道の真ん中を、いつ撮ったのか、手をつないで走っている二人の後ろ姿だ。少しお互いの顔を見て、二人とも笑っている。

富男はこの写真を持って、恵子に会いに行ってみよう、そう思うのだった。そして、あの時聞き逃した言葉を聞いてみたい、と考えている。

富男が顔を上げると、ビルとビルのわずかな隙間に朝日を浴びて輝く東京タワーが見えた。

写真館の小さな窓ガラスには板がうちつけてあって、もうその中の写真を見ることはできない。でも通りかかるこの町の人たちは、店を見ては、いつかきっとこの窓がまた開くだろう、と思っている。そう、この写真館は、町を写すカメラなのだから。

今はちょっと休んでいるだけだ。

日本音楽著作権協会（出）許諾第1110725-101号

PRETTY LITTLE BABY（かわいいベイビー）
Words & Music by Don Stirling and Bill Nauman
© by 1961/1988 by EMI LONGITUDE MUSIC
The rights for Japan assigned to FUJIPACIFIC MUSIC INC.

●落 語 監 修：吉原朝馬
●秋田弁監修：今川建夫

リンダブックス
見上げてごらん夜の星を
2011年10月5日　初版第1刷発行

• 著者　竹之内響介
• 企画・編集　株式会社リンダパブリッシャーズ
東京都港区東麻布1-8-4 〒106-0044
ホームページ http://lindapublishers.com

• 発行者　新保勝則
• 発行所　株式会社泰文堂
東京都港区東麻布1-8-4 〒106-0044
電話 03-3568-7972

• 印刷・製本　株式会社廣済堂
• 用紙　日本紙通商株式会社

定価はカバーに表示してあります。
万一、落丁・乱丁などの不良品がありましたら小社（リンダパブリッシャーズ）までお送りください。送料小社負担にてお取り替えいたします。

© Kosuke Takenouchi Printed in Japan
ISBN978-4-8030-0227-0 C0193